JN047241

２０２３年末、岡村靖幸と斉藤和義の２人が結成したユニット・岡村和義。連載での２人の対談（17年）は『あの娘と、遅刻と、勉強と２』に収録済みだが、ここでは特別に、最新の２人のトークを少しだけ紹介しよう。

●スタジオ作業を終えた後の食事

岡村　締めはカップラーメンなんですよ。まわりにお店がないのと、そもそも仕事が終わる時間が、お店なんかやってる時間じゃないんですよ（笑）。朝の５時とか６時とかだから。

斉藤　それでカップラーメンになっちゃうんですよね。俺はもともとそういうの好きなので、俺にとってはいつものことなんだけど。

岡村　いや、斉藤さんはたぶん、家では絶対カップラーメンはすすってないんですよ。家じゃもう、すっごい健康に気をつかったオーガニックなもの食べてるはずなんです、絶対。だからその反動もあって、スタジオで「悪ガキ２人」になってカップラーメン食べてるんだと思うんですよ。２人とも解放されて。

●ユニットでは歌詞を早めに書く

岡村 やっぱり早めに考えないと危ないんですよ。あと、早めに考えたほうが、2人の間で「こういう曲なのね」という共通意識が持てるから。だから100書けなくてもいいからなんとなくメモにしていったり、キーワードを2人で出し合ったり。斉藤さんがバーッと書いてくるときもあるし、いろんなパターンがあります。

斉藤 「練りに練って」というよりも、勢いでバーッと書いて「だいたいこんな感じ」「これくらいかなあ」みたいにやったほうが、結果いい気がするんだよね。だからこねくりまわす前に2人でバーッとワードを出して、「あ、こんなストーリーかもね」みたいなイメージができてきて、それが多少意味不明でも、その場で出てきたノリとして、「これでいいんじゃない？」というところで留めておくほうがいいかなと思ってる。（TV Bros.'24年6月号 岡村和義インタビューより）

岡村靖幸＋ライムスター

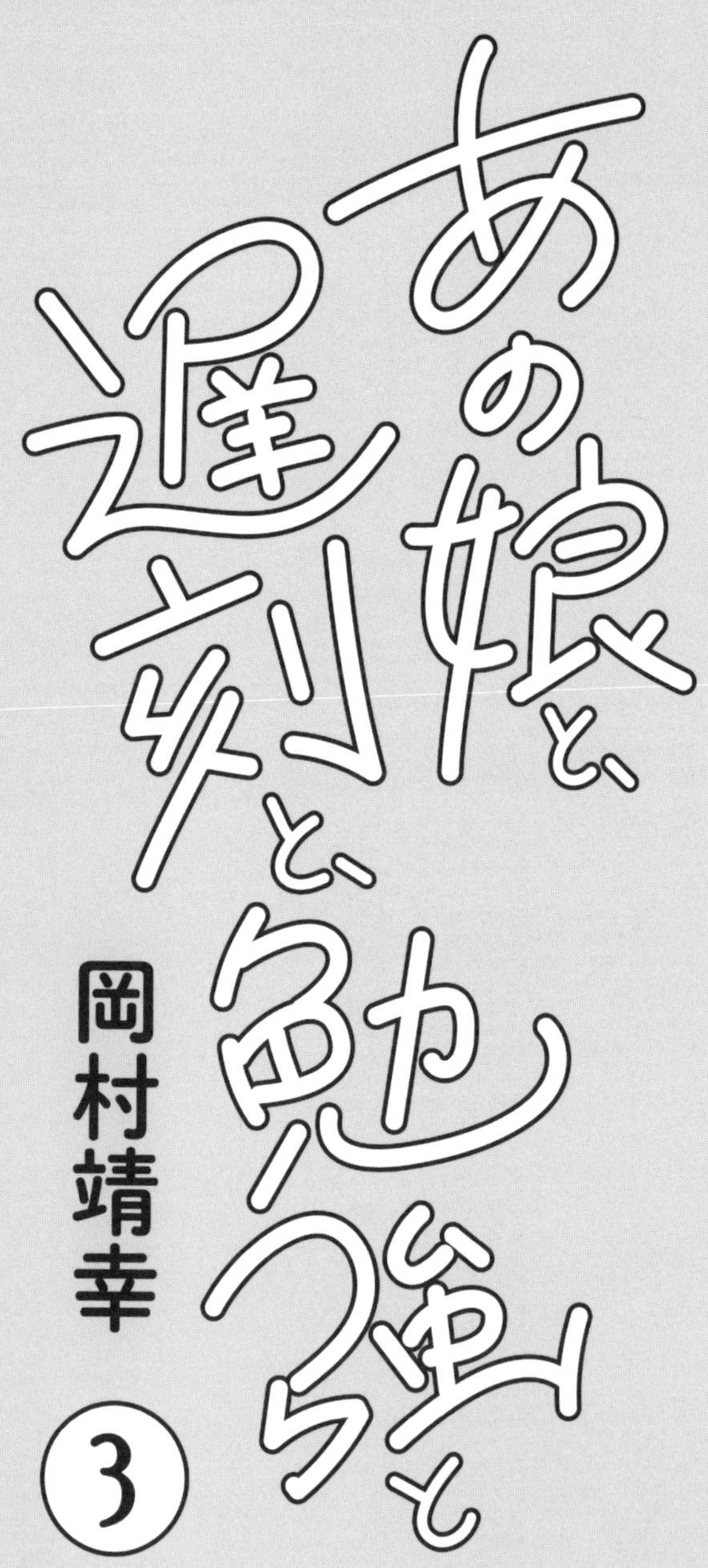

岡村靖幸

3

もくじ

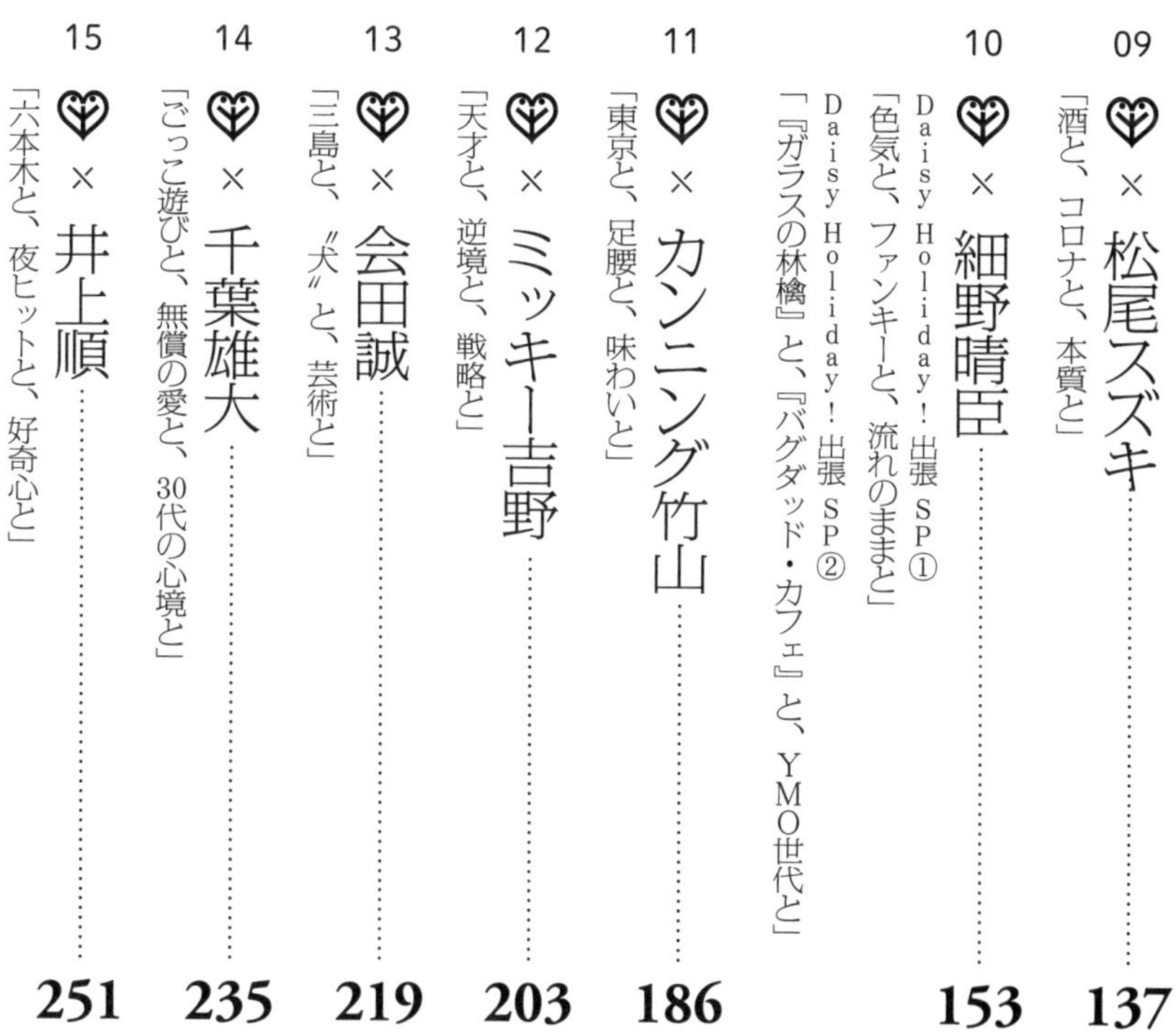

岡村靖幸
×
坂元裕二

さかもと・ゆうじ●1967年生まれ、大阪府出身。脚本家。主なテレビドラマ作品に『最高の離婚』『anone』『カルテット』『大豆田とわ子と三人の元夫』『東京ラブストーリー』など。2011年のドラマ『それでも、生きてゆく』のシナリオ全11話、製作陣座談会などを収録した同名単行本が河出書房新社から発売中。

ルーティーンと、登場人物と、後悔と

毎日ルーティーンで過ごすのが向いてると気づいた

坂元　（『岡村靖幸　結婚への道　迷宮編』を取り出し）最近の岡村さんのことを知ろうと思ってこれ読んでたんですけど……。

岡村　ありがとうございます。

坂元　岡村さんって聞き上手なんですね。

岡村　そうなんですかね（笑）？

坂元　あんなに他人に対して興味があるなんて……びっくりしました。話を聞くのが好きじゃないとここまで聞けないと思うから、本当に聞くのが好きなんだなと。結婚への尽きせぬ好奇心にもびっくりしましたし。でも、相手の話を聞き出してばかりだったので、岡村さんの予習にはあまりならなかったんですけど（笑）。

岡村　少し前にＮＨＫ『プロフェッショナル　仕事の流儀』に出てましたよね。それを見たら「子供が生まれて生活が変わった」という話をされてて。それまでは飲みに行ったり人と会ったりして、それが血なり肉になっていたけれども、その生活がだんだんできなくなったと。そのことに焦燥感を持ったり苦しんだりしていたのが、数年経つと「いや、この生活が尊いんだ」と思うようになってきて、それで別なポテンシャルで書けるようになったというお話があって、とても心打たれました。あまりにも心打たれたので、会う人会う人にこの話をしてて（笑）。

坂元　それは恐縮です（笑）。子供や生活もそうだけど、「毎日をルーティーンで過ごす」のが自分に向いてるって分かったんですね。

岡村　そう、朝必ず弁当を作るんですよね。

坂元　毎日同じ時間に起きて、自宅から仕事場まで同じ道を歩いて、着いたらまずコーヒーを入れて……みたいなもので固めると、集中できるんですね。仕事で自由でいるためには生活は規則正しい方がいいですね。弁当はもう12年作ってます。振り返ると「けっこう作ってきたな」と思うんですけど、だんだん呼吸のようになってきて。

岡村　じゃあ今もずっとルーティーンは大切にして

いる？

坂元　もちろん人に会うことは好きですし、会って面白い話を聞くとメモしたりします。初対面の人と会うことや徹夜したりすることは日常生活のルーティーンとぶつかるものですよね。僕は「日常と非日常がぶつかるときに面白さが見つかる」と思っているので、「どちらかだけを大事にするのではなく、ちょうどよくぶつかるようにしよう」と、いつも思ってます。

岡村　『プロフェッショナル』を見てたら、人物相関図を書いて何度も関係性を試行錯誤してましたよね。僕みたいに脚本を書いたことのない人間からすると、「延々脚本を書いていたほうが進むんじゃないか？」と思うんですけど、もしかしたら脚本家というのはもともと名言メーカーみたいな人たちで、テーマを与えられたらいくらでも言葉を思いつくんじゃないかと。だからそこの心配はせずに、関係性のほうをずっとやってるのかなと思ったんですが。

坂元　そうですね。頭の中で思いついた名言って「僕の言葉」みたいになってしまうから、まず先に複数の関係性がないと「他人の言葉」とかの生きたセリフが出てこないんですよ。

岡村　逆にそれさえできれば、セリフはバーッと出てくる？

坂元　と、思いますね。僕の脳じゃなくて、相関図が思考回路そのものになって、言葉を生み出しはじめたときがいいんです。紙の上の矢印だけでできたＡＩみたいな。

岡村　それはすごいですね。

坂元　ストーリーを作る段階というのもあるんです。いわゆる起承転結で４分割して、真ん中がハリウッドの脚本用語で「ミッドポイント」と言うんですけど、そこで転換点があって……というふうに作っていく。でもストーリーからセリフを発想すると、説明セリフしか出てこないんですよ。だからその都度ストーリーを頭からどかして、人間関係で考える。そうすると「あいつのことをこう思ってて、そのときにこいつが来たから反射的にこっちを向いてしまった」みたいな感じで、そのときそのときのアクシデントとして言葉が出てくるんですね。

岡村　過去のインタビューで、放送が始まって役者の演技に刺激を受けて、それで（その先の）脚本が変わるということも言ってましたよね。それはテレビドラマの醍醐味であり、スリリングなところでもあるんだろうなと思います。

坂元　「ディレクターはここに着目したんだな」とか、「脇の俳優さんが思わぬいい芝居をしてたな」とか、それによってストーリーも関係性もどんどん変わっていくのが連続ドラマの楽しみだと思ってて。だから自分の世界で完結してしまうのが嫌なんですよ。だから小説もまったく書きたいとは思わないし、あとそれとはちょっと違うけど、落語が苦手なんですよね。

岡村　どうして苦手なんですか？

坂元　「落語は人間の業が詰まっていて、ストーリーの宝庫だから、勉強したほうがいい」というのは20代の頃から言われていて、何度も関わろうとしたんですけど、結局面白いと思えなくて。それは落語家さんが1人でしゃべっているからなんですよ。「この人がしゃべってることをなんでみんな信用してるんだろう？　嘘ついてるかもしれないじゃん！」って（笑）。

岡村　なるほど（笑）。

坂元　1人の言うことをみんなが信用して笑っているのが疑問だな、って。2人の会話なら、そこに批評みたいなものがあるでしょ。自分は「その人が正しいかどうか分からない状態」に面白さを感じるし、そういうものを作りたい。あと、たとえば音楽でも、自由に詞を書いているわけじゃなくて、曲が先にあってそのメロディとの関係性で詞が決まっていくわけですよね。

岡村　そうですね。

坂元　韻を踏むのもそうで、本来踏む必要はないのに、わざわざある種の制約から言葉を作り出していく。僕が脚本を書くのが好きなのもそういうところなんですよ。テレビドラマなんて決まりごとがたくさんあるわけで、それを一つ一つ守って「別に僕の書きたいことはこうじゃないけど、この制約があるからこう書いていくよ」とか文句言いながらも、書きたかったこととじゃないところで本質が見つかっちゃう……というのが一番楽しいなと思うんですよね。

「どうやって終わるか」をなるべく考えない

岡村　ドラマの脚本って、書いた後に自分の手を離れて、監督の演出や役者の演技で作品化されていくわけですよね。それは音楽でいうと、作った曲に対してアレンジをする人がいて、演奏する人がいて、歌う人がいる……ということだと思うんです。僕は昔、作曲家をやってたんですけど、そのときに「（いろんな人の手が加わることで）曲の良さが2倍3倍になるな」ということをよく感じてたんです。でも中にはその逆になることもあって。脚本もそういうことはありますか？

坂元　ありますね。連続ドラマをやっていると、特に1話で引っかかることが多いんです。お酒飲みながら1話を見たら自分が思っていたものと全然違っていて、つい感情がたかぶってプロデューサーに電話して声を荒げる……みたいなことも昔はありましたね。でも最近はイメージと違っていても、すぐに電話するのはやめて、まずはお風呂に入ります（笑）。気持ちを落ち着かせてから、「ここが違うよね？」という話をするように努力してます。あと、2話3話と進んでいくと、今度は映像化された世界観が自分の中に逆流してくるから、自分の「こういうドラマだ」っていう思い込みが消えていくんですよ。それが気持ちいいです。話が進むにつれて違和感がなくなってくる。で、振り返って1話を見直したりすると、「あれ？ いいじゃん！」となったりして（笑）。「こうじゃない」と思うときもありますけど、実は恋愛と同じで、ただの思い込みだったりすることもあるし。そうやって自分を疑えるようになるっていうのは成長ですよね。

岡村　今は満島（ひかり）さんや瑛太さんとの関係が素晴らしいですよね。役者は坂元さんに対する敬意と信頼があり、坂元さんは「この役者のことを思うと良い脚本が書ける」という。（満島・瑛太が出演している）『それでも、生きてゆく』も見ましたけど、素晴らしかったです。実は、瑛太さんに言われたんです。「このドラマは絶対に見てほしい」って。

坂元　そうなんですか！　ありがとうございます。

岡村　作品のテーマから、最後の持っていき方まで全部良かった……名作ですね。

坂元　あのドラマで初めて、瑛太さんや満島さんと向き合って仕事したんです。そこから自分も変わってきた気がしますね。たぶん彼らに合わせて自分の作風を変えたんだと思います。

岡村　『カルテット』はリアルタイムで見てたんですけど、改めて「テレビって素晴らしい！」と思わせてくれた作品でしたね。子供のとき、テレビを見てて「次の週が待てない！」と思ってた感じ、あの感じを毎週味わってました。

坂元　でも異端かもしれませんけどね、テレビの中では（笑）。もちろん自分の中では、あれがテレビ的なものだと思って作ってはいるんですけど。

岡村　ご自身の今のモチベーションが非常に健康的ですよね。一緒にやりたいと思える役者の方々がいたりとか、「これは賭けだよね」という難しいテーマに挑戦して、その結果、素晴らしい作品になったりとか……アーティストとして理想の形ですよね。すごく健康的なものを感じます。

坂元　岡村さんに「健康的」と言ってもらえて、すごくうれしいし、腑に落ちる言葉です。

岡村　「連続ドラマでやった作品を映画化してほしい」と言われたら、どうしますか？

坂元　ドラマの続きを映画で、ということですよね。そういう話が出ることもあるんですけど、僕は「連ドラで終わらせて、続きは作れないようにしよう」と心がけて最終回を書いてますね。

――自分にとっては連ドラが主戦場だと。

坂元　そうですね、「それが向いている」ということですね。10話なり11話なりの話を書くのが自分には向いている。映画だと、終わりをどうするか決めて書かないといけないですけど、連ドラは決めずに書けるので。登場人物と一緒に生活しながら書いているんですよ。

――着地点が良いのが良いドラマだと思いますか？　それとも過程がしっかりと描かれていれば、もうそれだけで良いドラマだと思うのか。

坂元　個人的には、「はい、時間が来ました」って感じでスッと終わるのが好きなんですけど、お客さんは着地点をすごく気にするから難しいところなんですよね。「どうやって終わるか」にこだわりすぎると、そこだけ見て話を作ってしまうから、登場人物が魅力的じゃなくなってしまうんですよね。だからできるだけどうやって終わるか考えないようにして書いてます。終盤になってから「えっ、どうやって終わろう⁉」って苦しむことになるんですけど(笑)。「これしかない！」って思って書いて、あまり評判が良くないときもあるし、難しいですよね。ただ僕は、登場人物が魅力的で、見終わった後に「またあの人に会いたいな」とお客さんに思ってもらうことが一番大事だと思っています。大事なのは登場人物ですね。

岡村　僕もそれはすごく感じてました。

――どこかのインタビューで「プロデューサーから褒められてもあまり信用しない」とおっしゃっていましたが、「この人の意見なら信用する」という人はいるんですか？

坂元　信用しないというか、プロデューサーもディレクターもみんな僕より年下だから、なかなか本当のことを言えないんじゃないかと思っていて。もともと疑い深いし、人の言うことをあまり信用していないところはありますね。

岡村　それが長所だとおっしゃってましたね。

坂元　長所です(笑)。自分自身、面白いと思いながら書いてるわけじゃないんですよ。「これで本当に面白いのかな？」と思いながらずっと書いているので、「面白い」と褒められても疑ってしまうという……まあ満島さんは正直なので信じてますね。ただ、全般的には、褒められても信用しないようにしてます。ただ、ドラマの打ち上げでみんなが楽しそうにしてるのを見たら、「これで良かったんだな」と思いますね。

ミュージシャンはずるい！

岡村　ドラマって、いろんな人が関わる分、完成して良い作品になったときの感動がすごいんじゃないかと思うんですよ。ミュージシャンは自己完結系が比較的多いんです。自分で詞や曲を書いて、アレンジして、演出もして。だから達成感の感覚が違う気がするんです。

坂元　ライブも同じですか？

岡村　ライブは達成感を感じることもあります。それとミュージシャンでもバンドでやってる人たちは、ボーカルとかギターとかベースとか、役割が分かれている人間が集まって生まれるケミストリーがあるのかもしれないですね。ドラマは自己完結で作られるものではないから、完成して上手くいったときの多幸感ってすごいんだろうなと想像してます。

坂元　ひとりで仕事してる脚本家と、撮影現場って距離があるんですね。でも、不思議なつながりも感じていて。打ち上げに行くと、現場の人たちは一体感があるからワーッと盛り上がってるんです。そこは僕にはわからないんだけど、そのよくわからない感じというか、「話すことは別にないね」みたいな感じこそ、むしろいいなと思っていて。

岡村　脚本を通して会話をしてるわけですよね。

坂元　そうなんです。現場には顔出さないから、「はじめましてだけど、別に会ってももう話すことないな」って感じのオフ会みたいな（笑）。俳優さんも言いたいことあったんだろうけど、いざ会ってみると、「ああ、もう十分話し終わってたんだな」ってお互いに確認できるんです。そこに充実感を感じたりしますね。ただ去年、舞台をほぼ初めてやったんですけど、自分が書いたセリフに対してお客さんの反応を直に見られて、「これが一番楽しいに決まってるじゃん！」と思いましたね。作り手とのつながりも素敵だけど、お客さんとこんなふうに分かち合う時間を持てるというのは……特にミュージシャンはライブの一曲一曲にそれがあるわけだから、「ずるい！」って思いましたね（笑）。

岡村　言われてみるとたしかにそうですね（笑）。ミュージシャンはライブがあって、その反応でいろんな気持ちを味わうことができるから。

坂元　それはそれでいろんな葛藤もあるんでしょうけど……ありますか？

岡村　ありますね。毎年やっていると、自身の新機軸を出しつつも「ここは変わらない良さがあるよね」

という部分もないといけない。工夫とか、ベテランであるがゆえの「自分で自分に飽きないようにする戦い」みたいなものもありますし……そういういろんな要素が複雑に絡んでて、それぞれのバランスをどう取るかというのは考えてますね。

坂元　「誰かのために作ってる」という感覚はありますか？

岡村　「誰かのため」というのはほとんどないんですけど、最終的に「エンターテインメントとしてちゃんとパッキングしよう」とは思ってます。歌詞にしても出したときに、そうなるようにいくつかの仕掛けはしています。たとえわかりにくくても。

坂元　岡村さんの言葉は色あせないですよね。みんなが知っているようなところでいうと、熟語の使い方があるじゃないですか、最近だと「住所」。僕も長くやってますけど、岡村さんも長くやってて、今も「住所」というフレーズを色っぽく聞けるようにするって、それは色あせてる人間にはできないことだと思うんですよね。まさかそんな2文字が色っぽく聞こえるなんて誰ひとり思ったことないでしょ。そういう言葉に対する感覚は、ちょっとずつ変えていってるものなのか、それとも変えずに隠し持っているものなのか。

岡村　両方ありますけど、ハッとさせたいとは思ってます。

坂元　でも30年やってると、自分自身がなかなかハッとしないですよね。

岡村　難しいですよね（笑）。

坂元　（シングル「少年サタデー」について）「少年」って岡村さん的なフレーズでありながら、それもまた新しく感じるし。僕は同じジャンルを描かないようにすることで、自分を止めないようにしてるんですけど、岡村さんは青春っぽさや、セクシャルな定番もキープしているじゃないですか。それを守りながらも、ちゃんとアップデートしているというのは……その変える・変えないのさじ加減ってどうしてるんですか？

岡村　どうでしょう。変えるべきではないみたいな部分も、もしかしたらあるのかもしれません。ブレないみたいな。同時に今どきという感覚へのすり寄せ加減というのは考えてるかもしれないです。

後悔は1つ1つ潰していかないと

岡村 少年時代はどんな感じだったんですか？

坂元 あまり自我のない子でしたね。どうしたら子供が生まれるのかを知ったのも遅くて、中学2年のときでした。自我が生まれたのも高校1年生か2年生になってからかな。友人に、「10代の頃に生きてなかった時期がある」という人がいるんですけど、その頃に何をしてたか覚えてないらしくて。僕の場合は、多分高校ぐらいまで生まれてなかったのかもしれない。

岡村 小学生のときは女性にときめいたりしなかった？

坂元 好きな子はいたように思うんですけど、覚えてるのは野球のことばかりで。

岡村 プロ野球はどのチームが好きでした？

坂元 僕、関西出身なんですけど、西武ライオンズ。

岡村 えー！ 変わってますね。

坂元 周りが阪神ファンばかりって中で、垢抜けて見えたし、天邪鬼だったんでしょうね。

岡村 関西のどのあたりに住んでたんですか？

坂元 大阪のミナミです。ど真ん中。

岡村 大阪に住んでたことの影響ってあります？

坂元 大阪というか、時代もあると思うんですけど、なかなかバイオレンスな場所で。よく行く屋台のラーメン屋があって、家族で食べたりしてたんですけど、あるとき自転車で坂道を走ってたら、ちょうど店のおじさんが屋台を引いてて、ぶつかっちゃったんですよ。そしたら屋台が倒れて、ラーメンの寸胴の中から猫の頭がゴロゴロとたくさん転がり出てきて。

岡村 うわーーっ！

坂元 そういう幼少期だったんです（笑）。普通に裸で歩いているおばちゃんがいたり、近所の受験生のお兄さんがお母さん刺して、その逃走中に出くわして、包丁持って追いかけられたことがありましたね。返り血浴びたお兄さんから必死で逃げました

（笑）。

岡村　僕も関西にいたことがありましたけど、先生がすごかったです。今じゃ絶対考えられないような体罰があって。中学のときなんですけど、椅子の足をつないでいるパイプがありますよね。あれを先生がパキーン！と取って。

坂元　えええええ（笑）！

岡村　「まさかこれを使わないだろうな」と思ったら、本当にそれで殴るんですよ。九州から転校してきたばかりだったので、「もうマンガの世界だな」と思って驚いて。「赤鬼」って先生だったんですけど（笑）。

坂元　変な先生、いっぱいいましたよね。塾なんですけど、ずっと「俺の正体は松本隆だ」と言い続けてる先生がいて（笑）。「有名な作詞家の、松本隆って知ってるか？　実は……俺がそうなんだ」って。その嘘を1年間ずっとつき続けて。

岡村　それを信じていたんですか？

坂元　クラス全員信じてた（笑）。

岡村　松本隆さん、当時そんなにメディアに出てないですからね。

坂元　その人は教員用のでかい木のコンパスでみんなを殴ってました。すごい人でしたね。

岡村　兄弟は？

坂元　僕は長男で、下に2人います。弟と妹が。

岡村　『プロフェッショナル　仕事の流儀』で、「弟に優しくできなかった」とおっしゃってたじゃないですか（*）。僕もそうで、優しくできなかったことを思い出すことがあります。

＊「少年時代、弟が追いかけてきているのを無視して道路を渡ったら、追いかけてきた弟が車にはねられて、その光景が忘れられない」という内容が語られていた。

坂元　そう、そうなんですよね。

岡村　「優しくないお兄ちゃんだったな……」と思って。だから坂元さんのあの話、すごく分かるんですよ。

坂元　僕の弟は5歳下で、妹はさらに5歳下でけっこう離れてるんです。遊びの種類が全然違うから、「来るな」って感じになるんですよね。やっぱり。でも『プロフェッショナル』を放送した後、弟からメールが来たんですよ。

岡村　どのようなメールだったんですか？

坂元　（はにかみながら）「お兄ちゃんこと好きやし、頼りにしてるよ」って。

岡村　すごくいい話ですね。

坂元　出て良かったなって（笑）。弟からメールが来て、それが消えたから、最近「わだかまりとか、〝あの人に変なこと言っちゃったな〟という後悔は1つ1つ潰していかないといけないんだな」と思うようになりました。いつまでたっても「ああ、あのときあんなこと言っちゃった」って20年以上前に言ったことを突然思い出して、ああーっ！となったりするじゃないですか。

岡村　あります、あります。

坂元　『プロフェッショナル』といえば、密着されるときに「やっぱり『プロフェッショナルとは？』って聞かれるんですか？」と聞いたら、「もちろんです。ちゃんと考えておいてください」と言われて。難しいなと思いつつ、そうこうしている間に半年経って、「舞台の千秋楽が終わってから聞きますから」と言われたので、一生懸命考えて「よし、これにしよう」と決めたんですよ。それで「あなたにとって、プロフェッショナルとは？」と聞かれて、満を持して答えを言ったら……「他には？」って（笑）。

岡村　（笑）

坂元　まあ、自分をプロフェッショナルと思ってないから、それがバレてたんでしょうね。

天邪鬼と、破滅願望と、ゲートボールと

岡村靖幸
×
永山瑛太

ながやま・えいた●1982年生まれ、東京都出身の俳優。2005年公開の『サマータイムマシン・ブルース』で映画初主演。第33回日本アカデミー賞 優秀助演男優賞（『ディア・ドクター』）。雑誌GINZA（マガジンハウス）での連載「永山瑛太、写真」をまとめた同名写真集が発売中。

「ブラジルに行きたい」と言ったら

岡村　少年時代はどんなふうに育ったんですか？

瑛太　僕は男3人兄弟の真ん中なんですけど、兄はしっかりしてて、弟はみんなからかわいがられて……という中で、常にそれを俯瞰で見るような立ち位置だったんです。俯瞰で見てるんだけど、「もっと俺のこと見てよ」とか、「もっと俺のことかまってよ」という気持ちは小さい頃ずっとありましたね。そういうものがずっと心の内にあるんだけど、それをどう発散させていいのかわからなくて。そういうときにサッカーと出会って、そこで友達ができたりして、「自分が目立ちたい」とか、「何かをするとき僕の提案でみんなを動かしたい」とか、そういう気持ちが芽生えてきました。でも、「相手に嫌な思いをさせちゃいけない」というのも、母親からずっと言われていたんですよ。いじめられている子がいたらどうすればいいのか、いじめる子がいたら何と言って諭せばいいのか、みたいなことも母親から教わりました。「常にバランスを取りなさい」みたいなことはよく言われていた気がします。

岡村　中学生や高校生の頃、映画やドラマを見て「この仕事は興味深いな」とは思っていたんですか？

瑛太　その頃は父親も兄貴も映画が好きで、近くのレンタルビデオ屋で借りてきた映画を日曜の夜にみんなで見たりしてました。ちょっとアグレッシブというか、激しい洋画を……。

岡村　アクションものとか？

瑛太　というよりも、「現実から飛び出しちゃえ」みたいな映画。『時計じかけのオレンジ』とか。そういうものを薦められて見ていくうちに、兄貴と一緒に家庭用のビデオカメラで自主映画みたいなものを撮って遊んだりしてたんですよ。

岡村　じゃあ家の中に、映画に触れる機会があふれてたんですね。お父さんやお兄さんの影響って、振り返ってみて大きいなと思いますか？

瑛太　思います。その影響がなかったらもっと本気でサッカー選手を目指していたかもしれません。僕は小学3年生からサッカーを始めて、三浦知良さんにすごく憧れがあったんです。高校を中退して単身ブラジルに渡ったという話を知ったから、父親に「俺はブラジルに行きたい」と言ったら、「いいよ」と言われたんですよ。てっきり「ダメだ」と言われると思ってたんですけど、「いいよ」と言われた瞬間、急に怖くなってやめたんです（笑）。住んでいたところも芸能界に触れるような環境ではなくて。団地に囲まれた小学校に通ってたんですけど、先輩たちは工場で働く人たちが多かったんです。高校を卒業したら近所の工場で働くか、川を渡ったら埼玉なので埼玉の工場で働くか、みたいな選択肢で。そういった意味でも、やっぱり父親と兄貴の影響はあるんだと思います。岡村さんは子供の頃、お父さんの仕事の関係でいろんな土地を転々とされていたんですよね。さみしくはなかったですか？

岡村　そうですね、そうかもしれません。

瑛太　友達も毎回作り直さなきゃいけないし。

岡村　そうです。

瑛太　その感じ、今も岡村さんの中にあるように思います。

岡村　そうですか。なんかさみしそう（笑）？

瑛太　いや、初対面の人に対しての入り方というか。

岡村　あ、なるほど。

――モデルを始めたのは自分の意思ですか？

瑛太　中学生のとき、原宿で友達と古着屋巡りをしていて、駅前でスカウトされたことがあったんです。でもその頃はサッカー選手を目指していたので、「そういう世界には興味がないです」と言って名刺だけいただいて。高校はサッカーで入ったんですけど1年で挫折して、その後スーパーのバイトとかしながら、映画を見たり家でギターを弾いたりしているうちに、「サッカー選手だけじゃないな」と思い始めて。それで「俳優になろう」と思って、モデル事務所に連絡しました。

――当時は楽しかったですか？

瑛太　何も考えてない時代でしたね。何かを感じてはいたと思いますけど、将来の不安もなく、とにかく「新しいものを見たい」という意識でしか生活してなかった。その延長線上にあったのが俳優なんです。いろんな遊びをして、いろんな人に会ったけど、やっぱり俳優という職業が一番未知の世界だし、どうやって撮影するかも知らないし、それを見てみたい……と思ったのがきっかけだった気がします。

根本にあるのは天邪鬼な感覚

岡村 デビューしてこの世界に入って、どんな印象でした？

瑛太 最初に出演したのが、豊田利晃監督の『青い春』という映画で。僕は新井浩文が演じた青木という役のオーディションを受けたんですけど、経験がないからセリフもちゃんと言えなかったんだろうし、監督のイメージにも合わなかったんだろうし、それには落ちて。でも監督がオバケという役を作ってくれて、その役をいただいたんですね。

岡村 何か感じるものがあったんでしょうね。

瑛太 モデルをやっている頃からそうだったんですけど、ずっと「俺は人とは違うぞ」という虚勢を常に張っていたんです。CMのオーディションを受けているときにも、他人の動きを見て、「絶対に自分はそんなことしない。誰もやったことのない動きをしてやる」という……その感覚が今も続いているんですけど。今はもっと複雑になってきてますけど、それでも根本にあるのはそういう天邪鬼な感覚だとは思います。だから、男が大勢で群れているのは、（馴れ合いのようで）あまり好きではないですね。

岡村 役者をやる上で、「自分がどういう生活を送っているか」というのは……重い言い方をすると「どういう人生を送っているか」というのは、演技に出るものだと思いますか？ それとも演技は演技、生き様は生き様で全然関係ないと思いますか？

瑛太 いや、出ると思いますね。台本に対しても、監督からの演出に対しても、それをどういうふうにキャッチするかというのは、それまでの経験によって変わると思います。

岡村 たとえば、難しい手術をするお医者さんとか、ニューヨークから帰ってきた弁護士さんとか、きっちりとしたカテゴリの役をもらったとき、役作りのために取材することもあるんですか？

瑛太　今は制作陣が役について取材できる環境を与えてくれるんですよ。でも、そうやって知識を蓄積することで演技の助けになる場合もあるし、表現の幅が狭まってしまう場合もあると思っていて。そこは臨機応変にやっているんですけど、基本的に僕はそこまで追い込んで調べることはないですね。『それでも、生きてゆく』というドラマでは殺人事件の加害者と被害者がいて、僕は被害者家族を演じたんですけど、「被害者家族はどれだけ苦しむのか」というのを想像するときに、「そういう人に会って話を聞こう」というのはちょっと考えはしましたけど、やりませんでした。少し前に『友罪』という、神戸連続児童殺傷事件の少年Aをモチーフにした映画に出演したときも、「本人に話を聞くか」という発想もあったけど、でも「そういうことではないな」と思って。「自分がもしそういった過ちを犯したら、こういう表情になるのだろう」と想像したり、映画の中で感情がどう移り変わっていくかを意識したりしながら作っていますね。

――「役にのめり込みすぎて、演じた後もしばらくその感覚が抜けない」というタイプの俳優もいますけど、瑛太さんはどんな距離感で役に向き合っているんですか？

瑛太　僕は「一生懸命に演じていれば、そう見えてくる」と信じて演じています。役に入り込みすぎて……というのは意識してないです。そういうふうに「ストイックに演じる」みたいなもの、「俳優とは何か」という既成概念みたいなものが、あんまり好きじゃないんですよ。僕はそういうのがないところでやってますね。開き直ってるとも言えるんですけど。僕が一生懸命その役になる、ということじゃなくて、脚本家や監督が僕に対して何かを入れてくれるんですよ。僕はただの入れ物みたいな存在であって、いろんなものを入れてもらって、それを沸騰させたり、冷ましたりする。それをお客さんが見て「こいつは何を考えてるんだろう」と想像してほしい。

――役者だけで100％の表現をするのではなく、脚本家の意図や、監督の演出や、それを受け止める観客の想像性が加わって完成されていくという。

瑛太　実際に生活しててもそういう想像性を感じることはあって、たとえば岡村さんと一緒に楽しくお酒を飲んでいても、瞬間的に「怖いな」というときもあるんですよ。

岡村　！！！

瑛太　でも人間の想像性って、そういうところがあると思うんですよ。映画でも監督の演出によっては、表面的には何も起こっていなくても「これはきっと何かが起こるぞ」と思わせるような手法もありますよね。僕は現実の生活の中でもそういうことを感じているところがあって。だから演技をするときもその延長線というか、「あまり余計な手を加えなくていいんじゃないか。あとはお客さんに委ねよう」という姿勢でやっていますね。

「泣ける俳優」にはなりたくない

岡村　撮影の現場って自分一人じゃないから、自分がどれだけ良いパフォーマンスをしても、周りもそうだとは限らないですよね？　その逆もあるかもしれないし。そういう、たくさんの人が関わる難しさはないですか？

瑛太　僕はないですね。監督は神様だから、監督がOKならそれはOKということなので。OKをもらった後に「もう1回やらせてください」とお願いすることもまずないですし。ただ、感情を内側から出さないといけないときには、事前に監督に「本番でしかやりません」と伝えます。端的に言うと、泣くシーンですね。泣くシーンは一番きついんですよ。何回も泣けるものじゃないし。だからオファーをいただいたとき、台本に「嗚咽する」みたいなことが書いてあると、お断りすることもあります。

岡村　えええええ！

瑛太　そのシーンで泣くべきかどうかは、なんとなくニュアンスで分かるんですよ。事前の打ち合わせで「ここで感情があふれるんですね」みたいな話はしますし。だから泣くことはあるんですけど、でも台本の時点で泣くことが大前提になっているような「泣ける俳優」にはなりたくないんです。

岡村　ファン目線で言わせてもらうと、瑛太さんの涙、すごく色っぽくて好きですけどね。ジェフ・ミルズが音楽をやった『光』での涙とか。

瑛太　現場ではカメラも監督も共演者もみんな見ていて、「お前、今から泣くんだよな」みたいな（笑）、そういう重圧があるんですよ。僕の話ばかりしてるから、今度は僕から岡村さんに聞いてもいいですか？

岡村　どうぞ。

瑛太　岡村さんの歌詞の世界って、基本的には自分の実体験からインスピレーションを得て書いてるんですか？

岡村　両方ありますね。

瑛太　たとえば人から聞いた話とか……。

岡村　も、あります。経験したことを少し整えて書くこともあるし、まったく経験したことないことも書いたりもします。

瑛太　それは日常……たとえば一緒にお酒を飲んでるようなときでも、意識の中では音楽作りをしているんですか？

岡村　飲んでるときはやってないです。飲んで帰ってきたときとか、飲む前にスタジオに入っているときとか。瑛太さんの音楽の話も聞きたいんですけど、最初はどういう音楽を好きになったんですか？

瑛太　最初は尾崎豊さんと長渕剛さんですね。僕が小学生のときに、兄貴がギターでずっと弾いていたので……すみません、岡村さんじゃなくて。

岡村　いえいえ、全然大丈夫です（笑）。僕の印象としては、瑛太さんは歌詞が響く歌がすごく好きなんだろうなと思ってて。

瑛太　そうですね。「言葉の持つ強さ」みたいなものが自然と自分の中に浸透していく感じが、すごく好きなんですよね。

岡村　生活の中に音楽はあります？　たとえば移動するときも音楽を聞いたりとか。

瑛太　基本、聞いてますね。ただ撮影のときに音楽が言葉で入ってきちゃうと、違う世界に持っていかれる感じがするので、そういうときは音だけの音楽を聞いてます。クラシックとか、癒やし系の音楽とか。あ、あとこないだの曲は良かったですね。

岡村　あの曲、良かったですか（笑）。

――何のことですか？

瑛太　こないだ岡村さんを「うちに行きましょう」って無理やり連れていって、そこで即興ごっこをやったんですよ。岡村さんにギターを弾いてもらって。

岡村　そういうセッションみたいなこと、2人でよくやるんです。僕がずっと弾いて、瑛太さんがずっと歌ったりラップしたりするという。わりと2人で会ってそういうことやってますね。舞台が始まるとストイックなモードに入るから、会えない期間もあるんですけど。

瑛太　ストイックじゃないんですよ。酒を飲むと演じられなくなっちゃうんです。セリフがすぐどっかに行っちゃうから。

岡村　「自分で音楽をやってみたい」という興味はないんですか？

瑛太　ずっとあるんですけど、ずっとやってないんですね。本当は歌を歌ってるときが一番楽しいんです。岡村さんとお酒を飲んでセッションするのもすごく楽しいですし、以前、佐藤浩市さんたちと原田芳雄さんの曲でライブをやったときも楽しかったですね。たぶんそれは「僕はミュージシャンじゃない、俳優の瑛太ですからね」という言い訳をどこかで持っていて、「別に完璧じゃなくても構わない」と思っているから、楽しいんだと思います。

岡村　だから真面目ですよね。それは逆に言うと、「本当は完璧にやらなくちゃいけない」と思っているということですよね？　もっと気楽に「まあミスってもいいじゃん」という感じでやっている人もいると思うんですけど。瑛太さんとは青春的なトークも含めて、いろんな話をしてますけど、根っこに真面目なもの、ストイックなものをすごく感じます。音楽も「やるんだったら完璧にやりたい」と思ってるわけですよね。

瑛太　それ、岡村さんが僕に言ったことじゃないですか！　（「一緒にやりたい」と言ったら）「やるんだったら半年時間が欲しい」って（笑）。だから岡村さんも真面目なんですよね。

岡村　仕事に関しては。

瑛太　いや、すべてに対して真面目ですよ！

破滅願望から「普通に生きていけばいい」へ

瑛太　僕と岡村さんは歳が離れてますけど、こないだGINZAの連載（＊）で書かせていただいた通り、「自分が年を取って体もあまり動かなくなって、そろそろ最期が近くなってきたようなときに、岡村さんとゲートボールをしてモーニングを食べたい」って勝手に思っているんですよ。近所に住みたいなと思って。今は岡村さんの家、遠いじゃないですか。

＊永山瑛太の写真連載で岡村が登場した回に、「時が経って、雨が降らない日は早朝からゲートボールして、喫茶店でモーニング食べて、いろんなお話ししながらボーッとしましょう」との言葉を綴った。

岡村　じゃあ引っ越しましょうかね（笑）。それとももう一軒持つか。

瑛太　今は「どこかへ向かっている」という意識はあるんですか？　それとも「今」をひたすら続けていこうという意識なんですか？

岡村　仕事のことですか？

瑛太　仕事も、生きるということも。

岡村　仕事に入るのか、生きることに入るのかは分からないですけど、習得したいことはたくさんあります。歴史のことを全然知らないから、歴史の勉強してみたいとか、英語の勉強してみたいとか、得意じゃない楽器をやり直してみたいとか。プラス、通常運転もやるという。ベテランゆえに「自分で自分に飽きないように」というのは意識してますね。自分に対して「ああ、あのパターンね」とならないように、自分が自分を楽しめるように。こういう仕事をやってる方は、みんなそうだと思いますけど。

瑛太　……岡村さんって、泣きます？

岡村　泣きますよ。つい最近も『ミックス。』（瑛太主演の映画）見て泣いてました。

瑛太　いや、そういう「泣く」じゃなくて……。

岡村　どういう「泣く」？

瑛太　作品で泣くんじゃなくて、家に帰って1人になって泣くようなこと。

岡村　それはあまりないかもしれませんね。

瑛太　泣きたいというときはありますか？

岡村　あります。

瑛太　そういうときどうするんですか？

岡村　人前だとまったく泣いてないようなふりするし、人がいないところだったら普通に泣くんじゃないですかね。よく泣きます。

瑛太　うーん……年に1回くらいです。でも、年に1回くらい泣く役が来るんです。その中で何回も芝居で泣くから、それで解消されてるのかもしれないですけど。

――『世界は一人』や『それでも、生きてゆく』を見ていると、瑛太さんは自己肯定感の低い若者をよく演じている印象があります。それは脚本家が瑛太さんにそういうイメージを見出して当て書きをしているのだと思いますが、自分ではそういうところがあると思いますか？

瑛太　もともと破滅願望みたいなものは持ってるんですよ。「どうにでもなっちまえ」みたいな。やっぱり「そういうものを持っているから、そういう役を与えられる回数が増えていくんだな」というのは感じますね。「死の匂いがする」みたいなことも言われたりして。こないだ一緒に舞台をやった岩井（秀人）さんからは「今、日本でこんなに暗く演じられるのは瑛太だけだ！」と言われたり（笑）。でもそういうところは小さい頃からあったかもしれないですね。「死ぬのは怖くない」みたいなことにある種のスター性を感じていたということなんでしょうけど。そういうところがあったから、20代の頃は自虐的になったり、すぐ人を疑ったり……というのをずっと繰り返してました。今もそういうところありますけど。でも子供が生まれて、もう1人生まれて……となっていくうちに少しずつそれが抜けていった気がするんですよね。「僕はただ、普通に生きていればいいだけなんだ」という。「そんな無理しなくていいのかな」という心理状況になるときはありますね。

岡村　家庭生活が自分の心に与える影響はどんなものですか？

瑛太　一番は「親ってこんなに大変なんだ」ということですね。大変な思いをして、「あ、だから（自分の親は）ああいうこと言ってたんだ」と分かるようになりました。

岡村　親になることで、自分の親を理解できたみたいな。

瑛太　最近はそういうことが出てきましたね。できるだけ親と会う時間を増やそうと思うようになりましたし。子供はどんどん成長していくけど、自分の親はどんどん老化に向かっていくから。「あ、今日焼肉に連れてってあげよう」とか。そういう意識はここ数年さらに強くなってきてますね。

岡村　子供に対してはどうですか？

瑛太　やっぱり子供は本当に言うことを聞かないし、イライラすることもありますよ。とにかく自由ですからね。「何なんだろう？」と思いながらいつも面倒見てます。

岡村　性格や態度で、「俺に似てる」と思うときはありますか？

瑛太　何かあると「どっちだ!?」って思いますね（笑）。「これは絶対カエラだ」って思ったり。今は上の子が小学3年生ですけど、表舞台に出てしまった親から生まれてきた人間としてこれからどういう人生を歩んでいくのかが、どこかで恐ろしいし、すごく楽しみでもあるんですけど……最近は怖さのほうが強く出てきましたね。本当に毎日の積み重ねで、ほんのちょっとしたことがすごく記憶に残っちゃったりするんですよ。嫌な思い出は特に。だからなるべく楽しいもので覆い尽くしてあげたいんですよね。嫌なことがあっても忘れさせてあげたい。でもうちの息子、今のところすごく優しい子に育ってるんですよ。まあ嫁のおかげなんですけど。だから……やっぱり簡単には言えないですけど、僕は「岡村さんにも父親になってほしい」と、切に願ってます。

岡村　はい……なんとかしたいですね。

瑛太　岡村さんみたいにライブに出て、パフォーマンスをして、目の前のお客さんを元気づけるという実感って、俳優は薄いと思うんですよ。だから日常の中でささやかな喜びや楽しみをどんどん拾っておかないと、すごく無機質になっていく感じがするんです。

岡村　これは俳優の醍醐味だと思うんですけど、演技をした後で映像を見たら、意図していた仕上がりになっていなくてガッカリしたりとか、逆に想像を超えた面白さになっているとか、そういうことはあると思うんです。それを楽しんだりはしていますか？

瑛太　（個々の演技よりも）作品全体としてどうなのか、ということで僕は捉えてるんで。たとえば、「（表情がしっかりわかるように）もっと寄りで撮ってもらったらいいのに」と助言されたこともあるんですけど、そういうことじゃないなと思って。そういう欲を持ちそうになった時期もありましたけど、なくなりましたね。ない方がやっぱり集中力が高まるし、作品にとってもそっちの方が絶対いいと思います。

もしかしたら、やっぱり僕は年間に2、3本舞台もやって、さらに演技力を身につけて、冗舌にセリフも言えるようになったほうがいいのかもしれない。でもそれよりも、今のように、どこか「この人大丈夫かな」と思われながら生きてる感じっていうんですかね……自分に対して「破綻している」というのを認めた上で前を向いていたくて、それでお客さまが楽しんでいただけたらいいなと思いますけどね。

岡村　最後に、「人生って不思議だな」と思うことはありますか？

瑛太　不思議ですね。こんな人間が俳優になれるんで。コンプレックスはいっぱいありますし、マイナス思考は小さい頃から続いてますし。それでもやっぱり俳優として作品に携わって、人に感動を与えたり、面白いと思ってくれたり、次の作品が楽しみだと思ってくれる人がいるっていう。少なからずそういう人がいるということが、今でもどこか不思議なんですよ。根拠のない自信を持ってただけの僕がそうなれるというのが。

岡村　でもいろんな賞を取ってるし、評価も得てるわけじゃないですか。

瑛太　あれは「頑張ってください」というメッセージだと受け取ってます。「あなた、ちゃんと日本映画のことをわかってますか？　ちゃんと俳優を続けられますか？　そういう責任を持って頑張ってくださいね」、そう言われている気がするんですよ。岡村さんはありますか？　人生の不思議。

岡村　そんなの、不思議だらけですよ。不思議によって人生が構成されてると言ってもいいくらいです。

瑛太　さすがですね。

ミュージカルと、ヨーロッパと、ケモノ感と

岡村靖幸

×

森山未來

もりやま・みらい●1984年生まれ、兵庫県出身。俳優として様々な舞台、映画、ドラマに出演しつつ、ダンサーとしても活動。

ADHDだと言われるような少年でした。だから本当に踊りをやっていて良かったんですよね。踊りで心のバランスが取れていたんだと思います。

岡村　踊りは何歳から始めたんですか？

森山　5歳くらいからです。

岡村　たしか、家族でダンススタジオをやっていて。

森山　もともとは地元のダンススタジオに姉が通い始めて、それに僕も乗っかって通い始めて……とやっているうちに、起業好きの父親がノリでダンススタジオを作ったんです。

岡村　何を踊っていたんですか？

森山　最初はジャズダンスで、6歳からタップ、8歳からストリートダンスですね。その頃からバレエもやり始めて。僕、人との距離感のつかみ方がすごく下手で、相手に対してどこまで突っ込んだらいいかわからない子供だったんですよ。シャイなんだけど、いったん心を開くと、ワーッと近付きたくなる。でも距離感がわからないからどんどん近づいて、あるところですごく拒絶されてしまうという。そういう子供だったんです。今もそうかもしれないですけ

ドメスティックな関係の中で育ってきた

岡村　森山さんとはたまにですが不定期的に会っていて、2人きりであることが多いんですけど、シャイさが抜けなくて。

――どっちが？

岡村　お互いに（笑）。お互い「恥ずかしい」と思いながら、それをごまかすかのように飲むから……。

森山　2人ともベロンベロンになっちゃうんですよね（笑）。岡村さんとどんな顔して会えばいいのかわからないから、つい飲んでしまって。

――たしかに、さっきから2人ともあまり目を合わせないですね。

森山　いえいえ（笑）。

岡村　森山さんって、お子さんの頃は関西にいらっしゃったんですよね。どんなお子さんだったんですか？

森山　社交的ではなかったですね。たぶん今だと

ど。だから（社会よりも）基本的に家族同士の、ドメスティックな関係の中で育ってきたと思います。

岡村　ダンスを始めたきっかけは家族ですけど、他にも「いま振り返るとこれは家族の影響だったな」と感じるものはありますか？

森山　僕、音楽の聞き方が偏ってるんですよ。好きな音楽だけをずっと聞いていて、万遍なく聞くということができない。たぶん、家庭内でずっとマイケル・ジャクソンが流れていたのがルーツなんだろうなと思います。それプラス、ダンススタジオに通ってるので、ジャンルごとに聞く音もあって。5歳のとき、初めての発表会で踊った音楽がジャネット・ジャクソンの「ミス・ユー・マッチ」でしたね。それと、これで音楽の幅が広がったわけでもないんですけど、家族で週1ペースでカラオケに行く習慣があったんですよ。母親は70年代の歌謡曲を歌うし、父親は「野風増」（河島英五）か、「夢一夜」（南こうせつ）か、「群青」（谷村新司）しか歌わなかった（笑）。父親から音楽の影響はほとんど受けてないんですけど、でもすごく偏った音楽の聞き方をしてきたと思います。

岡村　森山さんがダンスを始めたきっかけは、他のインタビューでもよく語られていますけど、役者に興味を持ったきっかけについてはあまり語られているのを見たことがないんです。役者についてはどうだったんですか？

森山　なんだろう……母親が夜、テレビをつけていないと寝られない人で。そこで必ず流れていたのが昔のクラシカルな映画だったんですよ。『ダイヤルMを廻せ！』みたいな。そこにMGMのミュージカル映画も流れてて。その影響はすごくあったんですよね。

岡村　じゃあ『ザッツ・ダンシング！』や『ザッツ・エンタテインメント』だけじゃなくて、本物のミュージカル映画も見てたんですね。

森山　ダンススタジオに通ってたときに、かわいくて恋心を抱いていた女の子が『アニー』の主役に抜擢されたんですね。それを見に行ったのがきっかけで、その子が所属していた劇団ひまわりに「僕も入りたい」と思って入りました。それが10歳くらいの頃。いくつか舞台には出させてもらっていたんですけど、子役がメインの劇団なので、中学に入ると辞めてしまって、そこからは不安定な時期でした。

岡村　ダンスのほうはどうだったんですか？

森山　ダンスは続けていたんですけど、友達と遊ぶのが楽しくなってきて。5歳くらいからずっとダンスばかりやってきて、そういうのは（大人から見て）かわいらしいし、僕もそれを享受してきたんですよ。でも中学生になると環境も変わるし、いろんなバランスが変わってきたことでふてくされ始めてたというか（笑）。それを母親がなんとか引っ張って、いろんなオーディションを受けさせられて。ジャニーズやスターダストのオーディションも受けました（笑）。そうこうするうちに、中学3年生のとき、宮本亜門さんの『ボーイズタイム』いう舞台に出て。芝居についてはそこがスタートという感じですね。自分はずっとミュージカルに憧れてると思い込んでいて、20歳くらいのとき、1人で初めてニューヨークに行ったんですよ。

岡村　1人で!?　すごい。

森山　ブロードウェイにも行ったんですけど、自分の期待していたものとは違っていたんですよね。テクニックも熱量も含めて、ものすごく感じるものがあるのかと思っていたら、意外とシステマチックでドライに感じて。そのときに「俺、ミュージカルが好きというより、ミュージカル映画が好きだったんだ」と気づいて。音楽、踊り、お芝居についての興味は変わらないんですけど、必ずしも舞台でミュージカルがやりたいわけじゃないんだな、と。そういう時期もありましたね。

アメリカの文化からヨーロッパの文化へ

岡村　中高生の頃に、映画やドラマはよく見てました？

森山　中学の頃は、まだ家族の影響が強かったですね。母親や父親の好みやセンスって、僕にとってすごく強いものだったので。小学生のときに見ておぼろげな印象だったものを、もう一度見直す時期が中学生だったと思います。中2の頃かな、夜眠れなくて、母親の持っていた『情婦』というビリー・ワイルダー監督の映画を借りて、自分の部屋で見ていたら深夜に号泣してしまったんですよね。それはよく覚えてます。学校でドラマの話題で盛り上がるというのもなかったんですけど、でも『北の国から』はよく見ていました。

岡村　僕も『北の国から』、大好きです。ミュージシャンだと、たとえば「マイケル・ジャクソンに憧れて音楽を始めた」みたいな道筋があるものなんですよ。でも森山さんのお話を聞いていると、中高生で夢中になる人がいて「自分もそこに行こう」と思ったわけじゃなく、まず子役をやった経験値があって、思春期になったときにお母さんの勧めでオーディションを受けてみたら合格して、そこで今の世界に入ってから、少しずつプロフェッショナルとして固まっていった……ということなんですかね？

森山　どうなんでしょうね……。最初は両親がダンススタジオをやっていたこともあって、常に親の庇護のもと何かをやり続けていて、その中で運良く宮本亜門さんに引っ張ってもらって、その流れの中で20代の始めまでなんとかやってきた、という感覚はありますね。そのときの自分がプロフェッショナルという感覚でいたかどうかはわからないです。

岡村　その頃、自分のやっていることに対して充実感はあったんですか？

森山　自分の性格的な部分も大きいと思うんですけど、「馴染んでいる」という感覚はあまりなくて。連続ドラマに初めて出演した『さよなら、小津先生』の頃も、東京での仕事がまだ少ない時期だったというのもあり、いろんなものに対して抵抗がある中でやっていた気はしますね。

岡村　なるほど、その頃は仕事のたびに上京していたんですね。

森山　高校を卒業するまでは、東京まで通ってました。

――ちなみに岡村さんの音楽に出会ったのって、いつ頃なんですか？

森山　それが遅かったんです。20歳くらいの頃で。だいたい僕、音楽に出会うタイミングが遅くて、リアルタイムで出会うことがほぼないんですよ。当時付き合っていた人がいろんな音楽をバーッと推薦してくれたときがあって、そのときに岡村さんの音楽を聞いたんです。最初に聞いたときはちょっとウッ……となったんですけど（笑）、でも聞いていくうちにズブズブとハマっていって。だから「自分で出会った」と自覚している音楽ってあんまりないんですよ。親だったり、他人だったり、何かのつながりから出会い続けてますね。モータウンを掘り始めたのも、（親の影響で聞き始めた）マイケル・ジャクソンに出会ったからなので。

岡村　子供の頃からジャズダンスを続けてきて、その延長線で「海外でミュージカルをやりたい」と思ったことはなかったんですか？

森山　もしかしたら思ってたかもしれないですけど……でも「ジャズダンスから離れたい」と思うきっかけがあったんですよ。たとえばボブ・フォッシー（＊）の振り付けって有名ですけど、あれは明らかに北アメリカの人たちが持つ身体的な特徴をきれいに見せる振り付けであって、平均的な日本人の体型には合わないと思っています。

＊MGMミュージカルのダンサー兼振付師として活動した後、監督デビュー。'73年に監督と振付を担当した映画『キャバレー』でアカデミー監督賞を受賞。ヘビ役で出演の『星の王子さま』（'74年）で披露した「スネーク・イン・ザ・グラス」のダンスは、マイケル・ジャクソンに影響を与えたと言われている。

——たしかに、手足の長さを上手く活かしたダンスみたいな感じはしますね。

森山　今でも自分のベーシックな部分はシアター系のジャズにあるとは感じます。ただ、もちろん日本人も世代が変われば体型も変わっていくんでしょうけど、「ジャズダンスやってもなぁ」みたいに思う瞬間があって。そのへんから自然と興味が薄れていったように思います。だから今は「ブロードウェイに立ちたい！」みたいな欲望はないですね。

岡村　そうなんですね。

森山　日本に入ってくる外国の文化って、アメリカの文化が一番メインだったじゃないですか。僕もそれはすごく享受していたし、今でもそうなんですけど、20代の中盤くらいからどんどんいろんなものに出会っていく中で、ヨーロッパの文化に出会ったというのが非常に大きかったんですよ。

岡村　ヨーロッパの文化から、どんな影響を受けたんですか？

森山　土着的なものから何かを立ち上げようとするとき、「アメリカ」という国はやっぱり歴史が浅いけど、ヨーロッパはそれぞれの国の歴史が重厚だと感じました。その湿度感、匂いみたいなものにシンパシーを感じたんですね。「あ、自分はこっちなんだな」と思って、それで視界が開けたというか、変わりました。

インプロは癖があぶり出される

森山　岡村さんが普段どうやって音楽を作っているのか、すごく知りたいんですよ。

岡村　二人でSWITCHインタビュー（＊）に出ればわかりますけどね。

＊NHKで放送中の『SWITCHインタビュー 達人達』。2人のクリエイターが前半と後半でそれぞれの仕事場を訪ねながらお互いにインタビューを行う番組。'19年11月2日の放送では森山未來が広告クリエイターの菅野薫と出演した。

森山　え、どういう意味ですか？

岡村　お互いの仕事の現場へ行って、お互いにインタビューするんですよ。

森山　そうだった、自分も出たんだった（笑）。レコーディングは1人でやってるんですよね？

岡村　サポートするスタッフはいます。

森山　でもそれぞれの楽器に対して、担当ミュージシャンがいるわけじゃないんですよね（＊）。すごい作業だ……ちょっと考えられないです。たとえば僕がソロのパフォーマンスをやるとしても、そこには音響や照明や衣装の人が必要なわけで、実際は1人で作るわけじゃない。常に誰かの仕事の恩恵を受けつつ、表現を生み出している。だから本当に1人で向き合ってものづくりをするというのはどういうことなのか、気になるんです。以前、横尾忠則さんに聞いたときは、「頭で考えたりはしない。体にまかせて描く」とおっしゃってましたけど、岡村さんはどうですか？

＊岡村のレコーディングでは、すべての楽器を岡村が担当している。

岡村　1人でやってるときに意識しているのは、自分に飽きないようにすることかしら。自分の手練手管、自分のパターン、自分の思考回路、自分の好き嫌い……みたいなことに飽きないように。

森山　無理やり変えようとするよりも、「飽きない」ということが優先なんですね。

岡村　気分転換として、無理やり変えるのはいいんですよ。「今日は気分が乗らないから、紅しょうがをめっちゃかけてやれ！」みたいな。こうやっていろんな人と対談するのも、いろんな意見を聞いたりできるから、とてもいいんですよ。定期でこういう現場に来て、いろんな人と話をするというのは、自分にとっては刺激になってます。たとえば今回の対談の前には、森山さんのワークを調べたりもするんですよ。それも僕にとって、いい影響があります。表に出てくるわけではないですけど。

森山　何かで見ましたけど、「トラックはすぐに作れるけど言葉がなかなか出ない」という話をされていましたよね。

岡村　言葉はなかなか出ないですね。

森山　やっぱり人が「岡村ちゃん」という存在に期待するのって、女の子に対する言葉だったりすると思うんですけど、意識してそういう言葉をひねり出しているんですか？

岡村　どうなんでしょうね？　らしさが出るようには腐心します。

森山　大変だなあ……でもそれって、ずっと一貫してやってることですもんね。

岡村　森山さん、いまこんなふうに話してますけど、2人っきりになるとちょっと会話が違いますからね。

——どんな感じになるんです？

岡村　お酒も入ってるから、思ったことをそのまま言ってくれるんですよ。あと、踊りに関しては見る目が厳しいですね。当たり前ですけど。

森山　岡村さん、80年代から90年代にかけてヴォーギングをしっかり取り入れてやったじゃないですか。

そのセンスをいま持ってきたって、全然使えると思うんですよ。

岡村　最近また出てきてますもんね。

森山　岡村さん的には、それだと「戻る」になるのかもしれないけど、でも僕は「今」だとも思っていて、きっと面白い表現になるんじゃないか……みたいな話をしたりしてましたよね。

岡村　たまに、完全にアドリブのパフォーマンスをするじゃないですか。ああいうのも好きですか？

森山　あれはそれこそ手練手管になっちゃうというか、自分の癖があぶり出されてしまうので、できるだけやらないようにはしてますね。たとえば「音楽とのセッション」ということで音楽とインプロ（即興）のダンスでやるとなった場合、音とのコミュニケーションになるわけですけど、そもそも音というものも情報としては言葉と比べて抽象的じゃないですか。だからそこに反応して出てくる身体も自然と手練手管になってしまいがちなんですよ。ちゃんとコレオグラフ（振付）されたもののほうがいいものができると今は思っています。ここ何年か、NHK Eテレの『オドモTV』という番組の中の「オドモのがたり」というコーナーを担当しているんですけど、そこでは、子供が作ったでたらめな物語の言葉に引っ張られてインプロをやるというものもあるんですよ。抽象的なインプロではあるんだけど、あくまでもまず言葉が体を通ってるのが前提にあるというか。そんなふうにして、ただのインプロではなく、インプロをやるにしても違う回路を通したいというのは最近意識してますね。

猫にそれを言ってもしょうがない

岡村　音楽をやろうとは思わないですか？　音楽をやる役者の人、多いですよね。

森山　今は……あまり思わないですね。でもたしかに、昔の役者さんはみんなレコードを出してますよね。役者って、誰かにコントロールされているのが前提だから、そうじゃないものをやろうとして音楽に行くんでしょうね。

岡村　あと、ライブをやるとお客さんがいて、パフォーマンスした反響がその場でダイレクトに返ってくるから、それもあるかもしれないですね。役者って「解放する仕事」じゃなくて、「研ぎ澄ます仕事」じゃないですか。

森山　内に入っちゃう感じはあるかもしれない。でも最近は、そういう（内に入る）時間も大事なんですけど、できるだけそうならないようにしてますね。どの現場も結局はその場にいる人とのセッションなわけで、自分の中でガチガチに固めずにその場にいる人と遊べればいいいな、という感覚はあります。

特に映画は、『世界の中心で、愛をさけぶ』のときに行定（勲）さんに言われた「映画は日記みたいなもんだから」という言葉を、本当にそのまま自分でやっちゃってるところがあります。その空間にセリフやキャラクターや設定というものがあって、その中に入ってセリフを言ってしまえば大丈夫だろう、みたいな。そういう感覚でいたほうが面白いんじゃないか、というのが今はありますね。（テーブルに広げてあるこの連載のページに目がとまり）……ところでこの連載、タイトルに「遅刻」が入ってますけど、岡村さんって遅刻魔なんですか？

岡村　僕は遅刻魔ではないです。

森山　そうなんですか。僕は時間を守るのが本当にダメで。定時に入ることがなかなかできないです（笑）。なんでだろう……というか、本当は「なんでだろう」とも思ってないんですけど（笑）。

岡村　でもコミュニケーションを取っていると、「束縛されるのが嫌いなんだろうな」とは思います。

――じゃあ2人で会うときの待ち合わせは……。

岡村　大変ですよ。森山さん、スマホを持っていないから。

森山　だから厳密に場所を指定していただいて。

――待ち合わせ場所へ行ったら、あとはひたすら待つしかない。

岡村　そうです。

――昔はそれが普通でしたけど、今だとちょっとしんどそうですね。

岡村　森山さんはスマホに束縛されるような生き方をしないんです。誰も彼を束縛できない。風のような男なんです。

森山　風って（笑）。でももう15年以上、ケータイを持ってないですね。中学から持っていましたけど、19歳くらいで持つのをやめました。なんでだったかな……1つ思い出せるのは、上京した頃、あまり仕事がなくてケータイで麻雀のゲームやってたんですよ。で、気が付いたら日が暮れてて、「これはダメだな……」と思って（笑）。あともう1つは、20歳になる直前、家族と沖縄へ行って、そのときにケータイのあるなしで親とすごくモメたことがあって。それで「もうやめよう」と思ってやめましたね。

——どんな感じで遅刻するんですか？　寝坊？

森山　いや、出かける2時間前には起きていたりするんですよ。それですぐ出ちゃえばいいのに、「まだ大丈夫、まだ大丈夫」と思っているうちに15分くらい遅刻するパターンが多いですね。本当にダメだなあと思いますけど。1時間遅れて怒られたことはありますけど、5分10分の遅刻で怒られたことはほとんどなくて、だから治らないのかもしれないですね（笑）。

岡村　そういうのも含めて、森山さんと一緒にいるとケモノ感を感じるんですよね。

——どういうところが？

岡村　極端なことを言うと、遅刻の話も束縛されたくない話も、僕からすると全部つながって見えるんですよ。遅刻も、束縛されたくないのも、肉体の説得力のすごさも、全部含めた上での森山さんなんです。つまり……「猫ってなかなか懐かないなあ、でもそういうこと言ってもしょうがないよね」みたいな（笑）。「猫にそれを言ってもしょうがない、それが猫なんだから」という。そのくらい生き物として説得力があるということです。

森山　そう言ってもらえると助かります。今はいろんな場所へ行くことができて、いろんな仕事もできて、だから精神的にコントロールが取れるんだろうなと思いますね。多動症の人って、事務職をするか営業職をするかによって症状の出方も違うらしいんです。営業職をやっている人のほうが精神のコントロールを取りやすい。まさしく僕はそれで、さっきおっしゃったみたいに風のように動いているから

（笑）、気持ちのバランスが取れているんだろうな、という実感があります。

岡村　わかります。

森山　僕の知り合いから聞いた話なんですけど、彼女の友人が大好きなアーティストが、岡村さんと僕らしいんですよ。それには2人とも共通している理由があって、「15分その人を見続けるのを我慢できるから」だという。

岡村　なるほど（笑）。うれしいですね。

森山　1人の人間を15分見続けるのは、とても体力がいる。でもそれを我慢できて、しかもそれを超えるとその人の良さがドドドーっと入ってくる、みたいな。それはまさしく僕が岡村さんの音楽に出会ったときの印象そのものだったからすごく理解できたし、それと同じ感覚を僕にも抱いてくれているということが、とてもうれしかったですね。

偏執狂と、にらみと、マクガフィンと

岡村靖幸
さらに
＋
ライムスター

岡村靖幸さらにライムスター●岡村靖幸とライムスター（宇多丸／Ｍｕｍｍｙ－Ｄ／DJ JIN）によって結成されたユニット。岡村が作詞・作曲・プロデュース、宇多丸とＭｕｍｍｙ－Ｄが作詞、DJ JINがターンテーブルを担当。2024年開催のRHYMESTER武道館公演にも登場、まさかのコントを披露し話題となった。

'19年10月19日、ユニット結成発表と新曲披露を同時に行うという鮮烈な登場を果たした「岡村靖幸さらにライムスター」。彼らの新曲「マクガフィン」はいかにして生み出されたのか、いやそもそも「マクガフィン」っていったい何のことよ？　という疑問を解決すべく、がってんしょうちな完全装備でインタビューしました。

とにかくエディットが気が狂ってる

――今年の5月、「人間交差点」（ライムスター主催の野外フェス）に岡村さんが出演した後、アトロク（＊）にゲスト出演しましたよね。そのとき、「明日も会いますけどね」と言ってましたけど、その時点でこの話はすでに進んでいた？

＊TBSラジオの『アフター6ジャンクション』。宇多丸がメインパーソナリティを務める。現在は『アフター6ジャンクション2』として放送中。

岡村　そうですね。

Mummy-D　もう作り始めてましたね。「人間交差点で一部でも聞かせられたら」くらいの気持ちでやってました。

――で、今回の「マクガフィン」という新曲。耳慣れない言葉だと感じる人も多いと思います。調べてみたら、日本では曲名でも歌詞でもこの言葉を使った曲はまだないので、これが本邦初の「マクガフィン」をテーマにした曲ということになりますけど、これをテーマに据えようと思ったのはどういうところから？

岡村　これは宇多丸さんからの提案ですね。

宇多丸　みんなで集まって何を歌うか相談してたときに、サスペンスとか、スパイ映画とか言ってる中で、「そういえば、いつか使いたいと思っていたのがあったな」というのでマクガフィンが出てきて。ヒッチコックが広めた言葉なんですけど、映画に出てくる秘密の設計図とかお宝とか、それをみんな血道を上げて奪い合うんだけど、「なぜそれでないといけないのか」という理由は特にない、置き換え可能なもの。それをマクガフィンと言うんです。映画ファンならわりと知ってる言葉なんですけど。
岡村　『定本 映画術』（ヒッチコックのインタビューを収録した'66年に発行された書籍）という本を見せてくれたんです。
宇多丸　ちょうど事務所に本があったので、僕がみんなに言葉の説明をしました。岡村さんは「恋愛のメタファーで考えたら面白いかも」と話してましたよね。
――リリックはそれぞれ分担で書くと思うんですけど、マクガフィンの直接的な意味だけでなく、もっと突っ込んだ部分でのイメージの共有はあったんですか？
岡村　僕の曲があって、ライムスターの方々が作ってくれたという形ですね、歌詞に関しては。で、サビを作るとなって、それも何パターンか作ったりしたんですけど、「これどうですかね？」ってMummyさんに連絡してみたりとか。
宇多丸　でも岡村さんから送られてきたトラックが強烈だったんですよ。2つ届いて、そのうちの1つがこの曲になったんですけど、聞いた瞬間に「もうこれだけで勝ちでしょ！」みたいな感じで。
――JINさんはトラックを聞いてどう感じました？
DJ JIN　DJとして世界の最先端のクラブミュージックを聞く機会は多いんですけど、それ級の最先端の衝撃を受けましたね。打ち込みと生の塩梅とか、変態チックなファンク感とか……。
Mummy-D　とにかくトラックエディットの凝り方が尋常じゃない。最初のデモでは、平歌のところしか作られていなかったんですけど、岡村さんがバーンと出てきて、もっと広がるイメージがあったほうがいいかなと思ったんで、サビのところを作ってもらったんですよね。

青山一丁目〜三軒茶屋の間にサビはできていた

――ちょっと確認させてください。今、サビの話をしてますけど、この曲ってサビみたいなパートが2箇所ありますよね。岡村さんが歌う「がってんしょうちな」の部分と、ライムスターが歌う「ジ、ジ、ジ、ジ、ジ、ジ、実体のない」の部分、どちらがサビに当たるんですか？

岡村　最初は「ジジジ」だったんですよ。キャッチーだったから。でも、「追加でサビのメロディも入れましょう」ということになって。だから僕のメロディは後で入れました。歌詞もそう。ライムスターの方が作った歌詞を見て、そこに寄せていく感じです。

――歌詞を見ていて気づいたんですけど、繰り返しの部分がカウントダウンのように減っていきますよね。あれはわざと？

MummyーD　そこは俺が作ったんですけど、別にわざとでもなくて……。

――「ジ、ジ、ジ、ジ、ジ」で5回、「キ、キ、キ、キ」で4回、「手、手、手」で3回、「マクガフィン」を2回言って、「キミは」が1回という。スパイ映画でいうところの導火線みたいな。

宇多丸　おおー、なるほど。

――その反応だと、あんまり意識してなかった？

MummyーD　いや、あったかもな〜（笑）。

一同　（爆笑）

MummyーD　これはもう完全にトラックのエディットから聞こえてきた音なんですよ。トラックのエディットや、鳴ってる音の刻みが16分ですごいんですよ。ダ・ダ・ダ・ダ・ダ・ダ・ダという、その印象が常にあったので。みんなで青山一丁目でミーティングして解散したんですけど、三軒茶屋くらいにはもうできてました。譜割りとか、「マクガフィン　マクガフィン」でいく感じとか。

岡村　えーっ、すごい（笑）。

――制作作業をしていく中で、お互いの作り方について気づいたことはありますか？

岡村　僕は完成されたものを渡されたから、どうやって整えていったのかはわからないです。

MummyーD　俺らもトラックどうやってできたかわからないもんね。完全にブラックボックス。

宇多丸　俺らは9割方できてるトラックをもらって、「この方向で行きましょう」と決めて、ラップのパートとDのサビのパートを入れて「どうですか」

と渡して、それからまたやり取りがあって、最後に岡村さんのスタジオに行ったんですけど、そこで初めて岡村さんの偏執的なこだわりの一端を見たんですよ。「あ、なるほどこれは大変だぞ……この作業やってたら終わんないだろうな」と。

MummyーD　あんな多いトラック数、初めて見たよ。

宇多丸　すごい数の音が入ってて。

DJ JIN　スクロールしても、端っこまで全然たどり着かないという（笑）。

'80sも'90sも感じる不思議なパワーがある

――で、10月のZepp DiverCityの岡村さんのライブで、宇宙初披露（by宇多丸）。この日にあの『レザボア・ドッグス』みたいなアーティスト写真も撮影したんですよね。

岡村　出演寸前まで（笑）。

MummyーD　5分前くらいまで撮ってましたよね。

DJ JIN　岡村さん、もう行かなくて大丈夫なのかなって心配になるくらい（笑）。

――宇多丸さん、MCで「これをぶっつけでやるのは難しい」と言ってましたね。

宇多丸　僕はともかく、Dのパートが難しいんですよ。ラッパーから見ても「これはちょっと最難関かも」と感じるくらい（笑）。

――ライムスターほどの経験者でも、そうなるものなんですね。

MummyーD　一発目はマジできついですね。自分の書いたリリックを最初に披露するときって、いくら体に入っているつもりでも、人前に出るといろんな視覚情報が入ってくるから、雑念がたくさん入ってきてすごく（歌詞が）飛びやすくなるんですよ。

宇多丸　最初からステージに出ているならともかく、（ライブの途中で）急にステージに出ていって、「わっ、お客がいっぱいいる！」という状態でやるから飛びやすいんですよね。

MummyーD　カメラがめちゃくちゃまとわりつ

いてたよね（＊）。でも岡村さんは余裕な感じでしたよね？

＊初披露の映像をMVの素材にするため、カメラマンもステージに登場。岡村（1人）、ライムスター（3人）にそれぞれカメラがつき（4人）、さらにステージ上にはダンサー（2人）もいたため、計10人がステージ上で入り乱れていた。

宇多丸　カメラの位置とか、お客さんが映り込む感じとか、余裕で計算をしていて。

Mummy-D　俺らはやりきるのに必死なのに（笑）。

岡村　いやいや、そんな。

DJ JIN　あと岡村さんのリクエストで、「マクガフィン」の最後のキメのところでちょっと斜めに傾きましたよね。

Mummy-D　俺はあれ好きです。基本的に斜め好きです。

宇多丸　実はツアーで1回だけ取り入れさせてもらいました。

岡村　ありがとうございます（笑）。

Mummy-D　あれはマイケル・ジャクソンじゃない？　「スムース・クリミナル」。

宇多丸　言われてみると、「スムース・クリミナル」（のMV）も犯罪映画風だよね。

Mummy-D　曲もあの頃のエディット感覚に近いかもしれない。レトロフューチャー&鬼エディットみたいな。'80sも感じるし、'90sも感じるし、不思議なパワーを持ったファンクですよね。

お互いの体の中で鳴ってる音が近い

——9月の『岡村靖幸のカモンエブリバディ』（NHKラジオ第1）で、宇多丸さんによるラップ講座をやってましたけど、岡村さん自身はちゃんとラップをやってみたいという気持ちはあるんですか？

岡村　やってみた結果、とても勉強になりました。

——自分の中での理想のラップってあるんですか？　緩いやつとか、ジェットコースターのように変化していくやつとか。

岡村　僕個人はいろんなグルーヴのトレンドがある

と思うんですけど、ライムスターのグルーヴとライムがとても好きです。

宇多丸　ありがとうございます。それでご飯何杯でもいけます！

ＭｕｍｍｙーＤ　たぶん、体の中で鳴ってるリズムが近いんじゃないかな、と思いますね。

——どういうリズム？

ＭｕｍｍｙーＤ　タイト気味なんですよ。あんまり後ろに引っ張るレイドバック気味じゃなくて。バシバシバシッとぶつけていくのが好きだから、岡村さんのリズムに対する言葉のハメ方とかも、アプローチが近い。ただリズムだけ考えるんじゃなくて「面白い言葉をつなぐ」とか、「ちょっとハッとさせる」とか、そういうところがたぶん近くて、それで評価してくださってるのかなと思います。

岡村　ライムスターってファンクな曲やってても、ファンクじゃない曲やってても、僕の個人的な印象はすごいファンキー。

——ふと思い出しましたけど、岡村さんが以前から話している「車を運転したらメロディが浮かぶ説」がありますよね。アトロクにゲスト出演したときは「まだ全然浮かばない」と言ってましたけど、あれからどうですか？

岡村　全然できない。明日も運転する予定なんだけど、たぶんできないと思う。運転してると「怖っ！」と思っちゃって（笑）。まわりはみんな「できる」って言ってるのに。

ＭｕｍｍｙーＤ　都内の運転は忙しいですからね。

宇多丸　でもこの岡村さんの柔軟さと素直さ、すごいですよね。瞬時に取り入れようとするという。でもラップ講座をやってみて、聞いているふうで聞いてないときもあって……。

岡村　いやいや、聞いてます（笑）。

宇多丸　「岡村さん、やってることはいいんですけど、さっき僕が言ったことを守ってほしい」という場面がちょいちょいあって（笑）。でも素晴らしかったです。あんなにふざけながらでも、やっぱり岡村ワールドがにじみでるものなんだなと。

我々、にらんでます！

――ところで、「岡村靖幸さらにライムスター」という独特のアーティスト名を考えたのは……。

岡村　近藤さん（岡村靖幸マネージャー）です。

宇多丸　さすがですよね。素晴らしい。

Mummy-D　みんな一致して「さすが！　斬新！　しつこい！」という（笑）。

宇多丸「さらに」のくどさがいいですよね。

――二郎ラーメン感というか。

Mummy-D　マシマシでね。

――これは勝手な願望ですけど、ライブだけじゃなくて、歌番組にも出てほしいなと思っております。

岡村　そういうことに関しても……（しばらく考えて）にらみつつあります。

Mummy-D&DJ JIN　にらみつつ（笑）。

宇多丸「にらむ」って表現いいな。「我々、オリンピックも、にらんでます！」（笑）。

岡村　出来上がったわけですから我々としては聞いてほしい。この後いろんなものをにらみます。にらんだ結果がどうなるかはわからないけど。でもにらむ気は満々です。

宇多丸「にらむ気は満々」ってにらむ手前のモチベーションじゃないですか（笑）！

――「狙う」だと意思が強く出過ぎて生々しい感じがしますけど、「にらむ」だとちょうどいい具合に感じますね。

宇多丸　いい言葉ですよね、「にらむ」。「グラミーも、にらんでます！」。

Mummy-D　言いたい放題（笑）。

シティ・ポップと、審美眼と、Believe In Musicと

岡村靖幸

×

村井邦彦

むらい・くにひこ●1945年生まれ、東京都出身。1967年にヴィッキー「待ちくたびれた日曜日」の作曲を担当し作曲家としてデビュー。1969年にパリ・バークレー音楽出版社と「マイ・ウェイ」などの出版権利を契約し、音楽出版社アルファミュージックを設立。1977年にアルファレコードを設立し、荒井由実、YMO、赤い鳥、ガロ、サーカス、吉田美奈子などをプロデュース。事業の海外進出を期に1992年に活動の拠点をアメリカに移す。現在はアメリカと日本を行き来し活躍中。

戦後まもない時期、レコードを聞いた原体験

岡村　村井さんの歴史はあまりにも膨大で、どこから聞いていいのか分からなくなるんですけど、今日はいろいろ聞かせてください。

村井　もう74年（対談当時）生きてるからね（笑）。

岡村　最初に音楽を好きになったきっかけは何だったんですか？

村井　父親が音楽好きで、レコードコレクターだったんです。僕が生まれたのは昭和20年3月の東京大空襲の1週間前で、その年に戦争が終わった。戦後間もない時期……3歳くらいの頃かな、雨で外に行けない日は、うちにあるレコードを片っ端から聞いてた。それが最初の原体験です。父親のレコードコレクションがなかったら、音楽を聞いてなかったかもしれない。

岡村　終戦が'45年で、50年代になるとポール・アンカやプレスリーのようなアメリカン・ポップスが出てきますよね。ああいうものは聞かれてました？

村井　少しは聞いていましたが、父親の集めてたレコードは戦前のものが多かったんです。ベニー・グッドマンの30年代のレコードとか。いわゆる大正デモクラシーの頃に青春時代を送った人のレコードコレクションですから。タンゴとか、ジャズとか、クラシックとか。

岡村　「ムーンライト・セレナーデ」のグレン・ミラー・オーケストラは？

村井　もちろん聞いてました。高校・大学はそういうジャズオーケストラで、「ムーンライト・セレナーデ」を始めとしたグレン・ミラー・オーケストラのレパートリーを演奏していました。最初はサクソフォンを吹いていて、その後ピアノを弾き、アレンジもやるようになった。それが作曲家になったきっかけです。

僕は暁星高校に通っているころ、吉本栄さんという早稲田出身の当時のスター・ジャズ・ミュージシャンに師事して、ジャズの基本を習いました。吉本先生のところには慶應高校の生徒がたくさん通って

いました。僕は彼らに誘われて慶應高校のジャズオーケストラのリードアルトを吹くことになった。それでそのまま慶應（大学）を受験して、ライトミュージックソサイエティ（＊）に入部しました。大野雄二さんが三年先輩でした。『ルパン三世』の音楽で有名な作曲家・ピアニストです。大野さんがいろいろ教えてくれて、譜面も書くようになりました。大学4年のときにはレコード屋（ドレミ商会）を始めた。音楽に関係する仕事がしたかったので、就職する気がなかったんです。

＊大野雄二をはじめ、数々のミュージシャンを輩出した日本最古の学生ビッグバンドサークル。

赤坂のレコード屋にやってきた面々

岡村　そのレコード屋さんって赤坂にあったんですよね？　ホテルニュージャパンの……。

村井　隣ね。それまでジャズとクラシックくらいしか聞いたことがなかったのですが、当時「ブルー・シャトウ」という曲が流行ってて、何でこんなに売れるのだろうと思い、家に帰ってじっくり聞いてみました。昔の流行歌って、「お富さん」みたいにコードが付きにくい曲が多く、僕には理解できなかったのですが、「ブルー・シャトウ」はコードがきれいについていて、「こういう曲なら僕でも書けるかもしれない」と思って曲を書き出したのです。

岡村　レコード屋さんをやることで、「これが売れるんだ」とか、「こういうものに人は飛び付くんだ」とか、そういうヒントはありました？

村井　そういうことはあまり気にしませんでした。この店で売れるものは独特なものでした。ロケーションが特殊でしたから。赤坂のホテルニュージャパンの横にあったのですが、三軒隣に「ニューラテンクォーター」、道を隔てた向こう側の路地には「コパカバーナ」というナイトクラブがあって、そういう所にナット・キング・コールとか、サミー・デイビス・ジュニアとかが出ていました。

岡村　すごいですね！

村井　そういうナイトクラブの客やホステスが買い

に来るレコード屋だから、やっぱり洋楽志向でしたね。だから「ブルー・シャトウ」みたいなヒット・ソングのシングル盤と、アンディ・ウィリアムスのアルバムなんかを中心に品揃えしていました。それが'65〜'66年くらい。大学を卒業したのは'67年でした。

岡村 ビートルズはもう出てきてましたよね。

村井 ビートルズの初来日が'66年ですか？ 武道館に見に行きました。でも音が聞こえなかった。

岡村 歓声で？

村井 そう。女の子達がキャーッて言うと、弾いているのに全然音が聞こえない（笑）。まだPAが発達してない頃だから。

岡村 ビートルズのブライアン・エプスタイン（＊）は元々レコード屋さんで、ヴァージン・レコードの社長も元々レコード屋さんなど、レコード屋さんをやってからエンタメの制作のほうに行く人たち、けっこういますよね。やっぱりレコード屋さんをやると、いろんなヒントがあるのかな……と思ったんですけど、どうなんでしょうか？

村井 アトランティック・レコードの創業者アーテガン兄弟の兄、ネスヒ・アーテガンやフランスのバークレー・レコードの創業者エディ・バークレーもレコード屋をやっていたことがあります。僕はネスヒやエディと付き合いがあったので、自分もレコード会社を作りたいと思ったのです。皆に共通しているのは、音楽が好きでレコードが好きなことです。エディの場合は酒場のピアノ弾きでもあり、作曲家でもありました。ネスヒは学者肌の人で、UCLAで音楽史を教えていました。そういう人達が独立系レコード会社を作った時代があったのです。

アトランティック、バークレー、A&M、アイランド、クリサリスなどがそうです。こうやってならべると創業者はみな友達や知人ですね。

音楽が好きで、レコードが好きなら、小売り、制作、録音、ジャケットのデザインやライナーノーツ、マーケティングなどどれも面白い仕事です。すべて

＊ビートルズのマネージャー。もともと革ジャンスタイルだったビートルズがスーツスタイルで演奏するようになったのは、彼のプロデュースによるもの。

は音楽から始まるのですから同じ、〃一つの世界〃です。アナログ時代は特に夢があったなー。マスタリングは針で原盤を刻み込む職人技の世界でしたからね。ジャケットは12インチあるから色々な表現が可能だった。CDは小さすぎますよね。レコードをプロデュースして、録音して、売り出す仕事はとても楽しかった。レコード屋から作曲家へ、そして制作者、録音スタジオ経営者、レコード会社設立という流れは僕にとって自然なものでした。

本の世界では作家の菊池寛が文藝春秋社を作ったのと似ていると感じます。

作曲家、曲の買い付け、そして会社設立へ

岡村　レコード屋さんをやる中で作曲活動もなさって、いろんなアーティストに曲を提供してヒットしていくわけですよね（＊）。でも調べてみたらその当時の日本のヒット曲って、ムード歌謡や演歌がまだまだ主流で。その辺りの音楽状況についてはどう感じていましたか？

＊代表的な曲に、ザ・テンプターズ「エメラルドの伝説」（'68年）、赤い鳥「翼をください」（'71年）、トワ・エ・モワ「虹と雪のバラード」（'71年）など。

村井　「歌謡曲は自分のやる音楽とは違うな」と思っていました。当時、ビクターに磯部健雄さんという名物ディレクターがいました。フランク永井、橋幸夫、松尾和子、森進一、青江三奈を育てたという大御所ディレクターです。磯部さんに「何か書いてみろよ」と言われたから書いて持ってったんだけど、「これは歌謡曲じゃねえよ！」って言われてボツになりました（笑）。一方で、フィリップス・レコードに本城和治さん（＊）という、ジャズやクラシックや洋楽が大好きなディレクターがいて、作曲や編曲の仕事をたくさんくれました。本城さんとは同じ音楽観を共有していたと思います。

＊ザ・スパイダース、ザ・テンプターズ、ザ・カーナビーツ、ザ・ジャガーズなどのグループサウンズや、マイク真木「バラが咲いた」、森山良子「この広い野原いっぱい」など日本フォークを代表するアーティストの作品も手掛けた。

岡村　だから村井さんの歴史って、「日本でモダンなものをやろう」と腐心してきた歴史なんじゃないかと思うんですよ。たとえばユーミンさんがデビューしたのは'72年ですけど、その年のオリコン年間1位って「女のみち」（ぴんからトリオ）ですからね。当時の日本って、演歌やムード歌謡的なものがチャートを席巻してた時代なので、そういう（逆風のような）中で活動されてきたという印象なんです。

村井　歌謡曲といえば、レコード屋をやってるとき、すごく痩せた男の人が売り場に来て「『骨まで愛して』はあるか？」と言うんで、「ありますよ」と答えたのですが、その人が「俺が書いたんだよ」と言いました。作詞家の川内康範さんだったのです（笑）。「おふくろさん」を書いた人。『月光仮面』の脚本家でもある人です。

岡村　そんなことがあったんですね。それでその後なんですが、作曲家をやりながら、音楽出版のお仕事を始められたんですよね？

村井　曲を書き出したのが'67年で、'69年にザ・タイガースの加橋かつみに作曲を頼まれて、パリで仕事することになったんです（＊）。それでパリに2カ月ほど滞在することになって、そこで音楽出版社を作る決意をするんです。そのときにフランスのバークレー音楽出版社から買った曲が「マイ・ウェイ」です。

＊'69年の3月に加橋かつみがザ・タイガースを脱退。4月に渡仏し、村井らと共にアルバム『パリ1969』を制作した。

岡村　それがすごいですよね。

村井　縁だよね、こういうのは。それで、ちょうど山上路夫（＊）さんと「自分たちの好きな曲を書くためのベースになる出版社を作ろう」と話していたこともあって、版権管理をやるためにアルファミュージックという会社を作ったんです。いま考えるとテンポがすごく早くて、'69年にパリで「マイ・ウェイ」を買って、'70年にはアメリカに行ってスクリーン・ジェムズ・コロンビアというコロンビア映画の出版会社のサブパブリッシャーになるんです。当時そこに所属していたのがキャロル・キングです。だからアルバム『タペストリー』の楽曲の下請け出版権も取得しました。会社を設立して1年か1年半くらいの間にそうやって世界で仕事をしだして、その傍らでスタジオ（STUDIO A）をつくって、ユーミンの録音を始めました。

＊作詞家。手掛けた曲に、由紀さおり「夜明けのスキャット」、「ああ人生に涙あり」（『水戸黄門』主題歌）、赤い鳥「翼をください」（作曲は村井邦彦）、小柳ルミ子「瀬戸の花嫁」、ガロ「学生街の喫茶店」など。

岡村　ものすごいスピード感ですね。

村井　だから'69年、'70年、'71年、'72年、'73年くらいは寝る暇もなかった。

岡村　アルファ出版を始めて、そこからいろんなアーティストを育てていくわけですよね。ユーミンさんや細野（晴臣）さんもアルファに所属していって。

村井　僕の友達で後にアルファの制作担当取締役になる川添象郎と一緒にパリに行きました。帰国後、川添象郎は『ヘアー』というミュージカルのプロデューサーをやっていて、その『ヘアー』に小坂忠や、その親友である細野晴臣など、後にアルファで仕事をする人たちがたくさんいて、その追っかけが高校生のユーミンだった（笑）。

ユーミンのデビューをめぐるドラマ

岡村　ユーミンさんはそこからどうやってデビューしていったんですか？

村井　加橋かつみとパリ録音の次のアルバムのレコーディングを本城和治さんが原宿のスタジオでやっているところに立ち会いました。その時、「いい曲だな」と思った曲があって（＊）。「これ、誰が書いたの？」って聞いたら、「ユーミンだよ」と言われました。それでユーミンに「うちの会社と契約してほしい」と言ったら、「大学に行くまで待ってくれ」と言うんで、大学に入ってから契約をしました。最初は作家契約だったんですけど、そのうち「歌わせてみよう」ということになってレコーディングを始めた、というのがデビューの経緯です。僕が細野に「バックをやってくれよ」って頼んだんだけど、細野が連れてきたキーボードが松任谷正隆でした（笑）。

＊加橋かつみ『1971花』収録の「愛は突然に…」（詞：加橋かつみ／曲：荒井由実）。荒井由実の作曲家デビュー作。楽曲提供時は17歳であるが、曲を作ったのは14歳のときだという。

岡村　そのジャッジをやってなかったら、ユーミンさんの歴史は全然変わってたでしょうね。全然違うプロデューサーを付けて、全然違うミュージシャンを集めてたら……って思わないですか？

村井　思う。全然変わってただろうね。

岡村　不思議だな……そのあたりはすごくドラマティックですよね。後々みんな売れていくし。ユーミンさんがデビューした頃は、新御三家……郷ひろみ・西城秀樹・野口五郎、女性だと山口百恵ちゃん・森昌子さん・桜田淳子ちゃんが台頭してたんですけど、そのあたりの歌謡曲のアイドルみたいな人たちはどう感じてました？

村井　メリー喜多川さんとお話ししたことがあります。メリーさんが考えてるビジネスモデルを説明してくれたんです。若い女の子は、成長していく過程で「男性と本当の恋愛をするのにはまだ若過ぎるし、怖い」という時期があって、そういうときにアイドルに憧れるんだそうです。メリーさんは「私たちはそういう人たちのための〝青春ビジネス〟をやってるんです」とおっしゃっていました。弟のジャニー喜多川さんという、音楽好きでロサンゼルスの文化を肌で体験してきた才人が踊り方や見せ方を考えて、あのビジネスモデルが確立したんです。メリーさんの説明には「なるほど」と納得しましたが、僕は音楽そのものに興味があって、いい音楽を作ることに専念していました。会社の標語は〝WE　BELIEVE　IN　MUSIC〟でした。

岡村　当時の芸能界は「ナベプロ帝国」とも言われている状況があって、レコード大賞や紅白歌合戦も今以上に影響力があったわけですよね。そういうものに対してはどんな意識や距離感を持っていたんですか？

村井　レコード大賞にはまったく興味なかったです。自分とは関係ないものだと思っていました。YMOがレコード大賞で優秀アルバム賞を取ったんだけど、別にそれを取りたいと思っていたわけじゃなかったし。

岡村　レコード大賞や紅白などの芸能界のイズムに依存せずに売れたわけですよね。アルファって芸能界のイズムに依存せずに、良質なものを作って成功したレコード会社だと思うんです。他のレコード会社や事務所の人たちも「芸能界に依存しなくても売れるんだ」ってびっくりしたんじゃないでしょうか？

村井　丸山さん（エピック・ソニー創始者の丸山茂雄）に言われたことがあったね。「あんなにすごいことをやったのに、どうしてアルファは潰れちゃったんだ？」って。すごいことをやり続けようと思ってアメリカに進出して失敗するのです（笑）。日本で成功して、今度はアメリカのA&Mの音楽を日本で売ってそれも成功して、そうなると次はもう世界に出て行っちゃおうということでした。

岡村　その後にアルファアメリカを作るんですよね。それはYMOが解散する前後ですか？

村井　YMOはまだ存在してましたね（YMOの「散解」は'83年）。

岡村　じゃあ本当に忙しかったでしょうね。ユーミンさんが売れて、YMOも売れて。

村井　'69年に会社を設立して、辞めたのが'85年ですから、正味16年か。その間はもうずっとフル回転だね。

岡村　作品はその後も残っていくので、村井さんの業績はそのときそのときの勝負じゃなくて、歴史が証明してくれた気がします。素晴らしい業績だと。

村井　ありがとうございます。アルファを設立してから50年、作品が今も残っているのはとてもうれしいです。時代も良かったんじゃないかな。'70年からバブルの崩壊まで、日本の経済力のピークの時の音楽だったからね。やはりいいものは潤沢な資金がないと作れないと思います。

YMOにはカテゴリーがなかった

岡村　YMOのことをお伺いしたいんですけど、村井さんはやっぱりジャズ・フュージョンが好きだったから、YMOも最初はフュージョンのようなくくりで出そうとしていたんですか？

村井　ジャズ・フュージョンはもちろん好きで、特にトミー・リピューマの音楽的な好みは僕とすごく近いんですよ。彼がホライズンというレーベルを作って、新しいジャズアーティストたちを開発していたのです。ホライズン・レーベルを売るために「アルファ・フュージョン・フェスティバル」というイベントを新宿の紀伊國屋ホールでやることにしました。メインの目的は、トミーのレーベルでジャズ・フュージョンをやってるニール・ラーセンというキーボードプレーヤーを売り出すことでした。それで、YMOって当時は入るカテゴリーがなかったから、そのイベントに無理やり突っ込んだわけ（笑）。それで結果として「YMOはジャズ・フュージョンだ」みたいなことを言う人も出てきました。

アルファの作った音楽って、できた段階で既成のカテゴリーに入らないものがすごく多かったのです。ユーミンなんか当時は「フォークなの？　流行歌なの？　洋楽じゃないよね？」という感じだったし、YMOも「電子音楽なの？　クラシックなの？」みたいな扱いだった。トミーは何か新しいことをやりたいと思って、「YMOをホライズンという新レーベルでやりたい」と言い出したのです。

岡村　フュージョンテイストもあった気がします。ところで「YMOはインストでいこう」とアドバイスしたのは村井さんだという話は本当なんですか？

村井　アドバイスというより、細野と一緒に世界で売れる日本の音楽を作ろうと試行錯誤していたのです。世界で売れるものを作ろうということで、彼が最初に作ったのが『PARAISO』というアルバム。すごく良かったんだけど、爆発的には売れなかった。で、その次は「村井さん、ニューオリンズあたりの、黒人とかフランス人とかが混ざったクレオールのシンガーを見つけてきてくれませんか？」と細野がいうので、リンダ・カリエールを連れてきて一枚作りました。ところがトミー・リピューマやジェリー・モスたちに聞かせると「クニ、曲はいいけど歌がダメだよ」と言われました。それを細野に伝えて、そのアルバム（＊）はお蔵入りすることになった。そこで「やっぱインストゥルメンタルかな」と細野も僕も考えはじめたのです。細野がいろいろ考えて、ＹＭＯの企画を持ってきたわけです。リンダ・カリエールは、ＹＭＯや細野がこれだけ大きくなっちゃったんで、今ごろ注目されているね（笑）。

＊クレオールの女性歌手、リンダ・カリエール（キャリエール）のアルバム。坂本龍一、林立夫、山下達郎、鈴木茂、吉田美奈子らが参加し、サンプルＬＰが作られたが発売には至らなかった。サンプルＬＰは、激レア盤となっていたが、'24年7月に、47年の時を経て発売されることが発表された。

自信があるから3年かけて売り込める

――歌謡曲全盛だった時代に、ＹＭＯやユーミンのような今までにない音楽を世に出していこうというとき、どういう心境だったんですか？「いいと思うものを出せば世間は受け入れてくれるはず」という信念があったのか、それとも「こちらはいいと思っているけれども世間にはまだ受け入れられないのでは」という葛藤もあったのか。

村井 自分がいいと思っているのですから、自信満々です（笑）。「みんなはまだわからないけど、ちゃんと聞けばいいってことはわかるに違いない」と思ってやってるんです。だから持続力があるよね。普通は3カ月くらいプロモーションをやって売れなかったら「じゃあ次に行こう」となるけど、自信満々だから、1年でも2年でも3年でもずーっとやり続けられるんです。

ユーミンの『ひこうき雲』なんかも、みんなで1年くらいかけて作って。そのときには売れるとか売れないとか考えてないわけです。とにかく「いいものを作ろう」と思って作る。

岡村 1年かけて作るというのも大変なことですよね。今でも考えられないことですし、当時としてはもっと考えられない予算と時間のかけ方ですよね。海外だと、すごい才能のあるアーティストを1年かけて育てていく、ということはあるので、すでに海外と同じ目線をお持ちだったのかなと思います。

村井 作ってるときは売れるとか売れないとか考えてないわけだけど、できた後でハッと気が付くのです。「これ、制作費3千万か4千万かかってるから、売らないと大変だ！」って（笑）。でも「これは絶対いいものだ」という信念があるから、諦めずに半年、1年、1年半、2年、ずーっとプロモーションしていったら、3年くらい経ってからかな、シングルヒット（*）がポコンと出て、そこから過去のアルバムが売れ始めた。

*'75年発売のシングル、荒井由実「あの日にかえりたい」で初のオリコン1位を獲得。

岡村　そこはやっぱり村井さんが作曲家やプロデューサーをなさっていて、その視点を持っていたからこそ、という気はします。ビジネスマンの視点だけしか持っていなかったら、そうはならなかったかもしれないですね。村井さんはあるインタビューで「商売を考え過ぎると、ユーミンもYMOも出てこなかったと思う」とおっしゃってました。「いいものを作ることに腐心したから出てきたんだ」みたいなこと。それ読んで「ああ、そうだよな」と思って。大げさに言うと、「日本の音楽を変えてやる」という闘志があったのではなかろうかと感じました。

村井　その気でした。変えてやろうと思っていました。

岡村　で、ユーミンさんやYMOが売れて社会現象になって、実際に日本の音楽の歴史が変わった気がします。ちなみに当時の音楽を掘っている人、今すごく多いらしいんです。

村井　そうみたいですね。「シティ・ポップ」って言うんだそうですね。今回の日本滞在で他にも取材を受けているんだけど、あちこちでシティ・ポップの話を聞くんですよ。70年代後半から80年代あたりの日本の音楽が、海外でそう呼ばれてるんだってね。山下達郎とか、竹内まりやとか、ユーミンとか、吉田美奈子とか。

岡村　そうです。しかも、不思議なんですがユーミンさんのアルバムのクレジットを見ると、達郎さんや大貫さんや美奈子さんがコーラスやってたり、大貫さんや美奈子さんのアルバムには細野さんや達郎さんが参加してたりして。以前、大貫さんにそのことをお伺いしたら、「偶然じゃないの、必然だったの」とおっしゃってて。アルファの周辺にいたアーティストたちがお互いに化学反応を起こしながら、やがてそれぞれが活躍していくという。ドラマティックだなと思いました。そして海外も含め今も脈々と細野さんチルドレンみたいな人たちもたくさんいますし。

村井　いまだにいるみたいだね、細野チルドレンって。

岡村　いますねー。僕が村井さんの実績について「本当に稀有だな」と思うのは、「作曲家でありながら音楽ビジネスをやった」ということでしょうか。作曲家ってだいたいエゴイスティックなもので。自分のメロディが好きだし。そういう方がレコード会社をやってミュージシャンを育成したり、自分以外のアーティストを売っていったりするというのは極めて珍しいと思います。

村井　珍しいかもしれないけど、芸術の世界では時々ありますよ。

岡村　そうか。ハーブ・アルパート（＊）もそうでしたっけ？

＊トランペット奏者であり、作曲家であり、A&Mレコードの創始者。オールナイトニッポンのテーマ曲「ビタースウィート・サンバ」でも有名。

村井　ハーブ・アルパートもいろんな人を育ててるし、古い例だと作曲家のシューマンは、一度忘れられそうになっていたベートーヴェンやバッハを再評価したり、音楽雑誌を作ってショパンやブラームスなどの新しい才能を大いに宣伝しました。シューマンは「こういう素晴らしい人がいるよ」と皆にふれまわりたいタイプで、僕もそのタイプです。

岡村　クインシー・ジョーンズもそうですね。

村井　クインシーの本領は、音楽家のよいところを見つけてそれを引き出していくところだと思います。もちろん彼自身すばらしい才能をもった編曲家ですが、フランク・シナトラからマイケル・ジャクソンまで時代を超えて活躍したところがすごいです。

岡村　そういう人だからこそできた業績なんでしょうね。

村井　よくあるじゃない？　「世の中にはこういう需要があるから、そこから逆算してこういう製品を作ろう」というやり方。

岡村　マーケティングビジネスですよね。

村井　僕たちはその真逆で、「いいものがあるから、それをどうやって人に伝えて大きなマーケットを作っていくか」と考えるタイプでした。

岡村　だからアルファからは音楽史に残るような、アーティストが出たんだと思います。

村井　振り返ってみると、ずいぶん面白いレコードも作っています。タモリのレコードとか、「スネークマンショー」とか。不思議な人たちがたくさんいました。

岡村　アルファは音楽だけじゃなくて、ジャケットも含めたデザインが良質だと思いました。

村井　六番町のソニーミュージック本社の一階のカフェでアルファのジャケットを250点ほど展示しているので見に行きましたが、今見てもなかなか良かったです。

　アルファのロゴマークのアート・ディレクションは石岡瑛子さんがやりました。当時ピカイチのアート・ディレクターで、マイルス・デイヴィスの『TUTU』のアルバムデザインでグラミー賞、フランシス・F・コッポラ監督の映画『ドラキュラ』の衣装デザインでアカデミー賞を受賞した人です。石岡さんをはじめ当時の超一流のデザイナー、イラストレーター、写真家が面白がってアルファの仕事をしてくれました（＊）。いいジャケットになるのは当然ですね。アルファで活躍した美術・写真アーティストたちの展覧会をいつかやりたいです。

＊デザイナーの奥村靫正、写真家の操上和美、篠山紀信、鋤田正義、沢渡朔、イラストレーターの安西水丸、ペーター佐藤など。多くの才能が集結した。

岡村　あと、インタビュー読むといろんな映画音楽……ミシェル・ルグランのような、フランスなどヨーロッパの作曲家の影響を受けられたということですけど、最初はどんな作曲家のことを面白いと思ってました？

村井　まず、ミシェル・ルグランになります。それからバート・バカラックです。でも一番身近だったのはミシェル・ルグランでしたね。なぜかというと、僕と共通してるところがいくつかあったから。彼は若い頃、エディット・ピアフとか、フランスのスターたちの伴奏をやってるんです。そういうフランスショービズの、言ってみれば「フランス流行歌界」みたいなところでピアノ伴奏やアレンジをしていわゆるフランスっぽい部分、それから音楽学校に行ってクラシックをみっちりたたき込まれたクラシックの部分と、それから自分は親の代からジャズが大好きで、ジャズピアノ弾きまくっていた……この3つでできている。

僕もミシェルみたいになりたいと思って、彼のフランス的なところは僕だと日本的なところ、そこにクラシック音楽とジャズ音楽から得たものを混ぜると、何か新しいものができるんじゃないかと思ってやってきたけど……彼は大天才だからね（笑）。実際はそこまで思うようにはいかない。

岡村　何年か前に、いろんな作曲家にスポット当てたドキュメンタリーを見て、それの村井さんの回を見たときに、ライト・ミュージック・コンテストの赤い鳥の曲が出てきたんです。でもそれは僕の知ってる赤い鳥のイメージと違って、極めてモダンなコード進行のアレンジの曲で。やっぱりコード進行やメロディも含めてすごくジャジーな、モダンな曲で、あの当時からああいうモダンな曲をやられてたんだなと思いました。

村井　それはきっと「窓に明かりがともる時」という曲ですね。合歓（ねむ）ポピュラー・フェスティバルでの演奏。あれは自分でも気に入ってる曲です。

審美眼はどうやって醸成されたのか

――村井さんが「これは良いものだ」と確信した作品が、世の中にだんだん広まっていったわけですけど、そういうご自身の審美眼は、どうやって醸成されていったと思っていますか？

村井　いいものを沢山聞いたり、見たりすることが大事です。でも最初はいいものを教えてくれる先輩がいないとどれがいいのか解らないですよね。僕は幸運にも子供の頃から、大人の芸術家をずいぶん見ているんです。例えば川添のお父さんの浩史さんはプロデューサーで、周りに建築家や音楽家や画家や文学者がたくさんいました。作曲家の黛敏郎さん

（＊）もその中の1人です。そういう大先輩たちが芸術について語りあっているのを横で聞いているのが子供のころから好きでした。

＊戦後のクラシック音楽界を代表する人物の1人。長寿クラシック番組『題名のない音楽会』の初代司会。『幕末太陽伝』『東京オリンピック』など、映画音楽も数多く手掛けた。

それから同級生の中村吉右衛門という歌舞伎役者とジャズバンドをやっていて、彼の家に入りびたっていました。お父さんの初代松本白鸚さんの周りにも映画監督や文学者などが沢山いて、そういう人たちの会話が自然に耳に入ってくる環境でした。白鸚さんが福田恆存さんとシェイクスピアの話をしているのを横で聞いているというようなこともありました。吉右衛門の母、正子（初代吉右衛門の娘）さんは作曲もする芸術家でものすごく趣味がよかった。正子さんは優れたインテリア・デコレーターで、古代の布のコレクターでした。僕が興味を持つといろいろ教えてくれました。

川添浩史さんの奥さんの梶子さんは彫刻家で、エミリオ・グレコの弟子でした。梶子さんと美術館に行くと絵を見ながら、「これは駄目、こっちはいい、これは色が悪い」とか、まったく理由の説明なしに教えてくれるのです。そうやって優れた感覚を持った人と一緒に歩いているうちに、なんとなく「ああ、いいものはこういうものなんだな」と学んでいった。骨董屋の丁稚みたいなものです。だから僕の審美眼というのは、「いい大人と付き合ったこと」がきっと大きく影響したんだと思います。

岡村　すごい環境ですね。いろんなジャンルの一流を目にし続けてきたからこそ、豊かな感覚が培われたんでしょうね。

――YouTubeやApple Musicのような配信音楽を聴くことはありますか？

村井　僕はもうこの10年、生音が一番好きなんです。電気増幅しない音。だからそれでクラシックに行ってしまうんだけども。弦楽四重奏を目の前で弾いてもらうとか、一番ぜいたくな音楽だよね。

岡村　気持ちいいですよね。

村井　曲もそういうものを書いてますね。ピアノクインテットの曲とか。ジャズは最近、電気増幅してるから嫌なんだけど、でも生に近いから聴いていま す。だから家で配信音楽を聴くことはないですね。 ただ、YouTubeには、楽譜と音が一緒に出て くる動画がたくさんあって、あれは助かりますね。 ブラームスのピアノ五重奏も、音楽に合わせてちゃ んと譜面が出てくる。

岡村 そういうふうに、練習し直したり分析し直し たりするの、いいですよね。僕も最近、リンダ・ロ ンシュタットとネルソン・リドル・オーケストラの『What's New』を聴き直してコピーしたりし てました。僕、ビートルズがすごく好きなんですけ ど、ビートルズはデビュー前、スタンダードをもの すごく練習してたらしいんですよ。酒場で演奏して いると、スタンダードをリクエストされることが多 くて、「ベサメムーチョ」みたいな曲を練習してた という。その話を聞いて、「そうか、スタンダード を演奏することは作曲に役立つんだ」と思って。ビ ートルズって、作曲の幅がすごいじゃないですか。 それはスタンダードをやっていたことも大きいんだ ろうなと思うんですよ。コード進行も含めて。そう 思って、昔もう必死になってリンダ・ロンシュタッ トのアルバムをコピーしてた時期があったんですけ ど、今もう1回コピーし直してます。

村井 何かは発見ありました?

岡村 めちゃめちゃあります、学び直すことはたく さんあります。

村井 ネルソン・リドルはすごいアレンジャーだか らね。生の音楽の良さでいうと、ロサンゼルスに永 田音響設計の豊田さんという人がいて、その人と最 近、親交があるんです。永田事務所が設計したホー ルは、東京だとサントリーホール、ロスだとディズ ニーホール、それからパリ管弦楽団の本拠地のフィ ラルモニ・ド・パリ……もう生音の権威なんです。 最近は音を全部天井にぶつける設計にするらしい。 そうすると、昔は600人くらいが限度だったオー ケストラを、2千人くらいに聞かせることができる。

岡村 へえ、すごいですね。

村井 彼のコネを使って、彼が作ったホールで生音 コンサートをやれたらいいなと思ってるんだけど ……それはずいぶんお金がかかるから(笑)。これがまた運命的なもので、その永田事務所の創始者は永田穂（みのる）さんという人で、アルファのスタジオの音響設計は彼がやったんです。

岡村 アルファのスタジオ、素晴らしいと聞いてます。いろんなレコード会社のアーティストたちが「アルファで録りたい」と言ってました。僕は昔、エピックソニーだったんですけど、エピックソニーのアーティストたちも、こぞってアルファに行きたがってて。僕もエピックソニーのアーティストなのに、アルファレコードまで打ち合わせに行ったりしてました。

村井 じゃ、あのスタジオ覚えてる？

岡村 覚えてます。

村井 あれは基本的に木の箱になってて、それの設計をしたのはジャック・エドワーズという人で、A&Mのスタジオやモータウンのロスのスタジオを設計した人です。

岡村 そうなんですね。みんな「音がめちゃめちゃいい」と言ってました。

村井 彼はスタジオの中に「ここはブライトな所、デッドな所」というの作っていくわけです。それによってエンジニアとミュージシャンが楽器の位置を決めていく。例えばストリングスにはブライトな所とか、ドラムスにはデッドな所とか。ジャック・エドワーズをアメリカから連れてきて設計のための会議をしていると、いきなりスケッチを描き出したんです。「ここにこれがあって、ここが調整室で……」みたいに。その構想を数値化して仕上げたのが、今の永田音響なんです。アルファのスタジオを作ってから、50年近くたって、その永田設計の人と僕が友達になって、そんな夢を話してる（笑）。今は建物ごとなくなっちゃったけど、なくなるのもいいのかもしれない。いつまでも残ってると憎たらしいじゃない（笑）？

歌と、ライブと、自分の背中と

岡村靖幸
×
吉田美奈子

よしだ・みなこ●1953年4月7日生まれ。'69年に交流を持った細野晴臣や松本隆などに影響を受け、楽曲制作を開始。'73年にキャラメル・ママのサポートでLP『扉の冬』で本格的にデビュー。そのほかCM音楽の制作や、他アーティストへの楽曲提供、プロデュース。さらにコーラス歌唱などスタジオミュージシャンとしても活躍。そのソウルフルで個性的なボーカルと自由自在な音楽活動は、多方面から評価、リスペクトされている。

クラシック好きから、ラジオきっかけでR&Bへ

岡村 美奈子さんって、どんな環境で育ったんですか？ 10代の頃はクラシックばかり聴いていたそうですが、それがどう変遷して今の美奈子さんの音楽になっていったのか、知りたいです。

吉田 父はキャンプ・ドレイク（現在の埼玉県朝霞市一帯にあった米軍基地）の消防部に勤めてたんです。だから小さい頃からルートビアとか、チェリーパイとか、アイスクリームとか、そういう……。

岡村 アメリカ文化があふれてたんですね。

吉田 基地の中にはPX（売店）があって、レコードでも何でもアメリカの物が売っていたんですよね。小さい頃にビリヤードやらせてもらったり、サイドカーが付いた兵隊のバイクに乗せてもらって、すごいスピードで走ってもらったりしていました。そうやってアメリカ文化には触れていたんですけど、兄がクラシックを目指していて、家ではクラシックをよく聴いていたんです。聴いてて特に良かったのはフランスの近代ものですね。ドビュッシーとか……。

岡村 ラヴェルとか？

吉田 そうです。他にストラヴィンスキーのスコアを見ながら聴いたりしてました。ストラヴィンスキーって変拍子が多くて複雑だから、子供心に「作曲ってこういうものなんだな」と思って、自分が作曲をやろうなんて思ってもいなくて。

――自分で音楽をやり始めたのはいつから？

吉田 小学生のときは、合奏部に入れられてマリンバをやってたんです。中学に入ったら、ブラスバンドの顧問の先生が私がマリンバやってたのを知ってたから、「ブラスバンドに入れ」と言われて。私は「小さいからフルートをやります」と言ってフルート（＊）をやってたんだけど、ブラスバンドがティンパニを買ったんですよ。そしたら先生に「お前はマリンバをやっててロール（ドラムロール）ができるから、ティンパニをやれ」と言われてティンパニをやることになったんです。最初のコンクールで、16小節の

ティンパニソロがあったんですけど、それをやるには3つティンパニが必要なのに、部には2つしかなかったんです。それでいきなり高度なテクニックの奏法をやらされて、2年になったら、もうつまんないから辞めてしまって。そのブラスバンド部の2年上の先輩が、銀座のクラブでやってたバンドがあったんです。大木トオルさんがメインボーカルのバンド。そこで「コンボオルガンを弾いてくれ」と頼まれて、「Light My Fire」を弾いたりしてアルバイトしてたんです。中学のとき。

＊大瀧詠一のファーストアルバム『大瀧詠一』収録の「指切り」で、フルートを演奏したのが、吉田のプロミュージシャンとしてのデビュー作。

岡村　中学生で……すごいですね。早熟ですね。

吉田　早熟というか、先輩に「やれ」と言われたからやっただけなんですけど（笑）。抜き打ちで刑事が来たこともありましたけど、補導はされませんでした。客ならともかく、まさかステージで演奏してるのが中学生とは思わなかったんでしょうね（笑）。

岡村　（笑）

吉田　夏休みにそういうバイトをやったりして、少しずつクラシック以外の音楽に触れるようになりました。一番のきっかけは、日曜日の昼くらいにムッシュかまやつさんと桜井ユタカさん（黒人音楽に造詣の深い音楽評論家）がR＆Bを流すラジオをやってたんですけど、そこで聴いたアレサ・フランクリンの楽曲。「こんなにいろんな音域が出てグッとくる人はいない」と思って、それでR＆Bを聴くようになりました。

岡村　それも中学ですか？

吉田　そうです。それとFEN（アメリカ軍運営のラジオ局）で日曜日の朝早くにやっていた『Amen Corner』という番組があって。それは日曜日のミサのための番組なんですけど、聴いているうちにゴスペルが好きになって。最初に買ったアルバムは、アレサ・フランクリンの『Lady Soul』です。

エイプリル・フールとの出会い

――高校生になってからはどうだったんですか？

吉田　その先輩に「レッド・ツェッペリンの『Good Times Bad Times』の頭抜きの3連キック（＊）をきちんと踏めるやつがいるから聴きに行こう」と連れられて行ったのが、エイプリル・フール（小坂忠、細野晴臣、松本隆らが在籍したバンド）だったんです。松本隆がドラムで、ストト・ストト・ストトみたいに踏んでて、「ああ、本当にやってる」と思って。それでライブに通っていたんですけど、エイプリル・フールって当時、東京キッドブラザースというミュージカル劇団のバックバンドをやっていたんですよ。それで「新しい出し物で歌える人がいないので歌ってほしい」と言われて、ペーター佐藤（ミスタードーナツのイラスト等で知られるイラストレーター）と一緒に歌わされました。人前で歌うようになったのはそれからですね。

＊ジョン・ボーナムが同曲で披露した奏法。ツーバスではなくワンバスでストト・ストト・ストトのようなリズムを刻む。俗に「バスドラ頭抜き3連」と言われる難易度の高い奏法。

――高校に通いながら？

吉田　高校は音楽の学校で、2年で辞めました。「音楽の学校に通っているなら、曲書いたりできるでしょ？」と松本さんや細野さんに言われて少しずつ曲を書き始めて、できた曲を「これどうですかね？」って見せたら「大丈夫じゃない？」と言われて、それでライブを始めたんです。ライブをやるとお金がもらえるし、いろいろ頑張ってる人たちと知り合えて、その背中を見ているほうが勉強になるな……と思って、高校を2年で辞めることにしたんです。

岡村　ものすごい早熟ですね、やっぱり。

吉田　そういうの、早熟って言うの？　やっぱり自分のことがやりたいし、そっちのほうが楽しいから辞めたんですよね。

――そういえば、松本隆さんが「家出してきた吉田美奈子を押し入れにかくまった」という当時のエピソードを語っていたのを見たことがあります。

吉田　私、家出してないですよ。夜中まで話をしていると電車がなくなって、「じゃあうちに来なよ」と言われて西麻布の家に行ったんですけど、でも家の人はいるわけです。それで「見つかったらまずい」と思って隠れてただけで。あの人は当時の私をよく「家出少女」と言うんですけど、「それは不遜だ！」と本人に言いました（笑）。

――おしゃべりをする溜まり場みたいなのがあったんですか？

吉田　ペーターの家が四谷にあったんです。そこに2段ベッドが2つ置いてある部屋があって、東京キッドブラザースの役者さんやミュージシャンがたくさん来てたんですね。後藤次利や斉藤ノヴも出入りしてた。そこから学校に行ったりもしてました。ペーターは当時コラージュをやっていて、私も手伝ったりしてましたね。

岡村　当時、ペーターさんや細野さんや松本さんの近くにいて、いろんな影響を受けたりしましたか？

吉田　それはもちろん。ローラ・ニーロを教えてもらったりしたので。

岡村　シンガーソングライターの。

吉田　そうです。彼女が1人で作った『New York Tendaberry』というアルバムが素晴らしくて。そういう都会の音楽を全部教えてもらいました。

岡村　スライ（&ザ・ファミリー・ストーン）は当時どうでした？

吉田　スライは、細野さんが一番好きなのが『暴動』のアルバムなんです。それでスライも聴きました。

岡村　後に美奈子さんはファンクのど真ん中に行かれるから、やっぱり当時スライのようなファンクも聴かれてたんだろうなと思って。

吉田　聴きましたね。最初にファンカデリック（＊）が来日したときには、対談してみんなお友達になりました。

＊ジョージ・クリントンが結成したPファンクバンド。

――高校を中退したということは、16〜17歳くらいから音楽で生計を立て始めたわけですか？

吉田　いや、辞める前から立ててましたね。だから辞めたというか。糸井重里を起用する前の時代の西武で、1週間ライブをやったりしてましたから。そのときはピアノがないので、ギターをオープン・チューニング（*）にしてやってて。後にジョニ・ミッチェルのオープン・チューニングと同じだったと知って、すごくうれしかったですね。

*どの弦も押さえない開放弦の状態で鳴らしたときに、特定のコードが鳴るようなチューニング法。ジョニ・ミッチェルは「オープンG」をはじめ、50以上の変則チューニングを使い分けていたと言われる。

岡村　えっ、それは偶然ですか？　けっこう複雑なチューニングなんですよね。

吉田　もう偶然です。ジョニ・ミッチェルのサイトを見たら、同じようにチューニングしてた。

岡村　ここ数年、海外の人たちが美奈子さんや（山下）達郎さんのアルバムを買い漁ったり、再評価というか再発見……ディスカバリーしている印象があります。若い子たちもそうです。そういった現象については、どう感じてらっしゃいます？

吉田　個人的には「あんな軟弱なものを聴くのか」という気持ちはあるんですけど、それを選んで買って、好きだと言ってくれることはありがたいですよね。ついこないだもジェイ・Zがやってるレーベルで、「TORNADO」（アルバム『MONOCHROME』収録）をループさせて、その上で女性ボーカルが歌っている曲（*）がリリースされたんです。あとでお聞かせします。

*レーベル「ROC NATION」からリリースされた、アンジェリカ・ヴィラ「All I Do Is 4U」（同名アルバムに収録）。

岡村　ぜひぜひ。

吉田　それは許諾を得た上でのサンプリングなんですけど、中には著作権侵害のものもあって、「TOWN」という曲では今年の6月に公式にやっと謝罪を受け合意に至ったんですよ。

岡村　クラブカルチャーの人たちが「TOWN」を大好きでよくかけてて、それは素晴らしいことだと思うんですけど、アスクがないままリミックスしたりするのは良くないことですよね。

——曲作りを始めて、ライブも始めて、それでアルバムデビューしたのが『扉の冬』。

吉田　その前に、マッシュルーム・レコードから最初のアルバムを出す話があったんです。村井（邦彦）さんや川添（象郎）さんのいたレーベル。18歳の頃に出してと言われてたんですけど、まだライブやってるほうが面白いし、曲をせわしなく書くのも嫌だったし、契約はしたけど結局辞めちゃって。その後、ショーボートというレーベルで、キャラメル・ママに演奏してもらって出したのが『扉の冬』なんです。作家として何か成功しようという気持ちは最初からなかったんですよ。音楽自体が面白いし、お金ももらえるし、それでやっていたというのが正直なところですね。

歌詞については何の影響もない

岡村　美奈子さんの音楽を聴くと、ファンクだったり、ブラックミュージックの傾向もあったり、内省的な弾き語りみたいのもやってらっしゃいますよね。僕はミュージシャンなので、音楽を聴くと分析したくなるんです。「ああなるほど、これはこの影響でこうなったのか」みたいに自分で系統立てたくなる。でも美奈子さんの音楽はそれができないんです。

吉田　そうですね。自分で「今はこれが面白い」と思うものをどんどんやっているだけなので。少なくとも世間とはまるで関係ないです（笑）。

岡村　だいたい誰の音楽を聴いても、「この系譜で、この影響下で、こういう音楽を聴いて自分なりに消化しているんだろうな」と分かるんですけど、美奈子さんの音楽はすごくオリジナルで、影響が見えないんです。「こういう歌詞は誰の影響なんだろう」と考えたりするんですけど……。

吉田　歌詞については何の影響もないですね。

岡村　だから僕にとって、あまりにもオリジナルでミステリアスなんです。美奈子さんの音楽は時代ごとにその色合いが変わっていくので。

吉田　私、予定調和のものが大嫌いなんです。前衛性を持ったものの方が好きなんですね。フランク・ザッパのマザーズ・オブ・インヴェンションの出鱈目に聴こえるアンサンブルも好きだし。数年前に、教会でパイプオルガンを使ったコンサートをやったんですけど、なぜ教会のパイプオルガンを使いたかったかというと、マザーズ・オブ・インヴェンションのライブでパイプオルガンを使って「Louie Louie」やってるんです（アルバム『Uncle Meat』に収録）。それがめちゃくちゃカッコよくて、ずーっと脳裏にあって。それで自分のコンサートでパイプオルガンを使いたいと思ったわけです。

岡村　そういう流れなんですね、面白い。最近はピアニストの方とアルバム（＊）を出されてますし、本当にどファンクの編成でやられたこともありますし、教会音楽のような音楽もやってらっしゃるし、本当に変幻自在ですよね。

＊小島良喜との共作によるアルバム『The Duet』。

吉田　本当はすごく不器用なんですけどね（笑）。

岡村　10代の頃、どんどんいろんな音楽を吸収して、20歳でデビューされますよね。自分の詞を書いて、達郎さんの詞も書いて、作詞家としていろんなアーティストに詞を提供されてますが、デビューするまでに詞を書く訓練はされたんですか？

吉田　訓練はしてないです。

岡村　あふれるように詞が出たんですか？

吉田　私、フィクションで書くことはあまり好きじゃないんです。いろんなものを見て観察して、その感想を言葉にするのが好きなんですけど、フィクションだと自分で「嘘をついてるな」と思ってしまうので。

岡村　感じたことや体験したことから書く。

吉田　そうです。そういうことに基づいて書きます。最初のほうは詞を先に書くことが多かったんですよ。それは松本さんから「詞から書いてみたら？」と言われて、それで先に詞を書いてたんですが、だんだん曲が先になって、それに詞を当てはめるようになっていきました。でもその都度その都度で、（どちらが先かは）変わっていきますね。例えば山下（達郎）君に詞を書いたときは、あの人、曲作るのめちゃくちゃ遅いんですよ。それで彼の最初のソロアルバムでは一緒にニューヨークやロスに連れて行かれて、ホテルの隣の部屋でずっと待ってるとラジカセで音源が来る、みたいな状態で書いてました。本当にタイトロープなレコーディングだったんですけど、そういうのは山下君で訓練されましたね。

歌う人がスムーズに歌える歌詞が一番いい

岡村 美奈子さんはある期間、達郎さんに詞を書かれてましたけども、どんな経緯だったんですか？

吉田 あの人は、詞に関してはコンセプトがないんです。「自由に書いてくれ」と言われたので、「じゃあ試験的なことも全部やろう」と思って、日本語と英語の韻を踏んだり、そういうことも全部やらせてもらって、すごく勉強になりました。

岡村 ダンスミュージックに言葉を乗せる難しさや、都会的なイメージを表現することを両立するのは大変なことですよね。

吉田 そうですね。でも自分も歌を歌うわけで、するとやっぱり基本的には「歌う人がスムーズに歌える歌詞」が一番いいと思うんです。でもそれを追求すると、「詞が残らない」と言われるんですけど。商業作家が書く詞は、角があったりつっかえたりするところがあるから、そこを上手いこと拾って（曲に活かして）ヒット曲にするのがだいたいのパターンなんです。私の場合は、「歌詞が流れちゃって内容が入ってこない」とよく言われてたんですけど、でも歌いやすいに越したことはないし、韻を踏んで意味を膨らますことに越したことはないと思っているので、そっちにずっと専念してますね。

岡村 セクシャルな、色っぽい歌詞もたくさんありますよね。それも考えてみると、日本でソウルミュージックやファンクやR＆Bをやろうとすると当然の帰結ではあるんでしょうけど、それまでそれをできてた人たちがいなかったから、美奈子さんは先人のエッセンスを取り入れるよりも、半分発明のような形で作られてたんだろうなと思います。

吉田 そうかもしれないです。

岡村 恋愛の歌詞も素晴らしくて、切ない、悲恋の歌詞もたくさんありますし。いろんなアーティストも美奈子さんの影響を受けたんじゃないか……もしかしたら達郎さんも。

吉田　コーラスもずっと手伝ってましたからね。

岡村　そういうことはすごく感じます。ある時期まで、達郎さんの詞を担当していたわけじゃないですか。詞というのはアーティストのメッセージでもあるし、そのアーティストの雰囲気を決めるものでもあるし。

吉田　確かに、そういうところはありますね。

岡村　だから、ある時期まで達郎さんのメッセージやムードみたいなものを、美奈子さんが担当してたんですかね。

吉田　言ってみるとそうですね。

岡村　都会的であることも含めて美奈子さんが作られてきた感じというのは、達郎さんの中で引き継がれてる気がします。

吉田　「こういうのを書いて」というのがなかったから、本当に自由に書かせてもらいましたね。レコーディングのスケジュールが決まってたから、3日で5曲書いたこともあった（笑）。

岡村　でもそれだけ美奈子さんに全幅の信頼を持ってたんですね。

吉田　でも途中で何だか嫌になって、私のほうから辞めました。

岡村　そうなんですか！　でもその後も美奈子さんのアルバムに参加されてましたよね（『EXTREME BEAUTY』）。あれは感動的でした。

吉田　まあいろいろあるけど、でも歌い始めちゃうと音楽に専念する2人なので（笑）。

自分の背中は自分で押すしかない

岡村　歌詞で苦しまれることもあります？

吉田　苦しむことありますね。自分の歌詞も締め切りがないと作らないほうなんで。

岡村　僕はもう苦しくて（笑）。

吉田　（井上）陽水さんも歌詞を作るのが苦しいと言ってましたね。岡村さんは、かなり韻を踏んだものをお作りになってるでしょ？

岡村　そうですね。それは気を付けてます。

吉田　でもスルスルっと書けたような曲もあるんでしょ？

岡村　たまにありますけど、基本苦しんで、苦しんで、苦しんで、苦しんで作ってます。一筆書きのように書けることはあまりないですね。

吉田　A（メロ）から書くんですか？

岡村　そうですね。サビから書いたほうがいいんでしょうか？

吉田　いや、私もほとんどAから、頭から書いていきます。ただ、基本になるコンセプトになるような言葉はどこに置くか、タイトルにするか、というのはかなり考えます。英単語のタイトルって、イメージは膨らむんですけど、安易だなと思うときもあって、そこを気にするときはありますね。

岡村　達郎さんがコーラスをやられた「BEAUTY」という曲（＊）がありますよね。あの歌詞が大好きなんです。

＊アルバム『EXTREME BEAUTY』に収録。

吉田　ありがとうございます。日本であの感じをやった人って、きっといないですよね。だからあの曲を作ったとき、「あ、新しい流れができたな」と思いました。

岡村　ああいう歌詞、僕は初めて見ました。あの公園にいる主人公は、どういう流れでそうなったかはわからないけど、「あなたの描く恋がうまく行く様に」と書かれているから、もともとは相手と恋仲だったのかもしれないですよね。「どうやってその境地に達したんだろう」と考えてしまいます。

吉田　私ね、実は人間に恋してるわけじゃない詞が多いんです。人間と思ってくれても別にいいんですけど、書いてる本人はそうじゃないこともけっこう多い。希望を愛や恋に託すという。もしかしたら自分自身の背中を押すために、書いてるのかもしれないですね。たった1人だと寂しいし、自分が作ってるものがいいのか悪いのか、客観的には決められない。そういう中で、「まだ不安は残るけどきっとこれでいいだろう」と思って発表してるわけじゃないですか。そのために自分の背中を押してあげる、という詞がけっこう多いです。

岡村　感動的ですね。この曲を聴いたときにも感動しましたし、今の話を聞いてまた感動しました。

吉田　自分の背中って、自分で押すしかないですからね。

歌詞の中でメロディを変えていく

――以前のインタビューで美奈子さんが語っていた「歌詞は契約」という言葉がとても気になりました。「歌詞とは演奏者との契約である」みたいな文脈で話されていたと思うのですが。

吉田　メロディというのは、歌詞が乗っかって、その中で自由にやるべきだと思ってるんです。日本ってわりとオリジナル至上主義みたいな文化があるじゃないですか。でも私はそうじゃないと思うんです。その時代その時代で変形していくものが面白いと思ってる。歌手だったらとにかく――まあ基本ができてなきゃ駄目なんですけど――きちんとした技量がある人であれば、その歌詞の中でメロディを変えていく――フェイクのことなんだけど――というのを、やってしかるべきだと思うの。「歌詞が契約」というのはそういう意味なんです。建前としては基本はあるけれども、技術を身に付けていればもっと自由にできるはずだと思ってますね。

岡村　コーラスで客演されてる曲を聴くと、美奈子さんの声が入った途端に、もうすごい、どソウルに色付けされていくんですよ。たとえば井上陽水さんの『ハンサムボーイ』に入っている「ライバル」という曲とか。あれはまあ素晴らしいコーラスで。

吉田　あれ、何も指定がなかったんですよ。「何か絡んでくれ」と言われただけで。

岡村　そうなんですか。入った途端にどファンキーになってて、陽水さんの中でも指折りでファンクを感じる曲になってました。すごくカッコいいです。

吉田　陽水さんには褒めていただいたんですよ。「美奈子さん、歌お上手なのね」って。「ありがとうございます」と言ったんですけど、「お上手ね」って言い回しに変わった方だなぁ、と思いました（笑）。

岡村　そうなんですか（笑）。でも素晴らしい曲でした。

吉田　私、コーラスいろいろやってきて、一番光栄に思ったコーラスがあるんですよ。

岡村　何のコーラスですか？

吉田　ＢＵＣＫ－ＴＩＣＫのコーラスです（＊）。

＊シングル「幻想の花」のカップリング曲「ノクターン－Ｒａｉｎ　Ｓｏｎｇ－」。

岡村　へえー！

吉田　１曲頼まれてコーラスを入れたら、ボーカルの櫻井（＊）君が「こんなにうれしいことはない。曲を何十回も聴いていただいた感じがすごくする」と言ってくれて。ロックの人たちって硬派だからなんでしょうか、全然違うジャンルなのに同じジャンルの人よりも公平に丁寧に見てくださってる感じがあって。あれは今までで一番うれしかったことです。今でもクリスマスカードのやりとりがあって、作品が出来上がると送ってきてくださるんです。我が家にあるＢＵＣＫ－ＴＩＣＫのコーナーすごいですよ（笑）。

＊ＢＵＣＫ－ＴＩＣＫのボーカリスト、櫻井敦司。'23年10月に逝去。

岡村　（笑）

吉田　グッズも送ってきてくださるんですよ。骸骨の付いてるやつとか。

岡村　ＢＵＣＫ－ＴＩＣＫは美奈子さんの大ファンなんだと思いますよ。僕はボーカルの方の曲をプロデュースしたことがあって（＊）、ボーカルの方とは交流あります。

＊アルバム『愛の惑星』所収の「胎児／ＳＭＥＬＬ」。岡村が作曲・編曲を担当した。岡村のシングル「ビバナミダ（スペース☆ダンディ盤）」にセルフカバーが収録されている。

吉田　櫻井さんも、なかなか紳士な人ですよね。

岡村　紳士です。本当に紳士ですね。

吉田　一度「みんなでカラオケに行こう」と誘われたことがあって、カラオケで自分の曲を歌わされたこともありました。ＢＵＣＫ－ＴＩＣＫと３時までカラオケって（笑）。

岡村　（笑）

間の音まで出ていないと音域としては認められない

——発声に対してより意識的になったのは、いつ頃からですか？

吉田　オリジナルやってて、ピアノ弾きながら歌ってるときには上手くならないですね、絶対。素晴らしい演奏技術を持ってる方はともかくとして、私の場合はどっち付かずになってしまうので。だから「歌をきちんと歌わなきゃいけない」と思い始めたのは、ピアノから離れてからですね。ここ数年は特にそうです。「古い曲をやっても新しい表現ができるように」ということを意識してやってます。ジャズの発想ですか。そういった事も目指しているので、歌には気を配っています。

——ライブやレコーディングの予定が一定期間ないときはどうしてますか？　やっぱり定期的に声を出すことが必要なんでしょうか？

吉田　いや、普段は全然プラクティスしません。毎日練習するよりも、ライブを年間にギュッと詰めてやったほうが圧倒的に勉強になるので。実技優先ですね。

岡村　本当に圧倒的な歌唱力ですよね。

吉田　そんなことないですよ。でも年を取ってからまだ余白が見えて、進化しようとする気持ちが出てくるのが一番うれしいことですね。

岡村　それは素晴らしいことです。この前、マリア・カラスのドキュメンタリーを見たんですよ。マリア・カラスって、20代・30代はすごかったんですけど、40代・50代から声が出なくなって、声域もすごく狭まって。それにプライベートでもいろいろあって、迷走していくんです。途中で舞台を放棄するようなこともあって、一方で女王としてのプライドもあるから苦しまれて。でもやっぱり声は十分に出ないから、晩年は歌のレッスンみたいなことをやって亡くなったらしいですね。

吉田　クラシックの方、特にソプラノで歌ってる人は、年を取ったら低い音域が響くようになりますから、若い娘が歌うようなアリア（叙情的な独唱曲）

を歌うとカッコ悪いわけです。若いときから名声を得た人は、その低いところが響くのが我慢できないんですね。音域も狭くなっていくし。だけど私はクラシックじゃないし、自分なりに歌が歌える環境があるので、それを逆手に取って利用しない手はない。キーについては下げる場合もありますし、逆に上げる場合もあります。お客さんはほとんど気にしないですよ。それでいいんじゃないかと思います。でも3オクターブはキープしてますね。

岡村　3オクターブ！　本当ですか、すごい。

吉田　最近「5オクターブ出せる」という人がいるじゃないですか。あれ絶対ウソですよ（笑）。マライア・キャリーは「ホイッスルボイス」を使って7オクターブ出せると言われてますけど、その間の部分は出てないんですよ。間まできちんと出ていないと音域としては認められないので。5オクターブ出せるということは、低い音もそれだけ出せないといけないですけど、船の霧笛を鳴らすようなパイプでないと、そんなに低い音は出ませんから。「どんな体型だよ」って思っちゃう。

――声のために何か気を付けていることはありますか？

吉田　私、たばこを止めたんです。もう20年ほどになりますけど。歯をインプラントにしようとしたんですけど、私は上顎の骨が薄くて骨移植しないとインプラントできなかったんです。たばこを吸ってると菌の感染率が40％アップすると言われたので、それでぱったり止めたんです。

岡村　お酒を飲まれない、たばこも吸われないとなると、何が気分転換になります？

吉田　おいしいものを食べる（笑）。

岡村　おいしいもの、いいですよね（笑）。

吉田　20代から比べて20キロぐらい太りましたから。でも太るとね、ちゃんとした声が出るんですよ。がっちりした声が。

岡村　チャカ・カーンもすごい声ですもんね。

吉田　あれはちょっとお尻が大き過ぎます。

岡村　（笑）

吉田　B・B・キングとアレサ・フランクリンが同じ幅だったんじゃないかな。「病気っぽく太るのはいけない」と医者には言われてるんですけど、「でも声が変わるから嫌だ」と言って許してもらってます。本当に声変わりますよ。

岡村　ツアーでおいしいものを食べるのも、本当にいいですよね。

吉田　でも地方って、夜遅くやってないじゃないですか。私、マイクも自分の持ち込みだから、機材も自分で片付けるんですよ。だからライブ終わって食事しようと思っても、だいたいお店が閉まってて。だからよくファミレスに行きますよ。「今日はガストだ！」とか言って。少し時間が早いと「今日はロイヤルホストに行けるから、ご馳走だ！」とか言ってるの（笑）。

岡村　ファミレスなんですか！　意外な話。

猫との生活

――音楽活動と関係ない、趣味のようなものはありますか？

吉田　これは趣味じゃないというか、趣味にしたくないんですけど……5年前から母と2人で暮らしてるんです。母は今年で98歳になるんですけど。

岡村　すごいですね。

吉田　あ、違う。1921年生まれだから99歳ですね。

岡村　もっとすごいじゃないですか。

吉田　なのに、まだ要介護1なんです。歩くのはちょっと難しいんですけど、気が強いから長生きしてるという（笑）。私がツアー行ってる間は独りになっちゃうから、猫を飼い始めたんですよ。前も飼ってたんですけど、2匹亡くなっていて、その思い出があるのでなかなか猫を飼えなくて。それでずっと猫と一緒に暮らしてなかったんですが、2年前から猫が来て。その猫が私のことを大好きで、犬みたいにずっとくっついてくる。その猫と遊んでいるとホッとしますね。

岡村　猫、いいですね。うらやましい。

吉田　あと、アートが趣味で、大竹伸朗さんの作品をけっこう持ってます。彼の大回顧展があったときには、うちからお貸ししたりして。モダンアートに関しては、全部アルファ（＊）で学習しましたね。あそこはいろんなモダンアートが壁にたくさん掛かっていましたから。川添さんと村井さんには、おいしい店にいっぱい連れていってもらったし、モダンアートと料理はあの2人に教わってます。

＊'78〜'83年まで在籍。

岡村　美奈子さんにとって、川添さんと村井さんの存在は大きかったんですね。

吉田　すごく大きいですね。「審美眼をどう持つか」みたいなことはものすごく勉強させてもらいました。

ライブのほうが圧倒的に面白い

——ミュージシャンって主に2つの活動があると思うんです。1つは、音源を作る活動で、その音楽は何度でも再生することができる。もう1つはライブで、その場その場の一瞬のパフォーマンスで基本的には残らない。どちらも大事ではありますが、特にどっちに重きを置いているというのはありますか？

吉田　それぞれ別物の良さはありますけど、でも圧倒的にライブです。スタジオ入るのもそれなりに面白さはありますけど、ライブのほうが面白いです。

——それは音楽活動の中で達した境地ではなくて、わりと初期の頃から？

吉田　昔からそうです。私、音楽を始めて50年近いんですけど、でも21枚しかオリジナルアルバムを出してないんです。だからまったく多産ではない。毎年出すなんて考えられない。レコード会社に追い立てられてアルバム作るのはナンセンスだと思ってるほうなので、圧倒的にライブのほうが面白いです。自分をどれだけコントロールできるかが一番大事だし、すごく勉強になりますね。今でも毎回、反省や発見がありますよ。会場が変われば条件も変わるので、重きを置くところもその日によって当然変わる。予定調和じゃない。イントロを聴いて初めて自分がそれにどう寄り添っていくかを思いスーッと歌に入ってゆく……という感じなので。

岡村　ライブが上手くいったときの興奮って、他にないですもんね。

死ぬくらいだったらちゃんと休んだほうがいい

吉田　岡村さん、小さい会場ではライブやらないんですか?

岡村　今のところやってないんですけど、でも「そういうのもいいよね」という話もしてて。

吉田　今はどういう編成なの?

岡村　大編成です。ホーンセクションもいますし。でも「3~4人くらいの編成でもやってみたいね」みたいなことは話してます。

吉田　すごく自由になって面白いですよ。

岡村　ですよね。でもリハーサルをちゃんとやらないといけないな、とは思いました。

吉田　もちろんそうです。日本人のミュージシャンってリハーサル嫌いな人多いんですけど、私は1日8時間近く歌いっぱなしの鬼リハってのを数日間必ずします。それが自分の背中を押すことになるから。

岡村　やっぱり歌うことやライブをやることは、ものすごく健康にいいですよね。みんな言ってるし、陽水さんも言ってるらしいですけど、もしかしたらボブ・ディランもそう思ってるかもしれないけど、健康に一番いいような気がします。

吉田　有酸素運動だからね。ツアー終わって少し間が空くと体調が悪くなるから、どんな形でもライブをやってるほうが体にいいんですよね。

岡村　いい汗かくし、食べるものもおいしいし。

吉田　岡村さん、自分のマイクは持ってますか?

岡村　持ってないです。

吉田　自分のマイクは選んだほうがいいですよ。

岡村　ちょっと探してみます。

吉田　今のマイクはみんな平均的になってるんですよ。私は昔、beyer(べイヤー)のM88というのを使ってました。使いこなすには技術が必要なんだけど、ローの音がしっかり出る。それが今はみんな平均的なマイクに変わっちゃったので、ありとあらゆるマイクの中から探して、マイクにはけっこうお金をかけてます。同じロットの製品でも個体差がけっこうあるから、それも全部チェックして。もし使ってみたいんだったら紹介しますよ。スティービー・ワンダーが使ってたモデル。

岡村　スティービー・ワンダーが。

吉田　今はもう音楽やらないと言ってますけどね、あの人（笑）。

岡村　スティービー・ワンダーって、70年代ものすごかったじゃないですか。楽曲も歌唱力も良くて、素晴らしいアルバムをたくさん出して。で、パタッと出さなくなりましたよね。天才と言われていたのに、ああいうことってあるんだなと思って。

吉田　でも、もう十分な暮らしをしてるし。お子さんも生まれて。ひっきりなしに仕事する必要もないんだろうし、休みたいときは休んだほうがいいですよね。

岡村　僕、思うんですけど、素敵なアーティストだなと思ってたプリンスもマイケル・ジャクソンもすごく若い年齢で死んじゃってますよね。ホイットニー・ヒューストンやジョージ・マイケルもそうです。まだまだ全然生きられる年齢なのに。いろんな理由があると思うんですけど。今、「休んだほうがいいのよ」とおっしゃいましたけど、本当にそうですよね。今のお話を聞いて、そういうことを思いました。

社会性と、夢と、10歳の自分と

岡村靖幸
×
岸本佐知子

きしもと・さちこ●上智大学文学部英文学科卒。洋酒メーカー宣伝部勤務を経て翻訳家に。訳書にルシア・ベルリン『掃除婦のための手引き書』、ミランダ・ジュライ『最初の悪い男』、リディア・デイヴィス『話の終わり』、ショーン・タン『セミ』『内なる町から来た話』、ジョージ・ソーンダーズ『短くて恐ろしいフィルの時代』ほか多数。編訳書に『変愛小説集』『居心地の悪い部屋』『楽しい夜』など。著書『ねにもつタイプ』で第23回講談社エッセイ賞を受賞。

空気を読む遺伝子が自分には入っていない

岡村　少女の頃はどんな感じだったんですか？

岸本　少女……。

岡村　どんな記憶がありますか？

岸本　幼稚園のときはむちゃくちゃ泣き虫で、もう泣くために幼稚園に行ってたような感じでした。今でも人生で一番つらかったのは幼稚園時代なんですよ。「なんでだろう」と考えたんですけど、それまではずっと家にいて、万能感があったわけですよね。で、そこから急に社会に放り込まれた。人間ってたぶんＤＮＡの中に、「社会に溶け込む」「空気を読む」みたいな遺伝子情報が入っていると思うんですけど、どうやら私には入ってなかったみたいで（笑）。だから普通に思ったことを言ったりやったりすると、ものすごくびっくりされたり、引かれたり、怒られたりしたんですよね。でも友達を見てると、なんだかうまくやってるんですよ！

岡村　幼稚園の前の記憶ってないですか？　親戚や近所のお友達との交流みたいな。

岸本　うーん、幼稚園の前だと3歳くらいですよね。3歳の頃って覚えてます？

岡村　覚えてますね。親戚が登場するんです。

岸本　ああ、いとことか。どうでした？

岡村　「パワーバランスがあるんだな」と思いましたね。母方の実家が旅館を営んでたんですけど、家族経営だったんです。元々はおばあちゃんとおじいちゃんがやっていて、その子供たちも副業としてやっていて、それぞれの家族が旅館に一緒に住んでいた。だからもう大家族で。そこに行くたびに、その人たちにもまれる感じがありました。

岸本　それはもう社会ですよね。それなら幼稚園とか楽勝だったでしょ？

岡村　楽勝（笑）？　楽勝というか……僕、海外に住んでいたことがあって、海外の幼稚園に行ってたんです。

岸本　そのときのことは覚えてます？

岡村　覚えてます。イギリスだったんですけど、ヒスパニック系や中国の人もたくさんいたんです。普段はみんな仲良くやってるんですよ。でもケンカになると、なじられたりしてそういう記憶と、あと食べ物が全然違ったこともよく覚えてます。冷凍食品のキドニーパイ（腎臓を包んだパイ）の感覚とか。日本に戻ったらそんなパイ、どこにもなかったんですけど。

岸本　キドニーパイ！　翻訳してると、ときどき出てくるんですよ。「何だよ、腎臓パイって」と思ってました（笑）。

岡村　グレービーソースが乗ったマッシュポテトとか。そういう日本になかった食べ物がすごく印象に残ってます。あと、まだビートルズが解散してない頃だったので、あちこちでビートルズが流れてたこととか、シェル石油でガソリンを入れると、バッジがもらえたこととか……。

岸本　それ3歳の頃ですよね。すごい記憶力。

岡村　イギリスの幼稚園で上の学年まで行ったのに（＊）、日本に戻ったら制度が違うから、また幼稚園に入らされたのも覚えてます。あと、小さい頃はずっと「生々しいな、親って」と思ってました。

＊イギリスの幼稚園（Ｐｒｅｓｃｈｏｏｌ）は3歳〜4歳まで。5歳からは小学校（Ｐｒｉｍａｒｙ Ｓｃｈｏｏｌ）に通う。

岸本　どういうベクトルの生々しさですか？

岡村　子供には遠慮がないから。歯磨きのあとのうがいとか。

岸本　ああ、そういうあれか（笑）。

岡村　デリカシーがなかった。でも親にやられて嫌だったことって、「俺は絶対やらないぞ」と思っているのに、大人になると意外にやってるんですよね。

岸本　どういうのを？

岡村　ちょっと間違ったことをすると、「（舌打ちで）チッチッチッ」と言われてたんですよ。「嫌な感じだな」と思ってたんですけど、大人になったらやってしまいますね。ネガティブスパイラルです。かわいいネガティブスパイラルですけどね。

「蟹甲癬」の気持ち悪さが忘れられない

岡村　英語は子供のときに急にできるようになったんですか？

岸本　いや、できなかったたし、今もできないですよ。

岡村　もともと英語が好きで、今のお仕事を始められたんですよね？

岸本　書いてある動かない英語は好きです。でも、人がしゃべってる英語は苦手なんですよ。なぜか翻訳は好きだったんですよね。子供の頃って英語が読めないじゃないですか。それが文字だということはなんとなく分かるけれども、読めないから模様みたいなものだと思って見てて。でも小学校でローマ字を習ったときに……今でも覚えてるんですけど、学校で読み方を習って家に帰ってきたら、ネスカフェの瓶のラベルが読めたんですよ。「ああっ、この周りにいろいろある模様みたいなものは、全部言葉なんだ！」とヘレン・ケラーみたいに思って（笑）。

そのときにちょっとした快感があったんですよね。その後、中学2年のときに短い絵本を訳すという夏休みの宿題が出て、それをやって提出したら、私だけ褒められたんですよ。先生がみんなの前で「岸本さんの翻訳がすごく良かった」と言ってくれて。それまでの人生で褒められたことがなくて、その後もなかったから、後にも先にも褒められたのはそのときだけだったんですね。そうすると、英語が好きになりますよね。だからお勉強としての英語は成績が良かったんです。ただ実践は伴わない。実際にネイティブの人としゃべることはほとんどしないまま、ここまで来ました。

岡村　ここまで？

岸本　はい（笑）。

岡村　翻訳っていろいろ難しいじゃないですか。例えば流行語が入ってたり、スラングが入ってたりとか、あと時代によって言い回しが全然違ったり。そういうものとはどう対峙していますか？

岸本　私が翻訳を始めた頃はなかったけど、今はネットがあるんです。だからある意味、ネットが最大の辞書なんですよね。この仕事を始めたのは30年くらい前なんですけど、そのときはどうしても分からない言葉は大使館に行って聞いたりとか。

岡村　わざわざ大使館に？　すごいですね。

岸本　でもそうするしかなくて。さんざん聞いて分からないから作者に手紙を書いたら、返事が来て「これは●●●という歯磨き粉の最初の文字をちょっといじったものです」と言われて。そんなの分かんないですよね。だから今は便利になりました。スラングも、スラングのネット辞書があるし。

岡村　出てきます？

岸本　引けば何かしら出てきます。逆に1件もヒットしないと、「あ、これは作者が勝手に作った言葉だな」と分かる。

岡村　海外文学だと、70年代のSFブームのとき、レイ・ブラッドベリ（＊）の小説も読んでみたんですけど、分かりにくかった記憶があります。翻訳が難解なのか、原文が難解なのかは分かりませんけど。

＊アメリカのSF作家。代表作に『華氏451度』『火星年代記』など。「詩」を感じさせる作風から「SFの抒情詩人」と呼ばれた。「興味はあるけど難解なんでしょ？」と思う人は、『歌おう、感電するほどの喜びを！』のような短編集から入るのをおすすめします。

岸本　でも翻訳って進化していくものなので、今の時代は「これはちょっと……」みたいな翻訳はほとんどないと思いますよ。

岡村　同じ小説でも新訳が出てたりしますからね。でもSFブームの頃はブラッドベリだけじゃなく、星新一さんや筒井康隆さんもブームになっていて、とても影響を受けました。「なんてすごい小説があるんだろう」と思ったし。あと表現がすごかったんですよ。「蟹甲癬（かにこうせん）」って小説（＊）、覚えてます？

＊筒井康隆『宇宙衛生博覽會』所収のSF短編。タイトルは『蟹工船』のパロディ。ある惑星で、蟹を食べると頬が硬くなって蟹の甲羅そっくりになる皮膚病が流行。ほっぺの甲羅を外すと蟹みそ状の何かが付着しており、口にしてみるとそれが実に美味であるため、食べているうちにますます病気が蔓延していく。

岸本　めちゃめちゃ覚えてます！

岡村　あれですよ。あの世界観が、岸本さんには色濃く残ってる感じがするんですよね。

岸本　そうですね、やっぱり脳みそが一番柔らかい中2・中3の頃に読んでものすごい衝撃を受けたから。

岡村　ですよね。僕も「蟹甲癬」、ぐにゃーって入ってる。体の中に。

岸本　（ほっぺを外す仕草で）ここをパカッて外す（笑）。

岡村　そう、パカッて（笑）。それで蟹みそ食べるっていう。

岸本　蟹みそというかあれは……（笑）。『宇宙衛生博覽會』に入っている「顔面崩壊」も、めちゃめちゃ気持ち悪いです。

岡村　ありますあります。この2つが特に気持ち悪い。

岸本　同じ本に「問題外科」というのもあって、これもひどいんですよ。病院で手術をするんだけども、間違って別の人を手術しちゃって、開腹しても別にどこも悪くないんです。で、もうしょうがないから、このまま殺そうということになって。そこに院長が入ってきて「殺すんだったらわしに遊ばせてくれ」みたいなことを言うんです。その院長がド変態で、大腸で縄跳びしたり（笑）、もう最悪なんですよ。

岡村　すごいですね。モンティ・パイソン的な。

岸本　モンティ・パイソンも見てましたね。

岡村　僕、大好きです。

岸本　日本ではイギリスより何年か遅れて放送されたんですけど、モンティ・パイソンを紹介した最初の番組（＊）があって、そのとき初めてタモリをテレビで見たんですよね。あれにもすごく影響を受けました。吹き替えも良かったんです。

＊'76年に東京12チャンネル（現・テレビ東京）で放送された『空飛ぶモンティ・パイソン』。モンティ・パイソン本編に、タモリなどが出演する日本オリジナルのパートをミックスして放送された。

岡村　プルーストの『失われた時を求めて』という小説がありますよね。めちゃくちゃ長くて難解と言われる小説なんですけど、僕はモンティ・パイソンでやってたのしか知らないです。

岸本　どんなのでしたっけ？

岡村　「全英プルースト要約選手権」という大会があって、『失われた時を求めて』の内容を15秒で要約するという（笑）。

岸本　もうそれでいいんじゃないかという気も（笑）。

あれ、本当に全部読んでる人、たぶんあんまりいないですよ。『百年の孤独』も、「この100年で出た名著3冊」みたいな企画で業界の人のアンケートを取ると、絶対1位になるんですよ。でも、ちゃんと読んでる人はその半分くらいじゃないかな。『フィネガンズ・ウェイク』も。そういえば、映画『テネット』はご覧になりました？

岡村　見てないんですけど面白いんですか？　話題ですよね。

岸本　見たんだけど、1ミリも分からなかったんですよ（笑）！

岡村　そうなんですか？　映像的快楽があるんじゃないですか？

岸本　みんな「IMAXで見るべきだ」と言ってるんですけど、そんなに映像的快楽はなかったです。あれも本当はみんなよく分かってないんじゃないかと思うんですよね（笑）。

岡村少年の夢

岡村　夢ってよく見ます？　寝るときに見るほうの。

岸本　昔はすごくたくさん見てたのに、今もう全然忘れちゃってるんです。見ますか？

岡村　見ますね。たぶん睡眠が浅いんだと思います。

岸本　覚えてる？

岡村　覚えてることも多いです。

岸本　聞きたいです。私、人の夢の話聞くの大好きだから。

岡村　いや、ろくな夢じゃないですけど……（笑）。小学生のときの夢で忘れられないのがあって。当時インベーダーゲームが流行ってて、インベーダーゲーム屋さんがあったんです。ゲームセンターの中にインベーダーゲームがズラーッと並んでるという。僕は小学生のくせになぜか学校に行かないで、とにかくインベーダーゲームをやりたくてやりたくて、インベーダーゲーム屋さんに行くんです。でも入ったら誰もいない。音だけがガーッと鳴ってて。で、パッと横を見たら自動販売機があったんです。「何の自動販売機だろう」と思って見たら、セクシー本が売ってたわけです。「誰もいないから何でもできるな」という、ふらちな気持ちになって、（手を突っ込む仕草で）取り出し口に手を入れてみたら、子供の手だから中身が取れるんですね。「あ、これ取れるな」と思って、（手を上下に揺らしながら）ズボズボ、ズボズボ取って。

岸本　（笑）

岡村　もうズボズボ、ズボズボ取って、（服の中に入れる仕草で）ズボズボ、ズボズボ入れて。

岸本　入れる（笑）。

岡村　それで（胸部にどっさり入れたものを隠す仕草で）こうやって帰るわけです。商店街を。

岸本　インベーダーゲームは？

岡村　やらない。

岸本　（爆笑）

岡村　で、商店街を歩いていると、お店の人から「あらやっちゃん」と声をかけられて「いやあ、どうもどうも」とか言ってるうちに、みんな大笑いし始めるんです。「なんで大笑いするんだろう。心外だな」と思って後ろを見たら、パンくず落とすみたいにセクシー本がダーッと落ちてて。

岸本　（爆笑）

岡村　「まずい！　とにかく数冊だけでも！」と思いながら急いで帰って、「やっと見れる」と思ったら、そのセクシー本がメンコに変わってて。

岸本　（笑）

岡村　「ふざけるな！」って窓を開けて青空にむかって放物線を描くメンコを投げる、という夢。その夢が忘れられないです。

岸本　いやー、いい夢ですね（笑）。私が子供の頃、繰り返し見た悪夢があって、手足と首のないマネキンにどこまでも追いかけられるという。

岡村　怖いですね。

岸本　怖いです、怖いです。近所にお屋敷があって、黒っぽい垣根がずーっと続いているんですけど、そこでマネキンに追いかけられながら、なぜか母親と2人で逃げるんですよ。なんとか振り切って家に帰って、「あー、良かったね」って母親を見たら、母親が彫刻みたいに固まってるんです。

岡村　めちゃめちゃ怖い（笑）。

岸本　昔、会社員だったんですけど、会社を辞めて1カ月くらいは夢が見放題でしたね。勤めているときは夢を見ても、すぐ会社に行かなきゃいけないから、いろいろやってるうちに忘れちゃうじゃないですか。でも辞めたら行かなくていいから、スケッチブックを買ってきて全部克明に記録して、色鉛筆で色も塗って（笑）。

岡村（笑）

岸本　暇だから。そのスケッチが面白くて、今でも読み返すことがあります。

岡村　夢は面白いですよね。夢の話って、大嫌いな人と面白いと言ってくれる人と2タイプに分かれますよね。怒り出す人もいるし。

岸本　いますよね。「夢の話は言ってる本人しか面白くない！」とか言う人。私はそんなことないです。誰の夢でも聞きたい。

岡村　僕も聞きたいんですけどね。

岸本　最近の科学的な研究では、夢には全然意味がないらしいです。

岡村　夢判断みたいの、ありましたよね。フロイトでしたっけ。

岸本　ありましたね。でもフロイト自身、変な人だし（笑）。

岡村　岸田秀さんの『ものぐさ精神分析』って読んでました？

岸本　昔読みました。なんだかすごい内容でした。「なにもかも幻想だったんだ！」って。一瞬だけ楽になった（笑）。

岡村　確かに一瞬だけ（笑）。

岸本　いつ頃読まれたんですか？

岡村　18歳くらいですかね。

岸本　私もそれくらいだったかな。悩んで読んだんですか？

岡村　悩んで読みました。

岸本　私も悩んで読んだんですよね。

岡村　かなり楽になりますよね、あれ読むと。あ、思い出した。俺、対談したんです。あまりにも憧れてて「憧れてます」と言ったら、対談できることになって。で、対談したら、最初から最後までお酒飲んでました（笑）。

岸本　（笑）

岡村　でも岸田さんいい人で、その対談をご自分の対談集（『日本人はどこへゆく──岸田秀対談集』）に入れてくれて。面白かったです。

岸本　一生の記念ですね。

武田百合子礼賛

岡村　今まで読んだ本で、定期的に読み直す本ってあります？

岸本　いろいろあるけど……例えば武田百合子（＊）です。読んだことあります？　あの人のはどれも好きだけど、『遊覧日記』というのがあって。

＊随筆家。『ひかりごけ』で知られる小説家・武田泰淳の妻。富士山麓に購入した別荘「武田山荘」に住むようになってから、泰淳のすすめで山荘での日々を日記につづり始める。泰淳の死後、文芸誌の武田泰淳追悼号にてその日記を『富士日記』として発表。大きな反響を呼び、後に単行本化されたその日記は、今でもファンの多い百合子の代表作となっている。

岡村　『遊覧日記』？　僕は『富士日記』が好きで、読み直してます。

岸本　『富士日記』もいいですよね。

岡村　素晴らしいんです。これは何度でも言いたいんだけど（笑）。人間の素晴らしさが描かれてて。

岸本　何書いても全部面白いじゃないですか。そんな人、なかなかいませんよね。

岡村　『遊覧日記』というのもあるんですね、読んでみます。

岸本　『遊覧日記』はいろんな所に百合子さんが行って、見てきたことをただ書いてるだけで。行ってるのは代々木公園とか花やしきとか、その辺の場所。だから「旅行」じゃなくてあくまで「遊覧」なんです。特に何にも起こらなくて、例えば代々木公園の回だと「いいわけしてるみたいな手つきで太極拳をやる老人」とか。

岡村　言い訳してるみたいな（笑）。面白い。

岸本　いやすごく分かるけど、その表現力はどこから来るの！って。でも私が同じ光景に遭遇しても、たぶんそんなふうに見られないと思うんですね。目では見ていても、脳に刻み付けられない。だから百合子さんは、目が普通じゃないんだと思います。加えて何より、それを書く表現力ですよね。「いいわけするような手つき」って。あと、「赤紫色に咲き乱れたつつじの植込みの影で、黒人の男が泡みたいなものを吐いている」って(笑)。ずっとそんな調子なんですよ。何も起こらないんだけど、めちゃめちゃ面白くって。もう天才かよって。

岡村 読みます。僕も『富士日記』は、何回も何回も読み直してます。全然飽きない。

岸本 適当に開いたところを読むんですか?

岡村 そう。あと、『富士日記』は毎日料理を作ってるので、「手間のかかるものを毎日作ってるんだな」って。

岸本 すごくかっこいい女の人だったんでしょうね。夫が武田泰淳という文豪なんですよね。だけど、百合子さんの『犬が星見た』というロシア旅行記があるんですけど、それを読むと武田泰淳はただの屁こきおっさんなんです(笑)。本当にそのへんのただのおっさん。そこがまたすごく面白い。

岡村 読んでみます。ああ、楽しみが増えた。ぜひ読みます。

最後に勝つのはKISS!

岡村 自分の思春期から今までで、夢中になったミュージシャンっています?

岸本 とても言いづらい……(笑)。言いづらいけど言うと、高校のときにKISSがすごく好きになって。

岡村 え、KISS?

岸本 あっ、もう(照)!

岡村 KISS、僕も好きでしたよ。

岸本 ほんとに? いや、そんな慰めみたいなこと言わないでください……。

岡村 いやいや、ほんとにほんとに。

――KISSって、そんなに言うのが恥ずかしいバンドなんですか?

岡村 全然恥ずかしくないよ。

岸本 もう何十年と続けてるから、今でこそ大御所みたいな扱いになってますけど、私が好きになったのって高2か高3くらいのときで。私、女子高だったんですけども、クラスはだいたいQUEEN派とKISS派に分かれていて、8対2くらいでQUEENだったんですよ。

岡村 当時はそんな感じですよね。

岸本 で、もうQUEEN派にすごく迫害されるんです。「何? あの白塗りの、色物みたいなの」と言われて、ずっと肩身が狭かったんですよ。自分でも「ゲテモノ趣味なのかな」と思ったりして。「でも楽曲はいいじゃん!」と思ってました。

岡村 そう、バラードもいい曲多いし。

岸本 「ハード・ラック・ウーマン」とかね。

岡村 「ベス」とか。

岸本 どっちもピーター(・クリス)が歌ってて。私はピーターが好きだったんだけど、ピーターって猫のメイクじゃないですか。だから「やーい、タヌキ～!」ってみんなにからかわれて。

岡村 (笑)

岸本 あと、大学に入ってサザンオールスターズを好きになったんですけど、そのときもクラスはツイストとサザンオールスターズに二分されてて。でもやっぱり8対2でみんなツイストだったんです。で、またツイスト派の人から「サザンなんてコミックバンドじゃん!」ってさんざんバカにされて。「でも楽曲はいいじゃん!」と思ってました。

岡村 いつも「2」の側だったんですね。

岸本 でも今になってみると、KISSはまだ活動している。QUEENはもうフレディが亡くなってますよね。サザンはまだ活動しているけど、ツイストはもう活動していない。

岡村 そうですね。

岸本 「勝った」と思った。

岡村 (笑)

岸本 継続は力なり、という。すごいですよね、あの人たち。もう60代、70代ですけど、今も変わらず、火吹いたりギター壊したりしてて。4人組で、ジーン・シモンズとポール・スタンレーの2人がメインなんですけども、私が好きだったドラムスのピーターとギターのエースは、中の人が代わってるんですよね（笑）。でもお化粧バンドだからバレない（笑）。だから歌舞伎にならって、「3代目ポール・スタンレー」みたいな襲名制にすれば、100年でも200年でもできるなと思って。

岡村　言われてみれば確かにそうですね。

岸本　だから……勝ったんじゃないかな（笑）。

酔うとやってしまうこと

岡村　コロナ禍の現状について何か感じてることとや思ってることはありますか？

岸本　私、考えたらステイホーム歴が30年くらいなんですよ。ほぼ家から出ないんです。最長で歩いたのが郵便受けまで、という日がけっこうある。だからコロナになっても生活は変わらないはずなんだけれども、でも何か息苦しいんですよね。世の中の雰囲気でそうなるのかな。あと、ずっと家にいるから「外出＝飲み会」だったんですよ。それがコロナで全滅してしまったので、完全に外に出なくなって。もともとない社会性がますますゼロに近づいてしまいました。でも世の中全般で見ると、悪いことばかりじゃないという気もしてて。私が今、勤め人だったらバンザイしてると思うんですよね。通勤って本当に無駄じゃないですか。私、小田急線だったんですけど、もう地獄だったんですよ。

岡村　そんなにひどかったんですか？

岸本　今はかなりマシになってると思うんですけど、私が中高生の頃は人に圧迫されて体が歪むくらいの異常な混み方で。そういう生活を20年も30年も続けてると、やっぱり誰だって精神がおかしくなると思うんです。大声でしゃべってる人がいて、「誰と話してるんだろう」と思ったら、独り言だったとか。衝撃的だったのが、頭を新聞紙で包んで、顔の前でダブルクリップで留めてる人がいて（笑）。

岡村　それはすごい。

岸本　あと、これは私の妹が見たんですけども、きれいなインド人の女性で、トレンチコートの中が素っ裸という人がいたらしくて（笑）。周囲でどよめきが起こってたらしいです。

岡村　人間バンザイって感じですね。

岸本　人間バンザイですよね。いろんなバンザイを見てきました。

岡村　仕事上、家にいる時間が長いということは、家にいる時間も快適なわけですよね？

岸本　そうですね。さすがに飽きますけど。誰かに誘われれば楽しいから、単に出無精なんだと思います。

岡村　来客は多い？

岸本　全然ない。

岡村　来客が少ない家で、整えられた家にするのは難しくないですか？

岸本　難しいですね。本がどんどん増えていく。本の要塞になっていきます。岡村さんはどうですか？

岡村　僕はね、酔うと掃除したくなるんです（笑）。これは自分のいいところだと思うんだけど、家飲み＝掃除になる。ちょっと達成感がある中で飲みたいんだと思います。

岸本　私、Ｚｏｏｍ飲みするんですけど、したことあります？

岡村　１回あるかな。

岸本　でもやっぱりリアル飲みに比べるとちょっと。

岡村　全然違いますね。

岸本　ただ、猫を見せてくれたりするんです。

岡村　猫？

岸本　Ｚｏｏｍ飲みの相手が飼ってる猫を見せてくれたり、新しく買った健康器具を使って見せてくれたりするんですよ。そうすると酔っぱらってるから「あーそれいいねー、ウェーイ」とか言って、そのままポチッて。

岡村　（笑）

岸本　で、忘れた頃に何かが届くんです。４キロの鉄の玉が届いたこともあって（笑）。だから、Ｚｏｏｍ飲みをすると謎の健康器具が増える（笑）。そして使わない。

岡村　うちにもあります。使わないエアロバイクが。家庭用じゃなくてスポーツクラブと同じクオリティのやつを買って。

岸本　で、そのエアロバイクは……。

岡村　まったく使わないですね。恐ろしいことに（笑）。

岸本　（笑）

岡村　巨大なオブジェと化してます。恐ろしいことです。

岸本　何がダメなんでしょうね。

岡村　何でしょうね。きっと「家で汗びっしょり」という状態が嫌なんでしょうね。分析してみるに（笑）。

会社勤めの経験が人間のデータベース

岸本　岡村さんはアクティブですか？

岡村　アクティブってどういうことですか。

岸本　放っとくと出掛けたり、体動かしたりするタイプかなという。

岡村　コロナがなければ出掛けるでしょうね。出掛けない？

岸本　出掛けない。

岡村　じゃあ今までの人生で、出会いはどうしてきたんですか？

岸本　友達はその時々の場所で作ってきたんですけど、今みたいにフリーランスになると、自分の好きな人とかしか付き合わないですよね。それっていいことなのかな、と最近ちょっと思うんですよ。エッセイを書き始めた頃って、書くことがもう湯水のようにあって、でもそれは会社員時代の蓄積だったんですよね。6年半いたんですけども、やっぱり会社だから、好きな人もいるけど嫌な奴もいるじゃないですか。そういう「いろんな人がいる状況に無理やり置かれた中でしか見えてこない人間の諸相」みたいなものがあったと思うんです。いろんな人の言動、行動、そのときの顔付きや声、そのデータベースが今の自分の基になっているんですよね。だからエッセイを書くときは、「あの人があんな面白いこと言ってたな」という記憶を引っ張り出していたんですけど、それももうあらかた書いてしまって。エッセイだけじゃなくて、翻訳をやるときも、そのときのデータベースをいまだに使ってるんですよ。「こういう人はこういう状況でどういう顔付きで物を言うだろう」と想像するときのデータベースとして。さすがにそろそろ更新しなきゃいけないと思うんですけど……だから時々「就職したい」と思うことがあって（笑）。

岡村　ほんとですか（笑）。いろんな経験を血なり肉なりにするために？

岸本　そう。でもむかついて1日で辞めるかもしれない（笑）。私、28歳で会社辞めたので、そこで社会性をなくしたままなんですよ。この状態が果たしていいのかなって、ときどき思うんですよね。

岡村　会社というのは、まみれるものなんですか。屈辱とか、非礼とかに。

岸本　まみれましたし、つらかったですね。ものすごくやさぐれてました。もうめちゃめちゃに酔っぱらってましたね。お酒の会社だったから、酔っぱらうのはいいことにされてたんですけど（笑）。でもいま思うと、確かに自分はひどかった。会社員に向いてなかったんですよね。だからまた会社に入るとしたら、事務関係じゃないほうがいい。何か同じ作業を延々繰り返すような……。

岡村　工場みたいな？

岸本　そう、そんなのをやりたい。でもそこにも職場の人間関係はあるから、どうなのかな……だから私、スポーツクラブも人間関係ありそうでなかなか行けないんですよ。

岡村　人間関係、絶対あると思いますよ。

岸本　サウナで会話が発生して、「この後お茶しない？」みたいな（笑）。常連の中でヒエラルキーが発生したりとか、そういうのを考えると行けない。

「継続は力なり」の極意

岡村　僕、断食（の合宿）に行くことがあるんです。そこは集団生活なんですよ。で、僕が誰であるかは、バレるときもあるし、バレないときもある。

岸本　バレない……そんなことあり得るんですか？

岡村　バレないと、まあ面白いですね。楽しいです。いろんな人がいるんですよ。企業の社長もいるし、アレルギーで悩んでいる人もいるし、モデルやってて「きれいになりたい」という意識の高い人もいるし。そういう人たちが、一緒になって1週間くらい生活するわけです。
岸本　1週間いると、いろいろ交流が……。
岡村　ありましたね。昔はそこで友達をたくさん作りました。
岸本　その人たちとは今も付き合いが？
岡村　今はさすがになくなっちゃったんですけど、でもそこから5～6年はありました。
岸本　何なんでしょうね、断食でつながる友人って。
岡村　軽い拘束状態になってて精神がちょっと高揚してるのと、一緒の目標があるのが大きいんでしょうね。あとやっぱり、24時間一緒にいると「みんなで頑張るぞ」みたいなノリが出てきて、それで1週間後に解放されたときに「終わった――！」みたいな高揚感が生まれるんですよね。お互いに「東京でも頑張ろうね！」と声を掛け合ったりして。
岸本　訳の分からないハイになるわけですね。
岡村　1週間後に何か食べると、フィルター3つくらい取れたような感覚になりますね。感覚が鋭くなってて、「6歳の頃の味覚ってこんな感じだったかも」と思うくらい。3日もたてば消えますけど。

岸本　何も食べない時間って何してるんですか？
岡村　何もしない。それか、町を歩き回る。
岸本　でも町を歩くと、食べ物屋さんがあるでしょ。
岡村　誘惑はありますよ。だからその誘惑に負けないように、お茶屋さんに入ってお茶だけ飲んだり。
岸本　なるほど、お茶はいいのか。
岡村　我慢できなくなったら、ところてん売ってるから「ところてんはカロリーゼロ！」っつって食べて。
岸本　ところてんは……いいのか!?
岡村　それをやってるといろんなことが大丈夫になってくるんだけど、あまりにも厳しくやってしまうと嫌になってしまうから、「継続は力」と考えようと。だから寿司屋もたまには行く。
岸本　（笑）
岡村　寿司屋に行って、刺身を頼んで食べて、みそ汁を食べてカロリーほとんどないっつって。
岸本　そんなことはない（笑）。
岡村　そこから3キロくらい歩いて道場まで戻るわけです。

岸本　ああ、そのカロリー消費でチャラみたいな。

岡村　継続させるためには、たまに自分に抹茶を飲ませ、たまにところてんを食べさせ、たまに刺身を与える。これが継続の力を生むわけです。実際、それで長続きしたので。

岸本　そういうものなのか……。

どの年代の自分も、常に自分の中にいる

岡村　岸本さんには少女性みたいな部分をすごく感じるんです。

岸本　少女というか、子供なんですよ。自分でこれ言うのもどうかと思うんですけど、私、子供の頃から成長しそこねたままなんです。もう還暦も超えているのに「中身は10歳です」なんて、怖くて人前では言えないんだけれど（笑）。（会社員をやめた）28歳で社会性を失って、私の社会性はずっと28歳で止まってるんです。その28歳のとき、精神的には10歳だったんですよ。だから今も中身は10歳のままだという感覚があって。

岡村　それで思い出しましたけど、この連載でホドロフスキー監督（＊）と対談したことがあるんです。彼の映画には多感だった子供時代の感性が反映されていると思ったので、僕が「監督はどうして子供の頃の感覚を、今でも持てているんですか？」と聞いたら、「『何歳までが幼児、何歳までが若者、何歳からは大人』みたいに言われているけれども、それは違う。子供時代のあなた、青年時代のあなた、大人になったばかりのあなた、どの年代のあなたも常にあなたの中に内在していて、今のあなたを見つめている」とおっしゃって。それを聞いたとき、死ぬほど腑に落ちたんですよ。それは人間みんなそうだと思うんです。

＊映画監督のアレハンドロ・ホドロフスキー。代表作は、岡村に大きな影響を与えた『エル・トポ』や『ホーリー・マウンテン』など。91歳になる'19年、最新作『ホドロフスキーのサイコマジック』が公開された。なお岡村とホドロフスキーの対談は、'13年の『リアリティのダンス』公開時に行われたもので、岡村靖幸対談集『あの娘と、遅刻と、勉強と』に収録されている。

岸本　絶対そうですよね。

岡村　僕の中での「腑に落ちたナンバーワン」かもしれない。それくらい感銘を受けました。

岸本　私もすごく勇気付けられた。本当はその言葉の通りなんだけど、みんな日々の生活を効率良く送るために、自分の中の10歳や18歳を封印して生きてるんでしょうね。でも誰の中にも、いることはいるんですよね。

岡村　そうだと思います。だから「ホドロフスキー、素晴らしいことを言うな」と思って。

岸本　でもそれを言葉として認識できてるのは、やっぱりすごいですよね。

岡村　そうですね。でもホドロフスキーの映画を見ると「さもありなん」と思いますね。

岸本　私は自分が好きだと思った小説を翻訳するんですけども、子供のまま来ちゃった人……「成仏できない子供霊」と私は呼んでるんですけど、そういう作家が多いんですよね。そこに共感するから、作品を好きになるんでしょうけど。

岡村　それで思い出しましたけど、こういう話があります。『東電ＯＬ殺人事件』というノンフィクションを読むと、あの被害者の女性はすごく厳しい家庭に育っていて、彼女はお父さんに対する愛情があったんだけど、お父さんはそれを寄せ付けない人で、お父さんに対する愛情を満たされないまま育ってしまったみたいな話だったような気がします。満たされぬまま育っていく中で彼女はファザコンのようになって、そのうち恋愛をし始めるんだけど、付き合う相手に父性を求めてしまうと。それぞれの相手がそこに重さを感じてそれでうまくいかなくなって、付き合っては別れ、付き合っては別れという生活を送っていくうちに、ああいう方向に向かっていった、みたいな話だったような……。推測が入っているから彼女が実際どう思っていたかは分からないんですけど、「子供の頃に親に愛されたかった」みたいな思いはずっと抱えていくものなのかしら？と思いました。

岸本　思い返すと、中学、高校、大学、その先でも周りの女の子でそういう感じの子はいましたね、「父の娘」（＊）と言うらしいんですけれども。お父さんに愛されたいんだけれども、日本のお父さんってべたべたしない、直接的な愛情表現をしないじゃないですか。そういうのもあって（態度としては）冷たいお父さんだったりして。そうすると成績がいいときだけ褒められるわけです。だからうんと優秀な子の中に、わりとそういう子がいた。生育の過程でそういうことがあると、そこで何かが止まっちゃうというのはありますよね。

＊ユング派の心理学者シルヴィア・ペレラによって提唱された概念。父（実父のみならず「父性的なもの」）の強い影響下にある女性のこと。

岡村　だから子供のときの体験って根深いんだなと。人によっては一生それを抱えながら生きていくんでしょうし。

岸本　そうですよね。というか人間って、もうそれしかないような気すらするんですよ。例えば政治思想で右だ左だとかいうけど、そういうのもその人の本当の意見じゃなくて、結局は「その人がどう育ってきたか」に左右されているんじゃないか……と思っちゃうことがありますね。

人生でもっとも楽しかった時代

――岸本さんは女子学院のご出身ですよね。女子学院って、岸本さんも含めてすごく特殊な人材というか、自分の個性を活かして活躍している人を多く輩出している印象があるんです。「進学校である」というだけではちょっと説明がつかないくらい。岸本さんの目から見て、女子学院ってどんな環境だったんですか？

岸本　「人生であの6年間（女子学院は中高一貫校）が最高だったな」って、今でも思うんですよね。私が入学した当時はそんなに進学校という感じでもなくて、入試の倍率も1・3倍くらいだったんですよ。とにかく自由で、私が入学する前の年くらいに制服もなくなったんです。だから何を着てもよかった。とにかく制約が一切ない、「●●をしてはいけない」というのがなかったんですよ。ある程度分別がつく子がそろっていたから、「そこまででたらめなことはしないだろう」と信頼してくれてたとは思うんですけど。ルールは3つしかなくて、「上履きに履き替える」「JGと書いてある三角形のバッジ（校章）を着けてくる」「昼休みに学校を抜け出して外で買い食いしてはいけない」、それだけ。

――それだけ!?

岸本　生徒手帳にはもっといろいろ書いてあるんですけども、日常レベルで運用されているルールはそれだけだったんです。でもその3つすら誰も守ってなくて（笑）。土足で上がるわ、バッジは着けてないわ、昼も外に買い食いに出るわで。月に一度バッジ検査というのがあって、だいたいみんな着けてないんだけど、そのへん探すと落ちてるんですよ（笑）。それを拾って着けたりとか。

岡村　（笑）

岸本　あとはやっぱり「男の目がない」というのが本当に最高で。親は「女子校に入れたらおしとやかになるだろう」と期待して入れたと思うんだけど、とんでもないんですよ。野生の王国みたいだった（笑）。下駄はいてハッピ着てくる人もいましたからね。

岡村　楽しそう（笑）。

岸本　もうめっちゃくちゃ楽しくて。何見てもおかしい年頃だから、毎日ギャハギャハ笑いながら過ごしてたんです。そういう天国みたいな6年間を過ごして、それで大学は共学に入ったんですけど、もうびっくりするくらい地獄で。だって男がいるんですよ！

――どういう地獄だったんですか？

岸本　それまでの6年間、接する男の人といえば、先生とお父さんと駅員さんくらいしかいなかったんですよ。だからリアルで男の人と話す機会がほぼなくて。それが大学にはうようよいて、しかも勝手に人を値踏みをしてくるんですよ。「あいつはイケてるけど、あいつは駄目だな」とか。それで勝手に規格外に入れられて蔑まれたりして、「何これ……」と思って。だから女子学院の6年間は本当に天国で、楽しい思い出がいっぱいなんですけど、大学の記憶は全部合わせても3日ぶんくらいしかない（笑）。

岡村　そんなに（笑）？

岸本　だから大人になって、「中学どこに行ってたんですか？」と聞かれて「女子学院」と答えると、「あー、わかる」と言われることがあります（笑）。あとお互いに匂いで感じることもあるんですよ。「あなたもしかして……？」って（笑）。他のみんなもやっぱり「言われる」って言ってました。何なんでしょうね。

――じゃあ今の自分の軸が作られたのは、大学よりも……。

岸本　断然、女子学院です。今からでも入り直したい（笑）。

岡村　「最高の青春」で思い出すのは、そのときのこと？

岸本　そうです。人生の天国だった時間ですね。

岡村　全人生の中で？

岸本　そうかもしれない。今は今でけっこう楽しいですけどね。岡村さんはどうですか？

岡村　僕は……いつが楽しいんですかね。いつでも楽しいです。

岸本　またそんなことを言って。そんな答えは求めてない（笑）。

岡村　そうですね……（しばし考えて）こういうことがありました。僕は18、19でこの世界に入って、21でデビューしたんですけど、自分の思い描いていた生活と現実がかけ離れていて思い通りにならないもんだなって思ってました。

岸本　（楽しい時期のことを聞いているのに）楽しくないじゃないですか。

岡村　そうですね。いかんともしがたいものだなと感じてます。

岸本　小中高は楽しかった？

岡村　楽しかったですね。でもとにかく転校が多かったんです。イギリスから九州、九州の中でも、福岡（市内）から太宰府に移って、今度は新潟に行って、そこからまた関西の方に行って。

岸本　激しいですね。

岡村　長く同じ場所にいられなかったから、転校するたびにまたやり直し、またやり直しで、それが自分の性格を形成したかもしれない。場所によって方言も全然違いますからね。その方言に慣れるまでは

「転校生感」がずっと取れないですし。

岸本　そうじゃない人生のほうが良かった？

岡村　結果的に、自分の個性を形成する意味では良かったのかもしれませんね。でもその個性を形成するための日々は、楽しかったというよりも、非常に重々しいものだったし、あと、さっき言った思い通りになるということについても、ふがいなさを感じているんですけども、もしも僕が思い通りになってたら、こういう音楽は作れなかっただろうし、「負けてなるものか」みたいな気持ちも生まれにくかったかもしれませんし、今の自分の人間形成もできていなかったかもしれませんね。

男の考えるモテと、女の考えるモテは違う

岡村　ご自身はどうですか。モテました？

岸本　まっっっったくモテなかったです。小学校のときの男子が最悪すぎて、いま思い出しても憎しみが湧く（笑）。私、10歳くらいの男の子に完璧に無視されるんですよ。

岡村　無視される？

岸本　存在を認知されないことが多いんです。男子ってレーダーを持っていて、女子がいるとピンと反応すると思うんですけど、たぶん私は女子の信号を出してないんだなって思うんです。子供だからそこは露骨にリアクションする。物体として存在には気づかれてると思うんですけど、警戒されますね。「この人は女でもないし、大人でもない」という目で見られる。「図星です」って思うんですけど（笑）。

――それは小学校時代じゃなくて今の話？

岸本　大人になってからです。でも子供の頃からずっとそうだったんだと思いますね。

岡村　それは心外なんですか？　それとも致し方ないと思ってる？

岸本　20代の頃は「モテなければいけない」という焦りがあって、ハマトラ（＊）を着たりしてたんだけど、今となってはそんなに焦らなくてもよかったなと。ただ思うんですけど、「男の人が考えるモテ」と「女の人が考えるモテ」って、違うんですよね。

＊70年代後半〜80年代初頭に流行した、横浜に本店をかまえるブランドを中心にコーディネートするファッションのこと。名称の由来は「横浜トラディショナル」から。

岡村　違うんでしょうね。

岸本　会社員だった頃の話なんですけど、2月14日にバレンタインが来るじゃないですか。そうすると、チョコをもらう・もらわないでいろいろあって。おじさんはとにかくチョコの数にこだわるんですよ。

岡村　そういうものですか。

岸本　「心のこもった1個」よりも、「1ミリの愛情もこもってない100個の義理チョコ」が欲しいって感じなんですよね、おじさんほどそうなんです。だけど、女の子はやっぱり数でモテたいってあんまり思わないんじゃないかな。男の人の考えるモテは、数がベースにあるような気がします。（『うる星やつら』の）諸星あたるみたいな。

岡村　（笑）

岸本　20代の頃、めっぽうモテる女友達がいたんですよ、もちろん綺麗なんだけれども、華のあるオーラが出てて、もう磁石みたいに男がワラワラ寄って来る。じゃあそれは羨ましいかというと、まったく羨ましくなくて。100人来るけど、99．9人、カスなんですよ。男の99．9％がカスなのか、それともモテの信号に集まってくる男がそうなのか分からないんだけど、その子の日々の生活を見ていると、「いかに99．9人のカスを感じ良く斬るか」に腐心してるんですね（笑）。胴斬りにされても、相手は斬られたことに気づかないという。でもそれからは近寄ってこないし、恨まれもしない。

岡村　そういう人、いますね（笑）。

岸本　でもその労力もすごいと思うんです。カスみたいな男でも、その子には最大限いい面を見せるんですよ。（寄せて上げるブラのジェスチャーを全身で表現しつつ）全身からいいところを集めてきて、腹肉も背肉も全部集めて胸にするみたいな（笑）。

岡村　（笑）

岸本　それだけ全身全霊でいい面を見せてくるので、よほどの眼力がないと、しょうもない男にひっかかると思うんです。でも私は、男たちがその子にいい面をアピールして、彼女が帰った後に「ケッ」みたいに豹変するのをたくさん見てきたので、すごく勉強になりましたね………あー、ひどい話をしてしまった（笑）。

岡村　これはフェミニズムの考え方で言うとよくないのかもしれないけど、僕は紳士道というか、「レディファーストがカッコいい」みたいな感覚が身に染みついているんですよ。昔はそういう考えが流行していたような気がするんですよね。「女性に気遣いをすればするほど、男はカッコいい」みたいな。小さい頃にイギリスにいたことも影響してるのかもしれないですけど。今は違うんですかね？

岸本　そうですね。レディファーストって言葉自体、あまり言わないですね。

岡村　車に乗せるときに「最初にどうぞ」みたいなのって、今はやらないんですかね。レディファーストの精神って、フェミニズムに反するのかしら？

岸本　（レディファーストは）「女性は弱い」というのが基本の考えにあるとは思いますね。ただ、フェミニズムが言ってるのは、シンプルに「同じ人間として認めてくれ」ということだと思うんです。反フェミニズムの人は、「フェミニズムフェミニズムってお前らが言うから、むしろ男が差別されている。その証拠に女性専用車があるじゃないか」みたいなことを言うんだけれども、でもそれは痴漢がいるからじゃないですか。「女性専用車をなくすなら、その前にまず痴漢をなくしてよ」と思いますね。とにかく女であるというだけで、日々生きづらい。医大の入試でも女だっていうだけで何十点も減点されたりする。それを何とかしろや、というくらいしか私にはわからないですね。今のところ。

それ、相手にはっきり言えますか？

岡村　最後に質問していいですか？　僕、タクシーの運転手さんに「今日の巨人は●●でしたね」とか話しかけられると、まったく巨人に興味なくても話に乗ってあげちゃう体質なんです。「いや、巨人のことわからないです。興味ないから」みたいなことが言えない。相手をガッカリさせたくないから。

岸本　行きずりの運転手にさえ。

岡村　それで聞きたいのは、昔ある女性が小説を読んで、僕に「私、この小説のこの部分がすごくコトセンに響いた」と言ったわけですね。それは本当は琴線（きんせん）なんだけど、うっとりした顔で言ってるから「きんせんだよ」と言わなかった……言えなかったんです。そこから数十年の時を経て、ある女性が「すごく美味しそうなものをもらった」と言ってきたから、「これ、宮内庁御用達（たつ）らしいよ」と返したら、キッとなって「御用達（たし）だから！」と言われて。

岸本　吐き捨てるように（笑）。

岡村　それで「ああ、『たし』だったかな」と思って、後で調べたら「『たし』でも『たつ』でもどっちでもいい」と書いてあったんです。

岸本　私が子供の頃は「たつ」だった記憶がある。

岡村　その女性は「そら見たことか」と言わんばかりにマウンティングしてきて、「そんな鬼の首を取ったかのような言い方しなくてもいいのにな」と思ったんだけど、そのときもやっぱりそういうことを言えず……みたいなことって岸本さんはありますか？

岸本　ありますね。

岡村　言っちゃうタイプ？　「コトセンに触れた」と言われたらどうします？

岸本　言えそうな関係性で、ギャグに持ち込めそうなら「きんせんじゃーん！」って言う。でも、まだかしこまった仲だと、念を送る。

岡村　念って（笑）。

岸本　「いつか気づけよ！」みたいな。「鼻毛が出ているよ」はどうですか？

岡村　言わないです。

岸本　「鼻毛が出ているよ」は愛がなきゃ言えないですよね。

岡村　愛があったらいいのかなあ……。

岸本　いや、私も言わないな。愛があっても。

岡村　さりげなく鼻毛カッターを買って……。

岸本　いやそれめちゃくちゃストレートじゃないですか（笑）。

岡村　押しつけがましくじゃなくて、「なんか買っちゃったんだよね、鼻毛カッター」みたいな。「まあ自分のために買ったんだけどね」。

岸本　「よかったら君も使う?」みたいな（笑）。

――そんな作戦あります（笑）?

岡村　でもそのくらいの感じですよ。直接は言えないです。

岸本　言えないですよね。言えないなあ。

岡村　「鼻毛出てるよ」と言えないくらいのナイーブさはあります。そういう意味では、僕もまだ16歳くらいのナイーブさは保ってるのかもしれない。お互い一生、10歳の少女性と16歳の少年性を失わずに生きていきたいですよね。

岸本　そうですね、100まで。

岡村　それを今日の結論にしましょう（笑）。

岸本　はい（笑）。

――でも16歳や18歳じゃなくて、10歳の感覚というのはすごいですね。今まで聞いたことがない気がします。

岸本　物事を咀嚼がするのがものすごく遅いんです。こうやって喋ってても、相手の人が喋ったことがじわじわ入ってくるのに時間がかかるんです。でも会話だからすぐ返さなきゃいけないじゃないですか。だから会話がすごく苦手で。起こったことを考えて腑に落ちるまでに時間がかかるので、今やっと10歳くらいのことまでを考え終わったという意味で10歳なんですよ。いつまで経っても現実や世界に慣れることができない。

岡村　乱暴ですからね、現実は。

岸本　現実嫌いなんですよ。だから現実とはクッションを置きたくて。私、5、6人で集まったときに必ず自然と、年齢に関係なく、一番馬鹿で一番子供のポジションに自分を置いてるんです。それは最近気が付いたことなんですけど。人もなんとなくそれを感じて、私がその場で一番年上でも「ちゃんとご飯食べたの?」とか聞くんですよね（笑）。そうやって成長する機会を失ってきました。

岡村　分かります。

岸本　しょうがないですかね?

岡村　しょうがないと思います。

岡村靖幸
×
浦沢直樹

うらさわ・なおき● 1960年、東京生まれ。漫画家。1983年、『BETA!!』でデビュー。代表作に『YAWARA！』『MONSTER』『20世紀少年』など。小学館漫画賞を3度受賞したほか、国内外での受賞歴多数。現在、最新作『あさドラ！』を小学館「ビッグコミックスピリッツ」にて連載しながら、ミュージシャンとしても精力的に活動中。『浦沢直樹の漫勉neo』（NHK Eテレ）では、プレゼンターと構成を務め、マンガの面白さ、奥深さを紹介している。

マンガ文化と、ボブ・ディランと、『火の鳥』と

自分は本当の意味でのメジャーではない

岡村　週刊連載って本当に大変だと思うんですよ。浦沢さんほど実績があれば、「もう俺は週刊連載は降りる。それでいいものを年に2～3本描く」みたいなやり方でも周りは認めてくれそうですけど、そうしようとは思わないんですか？

浦沢　いま連載しているのは『ビッグコミックスピリッツ』という週刊誌なんですけど、すでに「もう週刊連載は降りるよ」なんです。それは『BILLY BAT』からのペースなんですけど、24ページくらいのものを月に2本描く。だから月に大体50ページ弱くらい。それが自分の健康を保つのにギリギリのペースなんじゃないか……というのが、30年以上やってきた上での体感です。それを超えると危険を感じるので。描いたものを隔週連載にするのか、集中連載にするのかは雑誌と相談しながらやってますね。

岡村　浦沢さんのインタビューを読んでいて意外だったことがあって。僕は浦沢さんって「ヒットすること」「たくさんの人に読んでもらうこと」そういうものにこだわっているから何十年も一線でやってこられたのかと思っていたんですけど、インタビューでは「結果的に売れたけど、『売れなくちゃ』と思って作ってるわけじゃ全然ない」とおっしゃってて。

浦沢　ああ、それはそうですね。「売れ線はまったく考えたことがない」というくらい考えたことがないです。『YAWARA！』については、まずそれを思い付いちゃったんです。思い付いちゃって、「これはヒットしちゃうな。でもまさか俺がこんなもの描くわけないよな」という感じでした。それで「どうしよう」と思ったんです。いろいろ考えて、「でも俺がやるんだから違うものになるという確信はある。じゃあ試しにやってみるか」と始めてみたら、『YAWARA！』のあの状態になっちゃった。

岡村　社会的なヒットに。

浦沢　それは僕のマンガ人生の中で、やっぱり特別な経験でしたね。

岡村　でも『20世紀少年』も大ヒットしたたし、その他のマンガも大ヒットしてますよね。

浦沢　たとえて言うなら、「水面に石をポーンと投げたとき、どのくらいの波紋が広がるか」というイメージはあるんです。その波紋がそのままヒットを意味するかどうかは分からないです。あくまでも「ざわつき」という意味であって。水面に石をポーンと投げて、ジャバーンとなる「ざわつき感」を見てみたいという、そういう感じです。

岡村　でもそれでヒットするわけだから、希有な方だなと思って。ほとんどのマンガ家は、とにかく売れたくて描いてるはずだから。

浦沢　でもね、自分でこれ言うのも変だけど（笑）、僕のマンガってだいたい100万部が上限で、それ以上売れないんです。だけど大ヒットしたマンガって、300万部いくんですよ。そこに本当のメジャーの壁があるなという感じがしますね（笑）。僕が本当の意味での売れ線を狙ってないところが、そのへんに出てるのかもしれない。

岡村　それは高いレベルのステージの話ですよ（笑）。「いつもベストテンに入ってるけど、1位を取るのは難しいよね」みたいな話で。ご自身で意識してない中で、ヒットに対するセンスが身についているんじゃないでしょうか？

浦沢　これは編集者から聞く話なんですけど、新人賞に応募してくる新人の作品を選ぶとき、絵もストーリーも突出したものがあれば、もちろんそれを選びますよね。でも突出した作品がなくて、みんなそこそこのレベルというときには、やっぱり「何か読んじゃう」という人を選ぶんです。絵はあまり上手くないんだけど、何か読んじゃう。スッと入ってくる。そういう資質を持った人がまず一段上に行くんです。だから僕なんかは、きっとその最たるものなんじゃないかと思うんです。ちょっと変な話や小難しい話でも、その資質でチャレンジすれば、読めるものになっていく……自分はそういうマンガ家だという気がしますね。

昔より今のほうがテンポは遅い

岡村　発表した当時は売れなかったけど、時代を経ることで売れたり評価されたりすることが、音楽ではあるんです。浦沢さん、どこかでおっしゃってましたよね。はっぴいえんどが昔から評価されていたというのは……。

浦沢　マニアが作った捏造だという話ね（笑）。一部のマニアが「いいよね」とは言ってたけど、当時の普通の人たちは誰も知らないバンドだった。

岡村　それが今では歴史的なバンドとして知られているわけですよね。それはやっぱりいい音楽だったからだと思うんです。だから風雪を乗り越えられたし、マニアの人たちも捏造したくなるほど応援したい気持ちになったわけだし。

浦沢　その良さに、当時の一般の人は気づかなかった。

岡村　音楽ではそういうことがあるんです。後になってその価値が分かって再評価されるというようなことが。マンガでもそういうことはあるんですか？

浦沢　ありますよ。「今こそ読むべきだ」みたいな作品。たとえば、つげ義春さんみたいな作家は、出たときにポーンと１００万部いくわけではなく、何十年もかけてじわじわ読まれていくわけじゃないですか。

岡村　時代のテンポ感についてはどう思いますか？　僕、60年代、70年代のコントやテレビ番組を見ると、テンポが遅いと感じてしまうんです。当時はそう感じていなかったのに、いま見るとそう感じてしまう。だから少なくともお笑いは時代と共にテンポが上がってて、きっと他のジャンルの名作でも「内容は素晴らしいけどテンポ感が合わない」ということはあるんじゃないか、と思ってるんですけど。

浦沢　それについては申し訳ないんだけど、僕はまったく逆に思ってます。昔のほうがテンポが速くて、今は遅いんですよ。すべてが遅いと思ってる。

岡村　そうなんですか。それはすべて？

浦沢　お笑いもマンガも映画も、確実に今のほうが遅い……と思ってるんです。僕はね。たとえば映画だと、昔はセリフのやり取りが異様に速いんです。チャカチャカしてて、何を言ってるのか分からないくらい。今は一言一言分かるように、間をしっかり空けてしゃべっている。それはマンガでもそうで、昔の作品はギュッと凝縮されているんです。『あしたのジョー』は20巻、『巨人の星』は19巻なんですけど、今の時代だったら60巻いくと思うんです。(『巨人の星』の)花形満が大リーグボール1号を打つとき、(同じ内容で)平気で50巻、からね。あれ、今のマンガだったら引っ張ると思うんです。アニメ版は引っ張ってたんですけど、それは「引っ張って時間を稼がないと原作に追い付いてしまう」という理由があったからなんですよ。でもそうやってアニメで引っ張ったことで、「このやり方でいけるんだな」と思われてきて、だんだん遅くなっていった……ような気がするんです。

岡村　そうだったんですね。読み直してみます。僕は昔のマンガって、『アストロ球団』(＊)の印象が強かったんですよ。「1試合をずっとやってるぞ」みたいな。

＊'72年から週刊少年ジャンプに連載されたスポ根野球マンガ。アンケートの内容を元に、編集者とマンガ家がその後の展開を検討していく「ジャンプ的なマンガ」の先駆けとも言われている。作中のアストロ球団VSビクトリー球団の試合は、(週刊連載なのに)約2年の連載期間をかけて描かれた。

浦沢　そうだね、あれは確かに長い(笑)。

「みんなマンガをなめくさってる!」から生まれた『漫勉』

岡村　『漫勉』(＊)、全部見てますけど、本当に素晴らしくて。宝のような番組ですね。(鶴の恩返しで)鶴が機織りしてるところを覗くようなな。

＊普段は立ち入ることができない、マンガ家たちの仕事場にカメラが密着し、その映像をもとに浦沢直樹が同じマンガ家の視点から切り込んでいく番組『浦沢直樹の漫勉』(NHK Eテレ)。'15年に断続的に放送を開始、'20年に装いも新たに『浦沢直樹の漫勉neo』として再開。

浦沢　まさにそれ(笑)。

岡村　あれは後世に残る番組だと思うんですけど。あれに出演されるマンガ家の方は、一人ひとりスタイルが違うわけじゃないですか。ずっと見ているうちに、同じマンガ家として影響を受ける部分もあったりするんですか？

浦沢　ええ。もともと子どもの頃から、マンガを読んでは真似し、テレビでアニメを見ては真似し……というのをずーっとやってきて、それで自分の絵が出来上がったんですよね。このところはそういうことがなくやってきたんですけど、『漫勉』を始めてからはやっぱり会う人ごとに影響を受けますね。番組にするために研究していると、「あーなるほど」と思って、そのうちに「ちょっと自分で描いてみよう。なるほどこういうことか」となってきて。だから子どものときと一緒で、こっちの絵柄も変わるという（笑）。

岡村　浦沢さんは出演するだけじゃなく、番組のいろいろな部分に関わってらっしゃるんですよね。

浦沢　もともと、僕が持っていた番組のコンセプトを、企画会議で説明したんです。会議室のホワイトボードに画面構成とか描いて。「ここで作画を流しっ放しにしてくれ。話してるところは小さい画面でいいから、とにかく作画の画面を途切れさせないでくれ」みたいなことを言って。対談の部分についても「プロ同士の話にさせてくれ」と言ってます。分からない単語が出てきても、脚注をつければいいからということで。そういうのを1画面にしてアメリカの連続ドラマの『24』みたいにやれないか……というのをＮＨＫ側に要望したんです。

――人選も、番組構成も、マンガ好きの人にちゃんと訴求するような内容になっていると思っていましたけど、そういうディレクションがあったからなんですね。

浦沢　元をたどれば、子どものときからの思いがあるんですよ。僕がマンガを描いていると、友達に「浦沢はマンガがうまいな」と言われたり、親戚のおじさんから「直樹くんはプロになれるぞ」と言われたりするんですけど、「この人たちは何も分かってない！」と思ってたんです。僕は当時、8歳くらいだったんですけど、「こんなレベルでプロになれるわけないじゃないか。みんなマンガをなめくさってる！」と思ってたんです。その思いが今でもずっとぎる」という。

――特に昔は、マンガというジャンルは社会からなめられていたところはありましたよね。

浦沢　だから僕、「マンガの（すごさを伝える）アンバサダーとしてならテレビに出ます」と言ってたんです。それでいくつか出たんですけど、そういうときは相手がマンガの知識が0という前提でスタートするから、1にたどり着けないまま終わったりするんです。「もっと違うやり方で見せる必要がある」という話を放送作家の倉本美津留さんにしてたら、「浦沢、お前が自分でMCやるしかないわ」と言われたんですね。それで「確かに他の人はやれないかもしれない。じゃあ自分でやろう」と思って、『漫勉』を始めたんです。『漫勉』はプロ同士だから、5から始めて10のところまで皆さんにお見せできる。だからあの番組は僕らの心の叫びなんです。「みんなちょっと一回現場を見てくれよ。みんなが今まで思ってたマンガのイメージとは全然違うから」という。その感じがあるから、出演してくれる先生方も意気に感じてくれてるのかもしれないです。

岡村　そうですね。浦沢さんが出ることで説得力が出ますから。「浦沢さんだから」ということで、ゴーを出してるマンガ家の方もたくさんいると思います。

浦沢　そう言ってくださる人もいるんですよ。本当にありがたいですよね。

作曲＝ネーム作り？

岡村　浦沢さんは音楽もやるからお聞きしたいんですけど。音楽でいう作詞・作曲……「どういう曲にするのか」という根っこの部分は、マンガでいうとネーム作りになるんですか？

浦沢　いや、僕の場合はまず落書きがあるんです。まったく意味のない落書きをよくするんですけど、それは音楽でいうとギターを適当に弾いて、鼻歌でメロディが浮かぶみたいな感じなんですね。「お、これはいいな」なんつって。鼻歌で作ったけど、しっくり来る詞がつけられなくて、ほったらかしにしてるメロディ群がたくさんあるんです。だから詞を作るのと、ストーリーを作るのは、僕にとっては同じことなんですよ。「その落書きに意味を持たせる」「そのメロディに意味を持たせる」、そこから作業が始まる。だからネーム作りは作曲じゃなくて、譜割りを考えているようなものですね。

岡村　じゃあ作詞・作曲ができた曲について、「実際にレコーディングします」「歌を歌います」「ここはこう歌いましょう」「ギターを録ります」「ここはこういうふうに弾きましょう」みたいにいろんなプレイやアレンジをすることに当たるのが、『漫勉』で映している場面なんですか？

浦沢　そうです。レコーディングだと、「テイク1でモノにしなきゃ駄目だ」みたいな場面、あるでしょ。絵も最初のペン入れでモノにできないと、そこからホワイト、ホワイトで訳分かんなくなってくる。そういう場面を映しているんです。

岡村　見てててすごくスリリングですよね。見せどころだから。

浦沢　そうです。歌を歌ったりギター弾いたりするところですよ。チョーキングでキューン！みたいな。

岡村　カッコいい！　みたいな。誰か『漫勉』の音楽バージョンをやってくれないですかね？　僕は嫌ですけど（笑）。

浦沢　レコーディングに張り付いてね。

岡村　そう、タイトルは『音勉』で。マンガ家でいう浦沢さんくらい説得力があって、人望があるミュージシャンが、興味のあるミュージシャンを説得して、作詞・作曲してるところは無理だろうけど、レコーディングしてるところを見せてもらうという。

浦沢　マンガ家さんにとっては一番デリケートなネームの作業は、さすがに遠慮しているんです。ただ、僕の回だけはネームの部分もカメラに入ってもらったんです。言い出しっぺの責任があるから。

岡村　『音勉』、誰かやってくれないかな。面白いと思うんだけどな。マンガって締切がしっかりとあるお仕事だから、「このままだと間に合わない。俺の中では67点だけど、出してしまおう」というときはないんですか？　単行本のときに修正すればいいだろう、ということで。

浦沢　その時点では必ず、自分の中で90点以上のものを出してます。ただ、後でちゃんと採点してみたら67点だったというときはあります。

岡村　じゃあ自分の気持ちの中では、67点のものは出していないわけですよね。

浦沢　僕らが思っている以上に大変なことじゃないですか？連載でそれをやるのは、

浦沢　週刊誌と隔週誌の連載を20年間くらいやってたんですけれど、月に6回締め切りが来るみたいな状況でしたね。

岡村　月6回……。

浦沢　『MASTERキートン』と『YAWARA！』とか、『MONSTER』と『Happy！』とか、そういう感じ。それを20年くらいやってたんです。それってやっぱり人間の生活じゃないですよね。

手塚治虫のスケジュール

岡村　多忙にしているマンガ家の方って、亡くなるのが早いイメージがありますね。

浦沢　そう。でも手塚先生のスケジュール表を見たら、僕の忙しさなんか手塚先生の5分の1くらいなんですよ（笑）。

――「こんなの人間の生活じゃない」と浦沢さんがさっき言ってた、その5倍の仕事量をやっていたと。

浦沢　手塚プロダクションの人に、'77年11月のスケジュールを見せてもらったことがあるんです。まず毎週『マガジン』『チャンピオン』と書いてある。それが『三つ目がとおる』と『ブラック・ジャック』なんです。それで月に2回、『ビッグコミック』と書いてあるのが『MW（ムウ）』なんですって。さらに月刊誌で『希望の友』というのがあって、これが『ブッダ』。これも月刊誌で、『漫画少年』と書いてあるのが『火の鳥』なんです。あと『サンリオ』という雑誌で『ユニコ』。それ全部、ひと月の中で並行して描いているんです。もうどうかしてるでしょ。それは死にますよね。

岡村　大変すぎます。

浦沢　手塚先生が亡くなったのって、今の僕の年齢（60歳）なんですね。僕もそういう年になっちゃった。

「手塚先生、こんなに若くして亡くなったんだ」と思いますね。石ノ森（章太郎）先生も同じ年齢です。

岡村　さっき言ってた作品、傑作だらけですね。モチベーションがすごかったんでしょうね。

浦沢　しかもその間に「試写会」「試写会」「講演会」とか書いてあるんです（笑）。「何考えてんの？」と思った。当時は手塚番の編集者が外で勢揃いして待ってて、「俺が先だ」「うちが先だ」ってケンカになるんですって。だから手塚先生はケンカにならないように、トランプ配るみたいに原稿出してたって（笑）。それでそれぞれ話が通ってるという。月に500とか600枚ですからね。僕は頑張っても140、150枚くらいでしたから、ちょっと信じられないペースですね。

なぜ日本でマンガ文化が隆盛したのか

浦沢　マンガ週刊誌という文化が、僕とちょうど同い年くらいなんです。'59年に『マガジン』『サンデー』が出たのが週刊誌の始まりなんですけど。最初は編集部も編集者もマンガ家も「週刊でマンガを描くのは無理」と言ってたんです。でもマンガがあまりにも人気出てきたから、「週刊でやってみたらどうなるのかちょっとやってみよう」くらいの感じで始まったんですね。そしたらそれがドーンと行っちゃった。'68年には『ジャンプ』が追っ掛けて、その翌年には『チャンピオン』も出てきて。そうやって週刊誌市場がどんどんどんどん膨れ上がって、マンガ家も「この世界で1位を取るのが日本のマンガ界を制することだ」みたいに思うようになったんでしょうね。だからそこからみんなでその1位争いを始めて。あとは「週に連載を何本持ってるか」という争いも始まった。おかげであっという間にものすごい作品群になって、「世界に冠たるマンガ文化」というものが一瞬にして形成されるんです。僕が8歳くらいのときに『マガジン』が80万部くらいで、小学校高学年のときには100万部に手が届きそうになってた。そうやって部数が伸びていって、『ジャンプ』が到達したのが653万部です。それが'95年。

——ということは、日本のマンガ文化が隆盛したのは、週刊誌が一気に盛り上がったことが背景にあるし、それはある意味、作家の寿命が削られていく上に成り立っていた……みたいな部分もあると思いますか？

浦沢　言い方は悪いんだけど……そう言ってもいいくらいですよね。文化としては、非常に幸福な時代ではあるんです。でもそれを生み出すには、能力のある作家が必要だし、しかしその人数は限られている。その中で、その人たちがいくつ作品を出せるのか……ということがありますから、みんながみんなやれる仕事ではないんですよね。選ばれし人たちが、どれだけのものを吐き出したか……というのがまず土台になっている。だからいろいろ異常な時代ではあったと思います。

岡村　だからマンガ家って、続けるのも大変な職業だと思うんですよ。人気だけじゃなく、健康面でも。

浦沢　自分の仕事場を「マンガファクトリー」として制作所にするか、本当に自分が描きたいものにこだわり続けるか、どちらを取るかによって制作体制も変わってきますよね。でも僕は、自分で描いてる作家さんが好きなんです。三山のぼるさんとか。坂口尚さんとか。でも自分で描いてる人たちは本当に亡くなっていきますね。今敏さんも（＊）。彼は、あのPARACHUTE（林立夫、斉藤ノヴらが在籍するフュージョンバンド）の今剛さんの弟さんなんですけど。

＊マンガ家としてデビューした後（当初は大友克洋のアシスタントだった）、アニメ制作に関わっていく。初監督作の『PERFECT BLUE』のほか、『千年女優』『パプリカ』などの作品が代表作として知られている。'10年、46歳の若さで死去。公式HPの日記に、彼の最後のメッセージが遺されている。

岡村　そうなんですか。

浦沢　お兄ちゃんがあんなことやってるから、自分もああいう自由な仕事がしたいと言って、それでマンガを描き出したそうです。そこからアニメもやり始めて。やっぱり彼も全部自分でやるタイプの、大友（克洋）さんの直系のフォロワーなんだよね。

岡村　先日、筒美京平さんが亡くなりましたよね。以前、こんなことをおっしゃっていたんです。「もっともっとボクに曲を頼んでほしい。曲を依頼されて、負荷を掛けてもらうことで名曲が生まれるんだ」って。だからさっきお話しされた、常識では考えられないような手塚さんのスケジュールと、その中で手塚さんが名作ばかりを生みまくったそのタイミング。それがあったから名作が生まれたのかもしれませんね。常人には想像もつかない世界で、ものすごい負荷の中で仕事をされていたからこそ、生まれた名作というものがあるのかもしれませんね。

浦沢 それはあるかもしれない。

岡村 僕も「この歌手のために、こういうテーマで、いついつまでに曲を書いてほしい」とお題を提示されることで、いろいろ見えてくることがあるので。もし「8年かけてもいい、好きなタイミングで好きな曲を作ってくれればいいよ」と言われたら、呆然としちゃうと思うんですよ。

浦沢 それは呆然としますね。僕も呆然とします。

ボブ・ディランがマンガ家としてのシフトチェンジをもたらした

岡村 手塚治虫さんは亡くなって残念でしたけど、老境からの面白さってあると思うんです。たとえば浦沢さんが大好きなボブ・ディラン。ボブ・ディランって老境に達していながら、すごく働いてるじゃないですか。作品も作るし、ライブもたくさん回ってるし。

浦沢 ずっと年間100本以上やってますね。

岡村 老境に達してからヒットチャートに入ったりしてますよね。

浦沢 そう、初の1位になったね（＊）。

＊'20年4月、8年ぶりの新曲となるシングル「Murder Most Foul」で、米『ビルボード』誌によるチャートで自身初となる1位を獲得した。

岡村 それで「そうか、ボブ・ディランみたいなグラフの生き方もあるんだな」と思ったんです。

浦沢　僕はさっき言った月に6回締め切りがあった時期は、ちょうどプリンスだったんです。

岡村　じゃあもう、めちゃめちゃだったわけですね。プリンスはものすごいワーカホリックで、全然寝ないで仕事をしていたらしいですから。

浦沢　だからその時期はプリンスを横目で見ながら、彼が出してくる作品に対応するような気持ちでずっと描いてました。だからボブ・ディランとプリンスは、僕にとって多大な影響があるんです。

岡村　ボブ・ディランって難解な部分がありませんか？　詞も難しいし、時代によって歌声を変えちゃうし。変幻自在ですね。

浦沢　僕、13歳くらいのときに吉田拓郎さんに傾倒して、拓郎さんがボブ・ディランのことをずっと言ってるから「ボブ・ディランを知らないと吉田拓郎にはなれないのか」と思って、それでボブ・ディランを聞き始めたんです。でもあまりに難解でよく分からなくて、とにかくカセットを毎日毎日修行のように聞いていて。で、14歳になって「Like a Rolling Stone」のライブをカセットに入れたのを聞いていたら、稲妻ドーン！みたいな状態になったんですよね。でも具体的な意味は分からないんですよ。訳詞もなかったし。高校に入ったら『ボブ・ディラン全詩集』が図書館にあったので、借りてきてそれを写経のようにずっと写していたんですけど、それでも全然分からないんですよね。

岡村　ビートルズに比べたら、メロディアスじゃない気がするんですよね。トラディショナルなカントリーっぽいのもあるし。

浦沢　僕にとってボブ・ディランを聞くことは、きっと自己解析みたいなものなんです。「なんでこの面白くない音楽が、ここまで自分を沸き立たせるのか」という。そのうちに『YAWARA!』がヒットして、小金がたまって別荘買うような悠々自適な感じになって。その頃ちょうどCD時代に入って、ボブ・ディランのボックスセットみたいなのが出たから、それを買って久しぶりに「Like a Rolling Stone」を聞いたら、「How does it feel?（どんな気がする？）」という言葉が自分に向けられているというのがパーンと分かったんです。それで「俺は何をやってるんだろう」と思って、そこからシフトチェンジしたんです。それで『MONSTER』や『20世紀少年』の世界になっていった。

岡村　マンガ家としてもボブ・ディランの影響はでかいんですね。

浦沢　でかいです。あれはミス・ロンリーという人が、昔はお高くとまってたけどそのうちに落ちぶれて、それで「ざまあねえな」と歌ってるわけじゃないですか。

岡村　意地悪な歌ですよね。僕は当時、そう思ってました。

浦沢　そう。人に罵声を浴びせてるだけの歌なんだけど、『ドント・ルック・バック』というドキュメンタリー映画を見ると、当時〝フォークのプリンス〟と呼ばれていたボブ・ディランがずっとイライラしてるんです。楽器屋でエレキギターを見て、うずうずしてる場面もあって。フォーク・ロック前夜ですよね。「俺はフォークのプリンスなんかじゃない」ってイライラしている、あのドキュメンタリーのライブの後、帰りの飛行機で一気に大量の詩を書いたらしいんです。本人が言うには「ヘドを吐くように」。その詩がもとになって、「Like a Rolling Stone」が出来上がったらしい。だからおそらくあれはボブ・ディラン本人に向けた歌なんです。フォークのプリンスである自分自身に。だから、なんで「How does it feel?」で人々は高揚するのか、それは「転げ落ちてざまあねえな」、もっと言うと「転げ落ちてざまあなくて最高っす」、そういう感じの歌だと思うんですよね。

岡村　アイロニカルな。

浦沢　そうそう。ピーター・バラカンさんが「ロックの基本は自嘲だ」と言ってたんですよ。「自分をどのくらいあざけ笑えるのか。自嘲がこもっているのがロックである」みたいなことを。つまりそういうことなのかもしれないです。

今夜こそ、この音楽が分かるかもしれない

岡村　小学生の頃はお小遣いが限られてますよね、レコードを買うときは失敗できないんです。ボブ・ディランは『Blonde on Blonde』が名作と言われてて、2枚組だったんですけど買ったんです。でも分かりづらかったです、そのときは。

浦沢　子どもの頃だと分からないですよね。最近になってやっと分かり始めたくらいじゃないですか。本当の意味では。ただ、当時でも気配としてものすごくカッコいいのは分かるんです。

岡村　それは分かります。「I Want You」とか。

浦沢　僕はそれも理解できない自分が情けなかったんです。「恐らくすごくカッコいいはずなのに、だけど全然来ない。何という俺の未熟さよ」って。それはプリンスでも最初そうだったんです。最初に聞いたのは『Controversy』の頃だったんですけど、なんだか気持ち悪い」と思ってて。突破口になったのは「Little Red Corvette」なんです。「こんなにウエットで演歌的なものをこの人は持っているのか」と思ったら、そこに入り込める隙間が見えたような気がして、そこからフワッと入ってみたら、全部がワーッと分かりだして。気配としてカッコいいはず、と思ったら、あきらめちゃダメですよね。マイルス・デイビスだってそうなんです。「本当に分からない自分が悪いんだ」という。

岡村　フランク・ザッパとか、今でもそうですよ。

浦沢　僕も同じ。フランク・ザッパやグレイトフル・デッドはいまだに挑戦してる(笑)。

岡村　そうそう。僕も聞くんだけど、「うーん」みたいな感じで。そういうアルバム、たくさんありますよ。

浦沢　「このアルバム、きっついなー。これがいいと分かるって、どういうことなんだろう」と思いながら聞いているのはありますね。逆に「ああ、いい

音楽だ」と分かってしまったものって、それっきり聞かなかったりしますよね。

岡村 そういうのもあります。

浦沢 それまで分からなかった音楽がある瞬間にドーンと来て、人生を変えるほどのインパクトをもたらす……というのは体験して持っているわけじゃないですか。だから「今日こそは来るかもしれない」と思ってオノ・ヨーコをかけたりするんだけど、「あー、やっぱりダメだった」ってなる（笑）。

岡村 オノ・ヨーコさんは難しいです。本当に難しい（笑）。

浦沢 「今晩あたり来ないかな？」なんて思ってかけるんですけどね（笑）。

岡村 でもジョン・レノンってすごいですよね。死ぬまでずっとヨーコ、ヨーコ言ってて。僕が小学生のときにジョン・レノンが亡くなったんですけど、死ぬ直前に出されたアルバムが『Double Fantasy』で、それはジョンとヨーコの曲が1曲交代で入ってるのがなんとも言えない気持ちにさせられました。

浦沢 でも今になってみると、あの曲順でなきゃダメなんだよね。これについては分かるようになりました。ジョン・レノンってボブ・ディランを最後まで尊敬してやまなかったんだけど、それは一つには『UNFINISHED MUSIC，NO．1』のジャケットと同じく、彼にとってボブ・ディランはスッポンポンで人前に立ってるように見えたんじゃないかと思うんだよね。

岡村 ジョン・レノンがボブ・ディランにものすごい影響を受けて「悲しみはぶっとばせ」を作ったじゃないですか。それ以降のジョン・レノンって、ずっとボブ・ディランの影響を受けてると思うんですけど、「悲しみはぶっとばせ（You've Got To Hide Your Love Away）」以外にそれが顕著だなと思う曲ってあります？

浦沢 「Working Class Hero」がそうだとよく言われるんだけど、あれは「ボブ・ディランのようにやってみようとしたけど、ちょっと違うな」なんて本人は思ってるんじゃないかな。それよりも実は最後にたどり着いた「Woman」が案外そうなのかもしれない。

岡村　ああ、そうかもしれない。

浦沢　だから「Oh Yoko, oh Yoko」って歌ってたのも、「ボブ・ディランのようにスッポンポンになりたい」という憧れがあったからだと思うんですよね。

文化にとって密度は大事

――さっき、「最近のエンタメはテンポが遅くて、昔のほうがテンポが速かった」という話をされていましたが、たとえば手塚治虫さんの『火の鳥』は46億年の時間の流れがギュッと1冊に詰まったような密度で描かれていますよね。ああいう感じって時代のテンポが速かったからだと思いますか？　それとも手塚さん自身の資質が大きいと思いますか？

浦沢　きっと手塚さんだけの問題じゃないですよね。ビートルズだって、年にアルバム2枚出してたわけだから。今の感覚だったら次のアルバム出すまでに何年か開けますよね。半年に1枚のペースでアルバムを作り続けるというのは、おそらくロックやポップミュージックの文化がそんなに長続きしないと思ってたからじゃないかな。マンガも同じで、それが歴史的なものになるとは当時はみんな思っていなくて、「こんな文化は来年にはなくなるかもしれない。雑誌もなくなるかもしれない」そういう刹那感の中でやっていたと思う。

――出せるうちにどんどん出しておかなくちゃ、と。

浦沢　ジョン・レノンもソロになってからは、「レコーディングして2週間以内に出す」と言ってたくらいだから（＊）。録っては出し、録っては出しの世界だったんですよ。ゆったり何かを作ろうなんていう余裕のない時代だった。

＊シングル「Instant Karma!」はレコーディングの10日後に店頭に並んだ。

――ということは、今の連載マンガに長尺が多いのは、「マンガという文化が社会的に理解されている」というのが前提にあるからだと。

浦沢　文化として盤石になってきたというところではあるんですよね。僕、『MONSTER』を始めたときは「4巻で終わらせてくれ」と言われてたんですよ。「ミステリーなんて絶対に売れないから」って。ミステリーマンガってほとんど前例がなくて、本格的にやったのって僕が最初くらいなんです。だから1巻にギュッと濃縮して、そしたらその1巻を見たら18巻くらいの尺で見たい話になっちゃったんです、皮肉なことに。だから、あの「ギュッと入れる」というのは、文化にとってはわりと重要なことなのかもしれないです。

売れていようがいまいが、作り続けていればアーティスト

岡村 僕は子どものときからマンガや本を読んでいるから、やっぱり今でも紙で欲しくなるわけです。でも今は電子書籍化が進んでいて、音楽もそうですけど、定額で読み放題・聞き放題のサービスが出てきている。で、「浦沢さんはどうしてるのかな？」と思って調べてみたら、まったく電子書籍化してないんですね。

浦沢 どう思いました？

岡村 「気持ちいい！」と思いました（笑）。僕もそうありたいんですけどね。

浦沢 僕もギリギリ踏みとどまっている状態ですよ。やっぱりそこに乗っていかないと食っていけないんだもん（※）。今度アナログ盤を出すんですけど、やっぱり圧倒的に音がいいんですよ。僕、ドナルド・フェイゲンやロキシー・ミュージックがすごく好きだったんですけど、アナログを売って、CDで残しておいたんです。それからそのCDを聞いても、もう感動しなくなっちゃって。「聞き過ぎたのかな」と思ってたんです。そしたら「CDだと音が悪い」という話を聞いたから、アナログを買い戻して、聞き直したらやっぱり感動したんです。それからはもうずっとアナログ。

※浦沢氏はこの後'22年末より自作の電子配信を開始している。見開きで読んでほしいという思いから「見開き読み推奨マーク」を考案し、電子書籍各巻の巻頭にそれを掲げている。

岡村 だから今、みんなアナログ出そうとしてますもんね。

浦沢　それはマンガでもそうで、スマホの小さい画面で見るのはもともと想定していないし、なおかつマンガの命ってやっぱり見開きドーンなんです。それが実現されない世界で、僕の作品として見てもらうのは難しいということですよね。ただ、最近は折りたたみ式のタブレットも出てきているし、そのうち電子書籍でも見開きドーンが実現するんだと思うけど、それが実現したら本屋がなくなってしまうんじゃないかと思う。僕はやっぱり本屋が好きだから、なくなるのは悲しいんだよね。

岡村　本屋さんに行くと、「本屋は最高だな」と思いますよね。

浦沢　中には質の悪い本もあるでしょうけど、玉石混交でもいいんですよ。それも全部ひっくるめて文化だし、それが圧倒的な量でぶわーっと並んでる感じがウキウキするんですよね。

岡村　自分が想定してなかった本に出会うこともありますからね。書店員さんの推してる熱がすごくて「おっ、今その本がおすすめなのかい？　じゃあ買うよ」となったりする。

浦沢　本屋に置いてあるほとんどの本って、自分が読んでないものじゃないですか。それを前にしたときに「自分が読んでない本がこんなに山ほどあるのか」という喜びが湧いてくるんですよね。「死ぬもんか」って思う（笑）。

岡村　わかります（笑）。

浦沢　植草甚一さんがエッセイで書いてたんですけど、神保町の古本屋街に行ったら、とりあえずそこで目に付いた本をスッと持つんですって。そして自分を「買う人」にする。そうするといろんな本がたくさん見つかるらしい。でもその最初の1冊がないと「買わない人」になるから、そうなると何も買わずに帰ってくることになると。だからまず自分を「買う人」にするのが大事だという。

岡村　そこここに意味や価値があると思うんですけどね。

浦沢　生きている間に物が異様に増えて、「ああ、こんなになっちゃった……」って死んでいくのが人の死に様だという気がする。死ぬときに空っぽの家だったら、それはやっぱり寂しいと思う。無駄なものが大量にあふれていたっていいと思うんだよね。

岡村　そういうのも含めて、本にはロマンがありますよね。ロマンは失ってほしくないなと思います。

浦沢　岡村さん、ゲームってやります？

岡村　たまにやります。

浦沢　僕、ほとんどやらないんですけど、あれはちょっと時間を奪いすぎなんじゃないかと思うんです。映画のように2時間くらいのものだったらいいんですけど、1つのエンターテインメントに毎日何時間も費やすというのは、人が作ったものに費やす時間としてちょっとバランスが悪いように感じる。

――ゲームじゃなくても、Ｎｅｔｆｌｉｘで配信しているような海外ドラマは1シーズン12話が5、6シーズン続くものがザラにありますけど、そういうのは見るんですか？

浦沢　あれも時間を取られすぎ……と言いつつ案外見てるんですけど（笑）、あまりに長いものは「ここらへんで止めておこう」となったりします。でも僕らはその経験を創作に向けることができるんですよ。ひたすら見続けて「面白かった」で終わる人のほうが圧倒的に多いんだろうけど、みんなもっと創作をしたほうがいいと思うんだよね。

――プロになる・ならないは、いったん置いといて。

浦沢　うん。僕はたまたまプロのマンガ家になったけど、好きでずっとマンガを描いている人がいたら、その人もマンガ家なんです。だからフランスには膨大な数のアーティストがいるんですよ。でも日本の場合、アーティストと名乗ると、まず「儲かるの？」と言われるわけです。でもアーティストって、〈儲かる／儲からない〉じゃない。〈作ってるか／作ってないか〉の問題なんです。日本人は売れてない人を偽アーティスト扱いして、「偉そうなこと言ってるけど絵なんか1枚も売れてないんですよ」みたいに言うんだけど、じゃあゴッホどうなるんだと思うわけです。生前は全然売れなかったわけだから。だからそういう人もひっくるめて全員アーティストだと、フランス人は思っている。だから日本人のアーティスト観もそろそろ変わったほうがいいと思う。出版されてなくてもずっとマンガを描いている人は、プロかアマチュアかの違いはあるけど、マンガ家なんです。だから『漫勉』を見て刺激を受けたら、どんどん描いてみたほうがいい。でも『漫勉』を見て描き始めた人、相当いるみたいです。「もう（道具を）買ってきちゃった」とか「描きたくなった」とかいうツイートをいっぱい見ましたから。

13歳の自分に背かないように生きる

――自分の中にいろんな時代の自分がいるとして、今の浦沢さんの中で中心となっているのはいつの時代の自分ですか？

浦沢　もう完全に13歳です。つまり『火の鳥』を全巻読んだ時期ですね。その頃、虫プロの経営が立ち行かなくなったので、廉価版で『火の鳥』を出して、それでしのごうとしていたんです。それをどうやら兄貴が何冊か読んだらしくて、「お前、『火の鳥』って読んだことあるか？」と聞いてきたんです。僕は（掲載誌の）『ＣＯＭ』を立ち読みでパラパラ読んでたので、「作品名は知ってるけど、ちゃんと読んだことはない」と答えたら、「あれは読んだほうがいいぞ。いま安いのが本屋に出てるから」と言われて。で、どさっと買ってきて、ある日の午後、読んだんです。府中市の実家の縁側で。

――何編を読んだんですか？

浦沢　まず読んだのは未来編だったんですけど。手塚治虫って、僕は『ＰＬＵＴＯ』を描いたくらいだから、子どもの頃からの憧れではあったんですけど、その当時はちょっと「時代遅れのマンガ家」くらいの感覚だったんです。でも『火の鳥』を読んだら「これはすごい！」という気持ちになって。ドラマの内容もすごいけど、それ以上に「これを描いた人はすごい！」と思った。それまでマンガを読んできた中で、最大の衝撃が来たんです。『火の鳥』の未来編で。それで、その余韻に浸っていて、ふと気づいたら暗くなってたんです。縁側で昼間読んでたのに気づいたら日が沈んで暗くなっていた。虚空を見て「すごい………」と思っていて、暗くなったことにまったく気づかなかったんですね。あれが自分の人生で、一番のインパクトある瞬間です。

岡村　じゃあ浦沢さんの中で、その13歳の自分はずっと生き続けているわけですね。

浦沢　いるどころか、言ってしまえば僕の人生は「その瞬間に背かないように生きよう」という人生でしかないです。だからあのときの僕と今の僕は、まったく変わっていないですね。「生きるということにおいて、こんなことを思いつく人がいるのか。自分もそうなりたい」と思ったんです。そこまでの衝撃を受けたから、世の中のマンガに対する中途半端な捉え方を見るとイラッとしちゃう（笑）。「世の中はマンガのことを何も分かっていない」、それがひいては『漫勉』につながっているんだと思います。だから『PLUTO』は本当の意味で命懸けでした。下手なものを作ったら、13歳の僕に「おまえはその程度のマンガ描きなのか」と言われちゃうので。

岡村　『PLUTO』とても好きで読んでました。

――『PLUTO』の元ネタは『鉄腕アトム』の「地上最大のロボット」ですけど、ストーリーはすごく短いじゃないですか。でも『PLUTO』は全8巻の長さになっている。あれは浦沢さんがイメージを膨らましたということなんでしょうか？　それとも今日「昔の作品のテンポは速かった」とおっしゃっていたように、濃縮されたストーリーを現代のゆっくりしたテンポで描いたらそうなったということですか？

浦沢　あれはそうじゃないんですよ。僕が5歳のときに読んだ感じを描いたんです。僕のイメージの中ではああいう話だったんだけど、改めて原作を読むと、あると思っていたシーンがないんです。「あれ、あのシーンなかったっけ？」みたいな。つまり「じゃあそれを全部入れてみたらどうなんだろう」と思って描いたのが『PLUTO』なんです。

――5歳の自分が、行間を埋めながら「地上最大のロボット」を読んでいた。

浦沢　そうそう。だから13歳の自分もそうだけど、5歳の自分もけっこう手強いんです。初めてちゃんとしたマンガを描いたのは8歳ですけど、そのときは『穴』というフランス映画を見た影響で、エンディングがフィルム・ノワールみたいな感じなんです。あのへんの自分は手強い。

岡村　8歳でフランス映画って、めっちゃ早熟ですね。

浦沢　おそらく淀川長治さんの『日曜洋画劇場』でフランス映画特集みたいなのをやってて、それを見たんだと思うんです。子どもの頃にたまたま見たそういう作品って、すごく記憶に残ってたりするんですよ。宮部みゆきさんと話したら、同じ放送日の『日曜洋画劇場』でヒッチコックの『鳥』を見てたんです。そのときに2人とも衝撃を受けたという話を、今になって話して。三谷幸喜さんとは『大脱走』の話をしました。『ゴールデン洋画劇場』で前編・後編に分けて2週にわたって放送されたんです。前編を穴を掘り続けて、「後編はどうなるんだろう」ってその1週間のあいだ三谷さんは話の続きを考えたらしい。その1週間の間隔が作家を育てたってことですよね。

岡村　間隔をあけることが、イマジネーションを豊かにしていくわけですね。

浦沢　だから本音をいうと、マンガも本当は連載を毎回見てほしいんです。スティーブン・キングの『グリーンマイル』って、毎月薄い本を出して、連載形式で出したんです。なぜそんなやり方をしたのかというと、昔ディケンズという小説家が連載小説を書いていたとき、続きを早く読みたい人たちが（船便の到着する）船着き場に殺到して、それで海に落ちて死んだ人がいたらしいんです（笑）。そのワクワクする感じを狙ったらしい。

岡村　熱狂がすごい（笑）。

浦沢　でもそのくらい続きが見たくてたまらなかったわけですよね。僕はそれが人生だと思うんです。子どもの頃、ちょっと早く『少年マガジン』を売るタバコ屋があったんですよ。そこにワクワクしながら行って「もう来ましたか？」と聞くと、「来てるよ」と言って奥から出してくる。人生ってそういうことじゃないかと思うんです。

※なお、本文中は〝マンガ家〟と表したが、浦沢氏本人は漢字の〝漫画家〟を自任し、〝漫〟という字がつくような仕事をずっと続けられたことを本当によかった、と述べている。

酒と、コロナと、本質と

岡村靖幸
×
松尾スズキ

まつお・すずき●作家、演出家、俳優。1988年大人計画を旗揚げ。多数の作品で作・演出・出演を務める。2020年よりBunkamura シアターコクーン芸術監督に、'23年より京都芸術大学舞台芸術研究センター教授に就任。

唯一スタンプをくれる男

――プライベートでも会ったりしてるんですよね？

岡村　ちょろちょろと、ですね。でもお忙しい方なので、思いついたタイミングで「会いません？」「会いましょう！」みたいには、なかなかならないです。

松尾　タイミングがなかなか合わなくて。だからお互いの公演を見に行ったりしてね。でも最近だと公演を見に行っても感想を告げる機会がなくて（＊）。

＊コロナ感染対策のため、舞台・ライブなどほとんどの公演で関係者の楽屋挨拶がなくなっている。

岡村　そう、だから舞台を見たり、映画を見たりすると、ＬＩＮＥで感想を送るんです。この前のＷＯＷＯＷ（＊）を見て、その感想を送るみたいな。

＊'20年ＷＯＷＯＷで放送されたドキュメンタリー『ノンフィクションＷ　松尾スズキ 人生、まだ途中也』と、コントドラマ『松尾スズキと30分の女優』。

松尾　そう。岡村さん、感想をすごいくれるんですよ。うれしいよね。

岡村　普通に素晴らしいので、それをそのまま送ってるだけですよ。

松尾　いやあ、うちの劇団員なんて何にもくれないですよ。

岡村　それはきっとこういうことだと思うんです。演劇をやってらっしゃる方は、松尾さんに感想を言うと、松尾さんに「しゃらくさい」と思われるんじゃないかと。

松尾　いや、そんなことはないです。

岡村　たぶん怖いんだと思うんです。他業種だと言いやすいですけど、同業種だとなかなか言いにくい……みたいな。演劇界のことは分からないですけど、「ミュージシャンがミュージシャンに感想を言う」と考えると、なんとなく分かります。

松尾　そうなんですかね。寂しいですけどね。だいたい僕の付き合いの範囲内の男性で、スタンプくれる人は岡村さんくらいですよ（笑）。年始のあいさつも、誰よりも早くくれますからね。うれしいなと思いますけど。

岡村　いやいやいや、無邪気にやってるだけなんです（笑）。

壊れた果てって何だろう

岡村　僕、松尾さんに対してちょっと寂しく感じていることがあって。僕はお酒を飲むので、それにまつわる話を松尾さんと共有できると思ってたんです。でも松尾さんのメルマガを読むと、「もうお酒が要らなくなってきた」みたいに書いてあったから。

松尾　そんなことないですよ。長く飲んでいたいから、飲む量を調節しようと思ったただけなんです。酒を抜こうと思うのって、2週間に1回くらいですね。

岡村　ああ、そうなんですね。

松尾　だから今は逆に酒と向き合っちゃってて（笑）、酒の小説を書いてます。「このまま無制限に自分が酒を飲み始めたらどうなるんだろう？」ということを想定して書いたんですけど。

岡村　昔、そういう映画がありましたね。『バーフライ』（＊）でしたっけ。

松尾　僕は『リービング・ラスベガス』（＊）という映画が好きですね。

岡村　僕はうっすら……ものすごくうっすらですけど、その感覚の気分のときもあります。お酒飲んでるときに。

松尾　「連続飲酒してみよう」みたいな？

岡村　連続飲酒やネガティブな意味じゃないんですよ。恥ずかしくてそれまでしゃべれなかったことがしゃべれるようになったし、人の輪も広がったし、びっくりするような体験もするようになったし。あと、「まあいいか」みたいな力みたいなのが身に付いたし、お酒飲むようになって100％良かったです。

松尾　最初にお会いした頃って飲んでました？

岡村　飲んでました。でもその前は全然飲んでなく

＊酒浸りの生活をしていたことで有名なチャールズ・ブコウスキーが脚本を手がけた映画。バーフライ（Barfly）とは「バーに入り浸る者」を揶揄した言葉。

＊アルコール依存症の男と娼婦のラブストーリー。ニコラス・ケイジ主演。

て、お酒の場にいなかったので、そういうコミュニケーションもなかったし、そこで誰かと出会うこともなかったし。「恥ずかしながらすいません、それじゃ！」（＊）みたいなこともなかったし。

＊「ドロンします」と同種の、「お先に失礼させていただきます」の酒場的表現だと思われる。

松尾　何ですか、それ（笑）。

岡村　メディアでお互い知ってるぐらいの人に、普段だったら人見知りするのが「恥ずかしながら、こんにちわ」みたいな。

松尾　よく分かんない（笑）。

岡村　そして、たまに不思議で退廃的な気分になるときはあります。

松尾　何かが壊れ始めていくような。俺も「壊れた果てって何だろう」みたいなことはよく考えるんです。でもこのままさよならしたくないな、というのはすごくあって。1日1回飲むたびにそれは考えますね。中島らもさんの小説みたいなのって、そうはなりたくないけど、どこか憧れるところはあるじゃないですか。

岡村　退廃的な。うん、うっすらありますね。

松尾　俺もそういう年になったのかもしれない。

岡村　記憶力もちょっとずつ落ちてきてますしね、舞台って記憶力勝負のところもあるから大変じゃないですか？

松尾　本当に困りますね、酒が残ってるとやっぱり覚えらんないっすね。

岡村　そういうのもあるでしょうし、たとえば激しい動きをする中で、頭に入っているはずのものが瞬間的に怪しくなったりするときがあるんです。だから松尾さんの舞台を見てると、長いセリフもあるし、激しく動きながらのセリフもあるし、大変だろうなと思って。

松尾　いや、でも徐々にみんな壊れてきてますよね。阿部（サダヲ）でもつっかえることがあるし。だから俺、ラップをやってる人の記憶力ってすごいなと思うんです。

岡村　確かに。でも自分で書いてるものってやっぱり覚えやすいんです。自分で練りに練って書いてるし、自分の癖もあるし、そうやって出てきた自分の言葉だからそうそう忘れない。ラッパーの人も基本は自分でリリック書いてるから、きっとそうだと思うんです。でも役者の方は、脚本家から与えられた言葉を覚えるわけですよね。しかも「今回は大阪弁のイントネーションでお願いします」みたいな要求もされるわけで、想像を絶しますね。

松尾　確かにしゃべったことのない方言でしゃべろと言われたら、（セリフを覚える＋口調を変えるという）２段階の大変さがある。

岡村　だからものすごく大変なはずなのに、舞台の松尾さんを見ると、調子いい感じしかしないんですよね。

松尾　調子いいって（笑）。

「意味がある」と思うしかない

岡村　今の時点で、コロナとこの環境について、どんな気持ちでいます？

松尾　すごく大きなものをぶつけてきましたね。

岡村　最初からこれは聞こうと思ってたんですけど。

松尾　もう振り回されてばかりで、実演家としては非常に苦しい日々が続いてますね。まず宮藤（官九郎）がコロナに感染して、周りの人も次々に感染していくから、「やっぱり一般人とは違う仕事なんだな」というのはどこか感じましたね。周りの知り合いが感染する確率が高過ぎるなと思って。

岡村　音楽の世界では、観客数を半分にし、歓声を控えてもらってるんですが、演者として思ったのが、お客さんは全員マスクをしているから、笑顔なのかどういう表情かどうにも分からない。それはなかなか切ないものですね。

松尾　それは本当にうちもそうです。笑いの芝居をやってると、客の笑い声が演者の糧になったりするんですけど、マスクだと声がくぐもるし、客も笑っていいのか分かんない状態だし、そもそもマスクをしていると笑っているかどうか見えないし。だからやっぱり笑いは苦しいですね。「それを乗り越えて笑わせれば勝ちかな」と思ってやっていますけど。あと、演出をやっていると（稽古場でも）ぎりぎりまでマスクなんですよ。俳優の表情が分からないのに演出しなきゃいけないのは苦しかったです。

岡村　この言い方が正しい言い方なのか不安なのですが、一言で言うと不快なんです。「ここまではこうだけど、だいたいここで終わるから、ここからは安心していいんだ」というシナリオが見えないから。それについてずっと考え続けるとそのストレスで体調を崩す人もいるでしょう？　じゃあどう向き合えばいいのかと考えたときに、「意味があると思うしかない」と思ったんです。

松尾　そうだよね。そう思わないとやってらんないよね。僕も「負けちゃいられない」みたいな発言はするんですけど、「じゃあ『負けちゃいられない』ってどういうことなんだろう？」とも思うんですよ。舞台をやってる人の「負けちゃいられない」って、「舞台を続ける」ということ？　ということは「お客さんおいでよ」ということ？　でもそれは積極的に言っていいのかどうか分からない……みたいな。

岡村　単純な問題じゃないのは分かってるんですけど、でも演者側は100％のモチベーションでやりたいわけです。そこに不安要素はなるべく入ってきてほしくない。と思いながらやってます。

松尾　去年、『フリムンシスターズ』というミュージカルをやったんだけど、やっぱりそのときも状況が揺れ動いてて。「マスクしてりゃ大丈夫だ」とか、「いや、マスクは不織布じゃないとダメだ」とか、いろんなことを言いながらミュージカルを作っていくわけです。で、演出席から俳優さんたちがしゃべってるの見てるんですけど、俳優との距離が近づいてくると、「客の立場としてはこれは怖いんじゃないか」とか、ちょっと考えたりもするんですよね。で、どんどんどんどん役者を突き放していく。それがすごくつらいんです。「客に向かって大声で歌おうとしてる人を遠ざけていく演出を、自分はやっている」というのが。

岡村　でも立場としての責任の重みも苦しみもあるわけですよね。

松尾　そうなんです。本当は舞台から下りて客席に語り掛けたいくらいだったんですけど、それをやるとお客さんは怖がるという状況があるので。そのさじ加減を調整していくのはすごく難しかったです。結局、最前列から2列くらい抜いて販売したんですけど。でも劇場からクラスターが出たって話、あんまり聞かないですね。

——ワクチンが出回ってかなり感染者を抑え込めて、そこまで心配しなくていい状況が訪れたとして、完全に今まで通りのやり方でいけると思います？　それとも、やっぱり以前とは違うやり方にならざるをえないと思います？

松尾　誰か本当に憎まれないタイプの人気者がテレビで「マスクを外しましょう、今から」というメッセージを発信でもしない限り、なかなか変わらない気はしますね。

岡村　僕自身も、怖いとか不安とかじゃなくて、もうマナーとして癖になってますよね。習慣になってしまってる。ただ、家に着いたら（引っぺがして投げる動作で）こうしてますけどね。

松尾　そこまで（笑）。

岡村　家に着いてもマスク外すの忘れてて、ずーっと付けたままにしてるときがあって。不快な癖が付いちゃったなと思ってます。

「負けてたまるか」と思った結果

松尾　自粛期間中って何やってたんですか？

岡村　ずっとレコーディングをやってました。あと自炊ですね。鬼のように自炊やってます。ストレスを感じてて、そのストレスでもう最後は石臼を買いました。

松尾　石臼（笑）!?　何をするんですか？

岡村　そばを作るんです。

松尾　へー、そばかあ。

岡村　買って分かったんですけど、死ぬほど重いのね。石臼って。

——そりゃそうでしょ（笑）。

岡村　小さいやつなんですよ？　それでも重すぎて「腰壊すわ」と思って。

松尾　そば作りは？

岡村　まったくできず挫折しました。

松尾　（笑）

岡村　ただ「負けてたまるか」とは思ってて。牛乳からヨーグルトを作るのもやりましたし、あと小麦粉からシチューを作るのもやりました。いろんなことやりました。今まで絶対手を出さなかったことをたくさんやってます。

松尾　すごいなあ。

クリエイションのためならば

岡村　松尾さんのエッセイやメルマガを読むと、引っ越しが多いですよね。引っ越しってお金かかるし、体力も使うし、大変ですよね。

松尾　そうですね。思い起こせば賃貸の延長というものをしたことがない。

岡村　すごい。長く住むのが嫌なんですか？

松尾　何か飽きちゃうんです。でも、いま住んでるところはたぶん延長すると思います。

岡村　僕は最近、物件を見過ぎちゃって、何が何だかよく分からなくなってます。

松尾　引っ越したいんですか？

岡村　強い意志と欲がないんですが。ただ「引っ越さなくちゃいけないのかもな」と思うようになり……ただ物件に関してなかなか欲深くなれないんです。たとえばこのスタジオみたいなところに住むと考えると……。

松尾　（コンクリートの）打ちっ放しみたいなところ？

岡村　そう。天井が高い……。

松尾　いいじゃないですか。

岡村　ただね……そういう間取りは寂しいものですね。

松尾　（笑）

岡村　来客が多い家だったらいいんですよ。「ヤバいですね、この家！」と言われたりして、生活感がないインテリアとか置いちゃったりして……（笑）。

松尾　温かみが欲しくなる（笑）。僕は引っ越すと、何か目先が変わるというか、引っ越すたびに新しい小説が書けてる気がします。

岡村　本当ですか？　じゃあやっぱり引っ越していいんですね。そう言われたら、なんだかモチベーション上がってきました。

――クリエイションにいい作用がありそうだから？

岡村　そう。クリエイティビティが上がるのであれば。

松尾　引っ越すと、前の家のことが書けるんです。いま現在住んでる家のことって、なかなか書けないじゃないですか。

岡村　なるほど。それはいい話だ。インテリアには凝ったりします？

松尾　僕も岡村さんが言ってたみたいな、天井の高いマンションに1人で住んでたときもあったんですよ。そのときは「いっそコーディネートしてやってみよう」と思って、マガジンハウスに出入りしてるインテリアコーディネーターの方に「これだけのお金で全部カッコよくしてください」とお願いしてやってみたんですけど、長続きしなかったです。

岡村　やっぱりその状態を続けるのが大変ですよね。

松尾　そのとき猫飼ってたんで、革張りのソファーが1日でダメになって。

岡村　（笑）

松尾　猫とインテリアはね、相性悪いですよ。

「セクシーたおやかさ」とは何か

松尾　「どうして僕が結婚する前にバーチャルめがねが開発されなかったんだろう」って、よく思うんですよ。

岡村　バーチャルめがね？

――VRのゴーグルですね。

松尾　そう、VR。VRが見たかったですね。

岡村　見れないんですか？

松尾　見れないです。だって……。

岡村　家庭にVRがあるのがいけないということですか？

松尾　「家庭にVRがある＝ソレを見てる」ということになるじゃないですか。

岡村　そのあたりの「セクシーたおやかさ」みたいなのは、家庭ではどうなっているものなんですか？

松尾　ちょっと待って、「セクシーたおやかさ」って何ですか（笑）。

岡村　分かりました、ちゃんと説明します。例えば、夫婦生活以外にも自分の中にセクシーな好奇心はあるわけですよね。結婚していようが、交際していようが。そのモチベーションに対して、相手がたおやかでいられるかどうかという。

松尾　それでいうと、うちはだいぶダメですね。

岡村　そういうものなんですか。そのあたりは、ものを作る人間と付き合ったり結婚しているという意味で、たおやかだったりするのかな……と思っていたのですが。

松尾　うちはもう無理ですね。ただ、AVはいいらしいですけど。

——VRはダメだけど、AVはいい？

松尾　うん。ただ自分がAVを買うと、カードの請求書にそれが記載されるわけです。その恥ずかしさとの戦いですよね。

——じゃあVRでAVを見たことはまだない？

松尾　ないです。天久（聖一）君は「すごいですよ」と言ってましたけどね。でもあのバーチャルでAVを撮ってる環境そのものが、女優にとってすごくエロくない状態なんじゃないかなと思います。

岡村　そうかもしれませんね。

松尾　だって男優に何かすごい機材がくっついた状態でやってるわけでしょう。それは女優は興奮しないだろうなと思うよね。そこに何か大きな問題があるような気がする（笑）。

岡村　なるほど（笑）。

松尾　しかも、その男優に興奮してるように見えちゃダメなんですもんね。「男優越しの僕に興奮してる」という状態にならないと。だからそこに二重の扉があるわけですよね。そこをどうすればいいんだろうなって……もしかして今、不毛な会話してますかね（笑）。

岡村　大丈夫です（笑）。

松尾　さっき演劇の話をしてて大事なことを言い忘れたんですけど、本当にこの2年で、演劇を志そうとしている若者たちの心がくじけちゃってるだろうなというのがすごくかわいそうで。ミュージシャンだったら、その状況に対して「うっせぇわ」と言ってみせるような展開の仕方もあるじゃないですか。芝居はそれ、絶対無理ですもんね。

岡村　確かにそうですね。

松尾　だからそういう人たちのために、くじけてる姿を見せられないな……というのがまた苦しくて。という話を以て、今のＡＶの話を帳消しにしたい（笑）。

岡村　（笑）

松尾　それもあって、今は暗い結末や暗い演劇は作れないですね。やっぱり「より笑わせたい」という方向になっちゃう。

松尾ちゃん岡村ちゃんのおすすめ映画

岡村　少し前にアカデミー賞が話題になってましたけど、もう今はアカデミー賞ノミネート作の何割かがＮｅｔｆｌｉｘなどの配信作になってますよね。Ｎｅｔｆｌｉｘだと「どれだけ見られているか」だけじゃなく、「早回しされてるかどうか」も分かるらしく、何分の1かの人は早回しで見てるというのが話題になってましたね。「映画やドラマを早回しで見るってどうなの？」みたいな。

松尾　Ｎｅｔｆｌｉｘって長めの作品が多いですもんね。人間が劇場でじっと鑑賞できる時間って、2時間か3時間ですけど、Ｎｅｔｆｌｉｘだと止めてトイレに行けますからね。きっと止めたり早送りできたりするというのが、作品を見ること自体の集中力を削いでるんだろうなとは思いますけど。

岡村　僕、Ｎｅｔｆｌｉｘだとデイヴ・シャペルというお笑いの人にハマりました。

松尾　デイヴ・シャペル？

岡村　デイヴ・シャペル、スタンダップコメディーの人なんです。「ここ何十年、こんなに毒舌な人間は見たことない」というような人で。すごくデリケートなＬＧＢＴの話とか、差別的な話とか、「よくこんなこと話せるな」と思うんだけど、毒だけじゃなくて、知性も教養も感じるんです。

松尾　そういうスタンダップコメディーって、今まで全然触れる機会なかったけど、急にいろいろ見れるようになりましたよね。

岡村　Ｎｅｔｆｌｉｘのレコメンドにスタンダップコメディーがどんどん出てくるんですけど、スタンダップコメディーって社会が違ったり文化が違ったりすると、なかなかハマれないじゃないですか。たとえば黒人のソサエティーの話をされても、それに対する知識や好奇心がないと「結構です」となるんですけど、デイヴ・シャペルは「ハマらないだろうな」と思って見てみたら、なぜだかすごくハマったんです。もともと『シャペルズ・ショー』という高視聴率の番組をやってた人なんですけど、あるときバツンって辞めて、10年間くらいメディアに出てなかったんです。そしたらＮｅｔｆｌｉｘが「65億円出すから3本作品を作ってくれ」とオファーしてきて（＊）。

＊『デイヴ・シャペルのデタラメだらけの時代／テキサスと言えば』『デイヴ・シャペルの冷静沈着&汚れた鳥』『デイヴ・シャペルのどこ吹く風』の3本。

松尾　それはちょっと見てみたいですね。たぶん言葉の壁とか、人種とか、宗教とか、そういうのを取っ払ったクオリティーのある人が、やっぱり全部の人に届くんだろうなという気はしますね。きっと間の取り方とか、声の強弱とか、動きとか、そういう部分のクリエイションも高いんでしょうね。

岡村　ぜひ1回見てください。松尾さんのお薦め映画はあります？　実は僕、メルマガ見てるんでほとんど知ってるんですけど……（笑）。

松尾　話すことがないくらい、何でも知られてる（笑）。カミさんが車でよくゴンザレスという人の曲をかけてるんですよ。ソロのピアノ弾いてる人なんですけど。で、「何それ？」っつったら、「Ａｐｐｌｅ Ｍｕｓｉｃでたまたま聞いて良かったからかけてるだけだ」って。すごい静かな曲を弾く人で、誰だろうと思って調べたら、チリー・ゴンザレスというカナダ人で。その人のドキュメンタリー映画（＊）があるというので、Ａｍａｚｏｎで見たんですけど、めっちゃくちゃな人で面白かったですね。だって最初のデビューがラッパーなんですよ（笑）？

＊『黙ってピアノを弾いてくれ』ＡｍａｚｏｎプライムなどでÍ配信中。

岡村　（笑）

松尾　すごく口汚いラップをやってて。その後、ピアニストに転向して、静かな美しい曲を弾くようになるんです。サシャ・バロン・コーエンっているじゃないですか。あの人をちょっと連想させる、何か悪意のある感じの人で面白いなと思って。

岡村　あれも絶賛なさってましたね。（トーキング・ヘッズの）デイヴィッド・バーンの舞台の映画化みたいな……。

松尾　『アメリカン・ユートピア』ですね。あれは絶対いいです。僕、もともと大学の頃からデイヴィッド・バーンが大好きで。

岡村　その影響は感じます。

松尾　そうですか。動きとかに？

岡村　そう、動きとか。

松尾　70歳近くになってこんなに頑張れるんだと思うと、勇気も出ますし。映画はブロードウェイでやってた舞台を、スパイク・リーがドキュメンタリー風に撮ってるやつなんですけど。あの元気は指標になりますね。

岡村　見ます。ぜひ見ます。

迫っても迫っても本質に迫れない

岡村　この前、NHKで庵野（秀明）さんのドキュメンタリーがあったじゃないですか（＊）。その中で庵野さんが「謎のままでいたかったんだけど、もう世の中が謎のままでいることを望んでないから、こうやって表に出ていくようにしているんだ」みたいなことをおっしゃっていたんです。で、僕は松尾さんのことを調べれば調べるほど、松尾さんのいろんな作品を見れば見るほど、情報が入ってくるわけじゃないですか。松尾さん、自分の私生活のこともけっこう告白するし。

＊『プロフェッショナル 仕事の流儀　庵野秀明スペシャル』

松尾　そうですね。

岡村　でも不思議なんですけど、そこにはもやが掛かってるんですよ。「ここまで告白するか」みたいなことを告白してるのに、本質には迫れないんです、なぜだか知らないけど。もしかしたら、本当の本当の本当の本音はしゃべってないのかもしれない。あるいはあまりにもいろんな告白をしていて、それが逆にもやのようになって本質に迫れていないのかもしれない。僕はね、迫りたいんですよ。「松尾さんはこういう人で、こういう傾向にあって、ここの引き出しに松尾さんは入るんですね」って納得したいんです。庵野さんはもともと謎でいたい人だけど、世間が許さないからその謎を少しずつ明かしていく。でも松尾さんはいろんなところで自分のことをバンバン告白しているわけです。なのに僕は松尾さんの本質には迫れてない気がするんです。

松尾　でもね……それはけっこう明確な理由があるかもしれない。たぶん自分で自分がつかめてないからだと思うんです。いまだに、今までやってきたのと正反対のことをやりたくなったりするし、自分の職業が何かというのもよく分かんなくなってきたし。

岡村　やっぱり強力なトリックスターとしての一面もあると思うんです。だから演者に徹するときもあるし、制作に徹するときもあるし、あまりにもいろんな顔を持ってて。自分で自分に興奮します？

松尾　うん。

岡村　「自分」を突き詰めようとしてることは分かるんです。それは分かるんですけど、いろんなエッセイやメルマガを毎週読んでても、本質に迫れない。

松尾　自分の本質みたいなものをさらけ出すところまで、たぶん僕がたどり着いてないんですよ。

岡村　そうなんですかね。ただ、プライベートでも何回か飲んでるんですよ。そのときもこうやっていろいろ聞いたりするんですけど、それでも本質をつかめない。

——松尾さんの中で「ここから先は知られたくない」という部分があるわけですか？

松尾　それがないんですよね。だから、そのときの気分によってやりたいことも変わるし、楽しいことも変わるし。だからたどり着いてないんです、本当の自分の何かに。それって何だろうなと思いますけど。でも世間的に見たら岡村さんのほうが分からないと思いますよ。こういう人だとは思わないもん。

岡村　そうなんですかね。でもプライベートで何回か飲んで、「謎だ」みたいな感じはしないでしょ？

松尾　そうですね。逆に対談はいっぱいやってらっしゃるし。でも岡村さんのステージを見てると、人に興味あるように見えないいんですよね（笑）。

岡村　これが意外と逆なんですよ。僕は人に対して好奇心満点なんです。で、松尾さんのほうは対談やってなくて、なぜやめたか聞いたら「あんまり興味ない」と言ってて。

松尾　（笑）

岡村　対談はもう十分やったと。でも僕はまだまだ好奇心旺盛で、「まだまだいろんな人と話したい」みたいな感じなんです。

松尾　岡村さんのステージ見てると、そんな人に思えないんですよね。しゃべらないしね。でも岡村さんがステージで突然、さだまさしみたいにしゃべり始めてもびっくりするけど（笑）。

岡村　舞台には舞台用のしゃべりがあると思うので、もし僕にその才能があって、そういうタイミングが来たら考えないといけないかもしれませんね。

松尾　（しゃべりによって）あの世界観がどう壊れるかというのは、見てみたいところはありますね。

結婚式で何が起こったか

岡村　そういえば僕、松尾さんの結婚式に招待していただいて、そこで歌を披露したことがあったんです。そのことをたまに思い出してうわっーっとなるときありますね（笑）。

――気になる。何があったんです？

岡村　飲んじゃったんですね。ほろ酔い気分だったんです。

松尾　いや、結婚式だからそれでいいんじゃないですか。

岡村　いや、あそこでお酒を飲み過ぎちゃったというのは、やっぱり「パフォーマンスをする」という気持ちに緩みがあったと思うんです。僕はそういうところでうまくいかなかったことはまずないんですけど、あれは数少ない切ない思い出の一つで……。

松尾　いや、切なくないですよ。みんな喜んでましたよ。

岡村　本当ですか？　でもいろいろ思うところはあります。本当だったら、あの8倍いいものにできたはずです。

——飲んでなければ。いったい何が起こったのか、まだよくつかめてないんですけど。

松尾　インプロ（即興）でやろうというのは、最初から決めてたんですよね？

岡村　アドリブなのですが、一つだけ決めてたコンセプトがあって、それは「松尾さんはモテるだろうに、なぜ結婚というチョイスをしたんだろう？　きっとそれはとてもとても大事な人でずっといたいから結婚という道を選んだはず」ということを歌に織り込むことは決めてたんです。アドリブでいろいろ歌って、最終的にはそこへ持って行くつもりだったのですが、前振りの「結婚って何だい？」「結婚ってどういう意味があるの？」という部分を長めに歌っちゃって……。

松尾　（笑）

——ああー、聞いてる人からしたら結婚懐疑派みたいに思われたと。

岡村　「この人、何を歌ってるんだ？　この晴れの場で」みたいになって。

松尾　お客さんのクエスチョンがどんどん大きくなって（笑）。

岡村　そうそう。「なんでこの晴れの場で、こんな切ないことを歌っているんだ？」みたいな雰囲気になって……はーっ（うつむく）。

松尾　いやいや、いま落ち込まれても（笑）。

岡村　たまに思い出して落ち込んでるんです。

松尾　僕は全然気にしてないです。歌ってくれてうれしかったです。気を取り直してツアー、気を付けて回ってください。

岡村　ありがとうございます。頑張ります。

松尾　今は打ち上げもできなくて、つまんないですけど。

岡村　いや本当に。この環境が落ち着いたら、またぜひ飲みましょう。

色気とファンキーと、流れのままと

岡村靖幸
×
細野晴臣

Daisy Holiday！出張 SP①

ほその・はるおみ● 1947年東京生まれ。音楽家。1969年「エイプリル・フール」でデビュー。1970年「はっぴいえんど」結成。1973年ソロ活動を開始、同時に「ティン・パン・アレー」としても活動。1978年「イエロー・マジック・オーケストラ（YMO）」を結成、歌謡界での楽曲提供を手掛けプロデューサー、レーベル主宰者としても活動。YMO散開後は、ワールドミュージック、アンビエント、エレクトロニカを探求、作曲・プロデュース・映画音楽など多岐にわたり活動中。

扉イラスト／大原大次郎

岡村ちゃんにとって長年の憧れ、細野晴臣さんとの対談がついに実現……と思ったら、細野さんのほうから「ラジオの収録と一緒にやるのはどう？」と提案が。というわけで、今回の対談は、インターFMで毎週日曜深夜1時から放送中の『Daisy Holiday!』で全2回にわたってオンエアされました。そんな世紀の対談をお楽しみください。

本当は細野さんの影響下にあるんです

――岡村さんは、細野さんの大ファンなんです。

岡村　そうなんです。

細野　そうなの？　全然知らなかった（笑）。

岡村　いや、そんなことないですよ。何回かお会いして（ファンだと）伝えてはいるんですけど……「初めてだね」ってさっき言われて（笑）。レストランでお会いしたんです。（六本木の）キャンティで。普段だったら（おそれ多くて）絶対近寄ったりしないんですよ？　でも、そのときはほろ酔いの力を借りて近寄って、「お慕い申し上げてます」「尊敬してます」と一言だけ。で、今日はやっぱり、細野さんの音楽のミステリアスな部分、セクシーな部分にフォーカスしてみたくて……。

細野　ええ？　セクシーかな（笑）。

岡村　「ファム・ファタール～妖婦」にしても、「ハリケーン・ドロシー」にしても、「ANDROGENA（アンドロジーナ）」にしても、「なるほど、こういう感じで作ったのか」というのが、全然分からないんですよ。分からないんだけど、とっても色っぽくて。ああいうものについて、どうやって作ってらっしゃるのか、想像もつかないんですよね。

細野　僕も分かんない（笑）。自分の場合はどうですか？　どう作ってるか説明できます？

岡村　何かの影響を受けて、「まずリズムから作ってみるか」とか。

細野　ああ、それは同じだよね。

岡村　そうなんですか。

細野　うん。（岡村の音楽は）80年代の色がすごく強いじゃないですか。

岡村　はい。

細野　最近作も聴いたんですけど、「ぐーぐーちょきちょき」。あれ、すごく好きだった。

岡村　本当ですか！　光栄の極みですね。

細野　あれが最近作というのは面白いよね。その前までは、わりとダンスビートが多かったでしょ？「ぐーぐーちょきちょき」はちょっと色が違いますよね。

岡村　あれはNHKの『みんなのうた』からリクエストがあって作った曲なんです。

細野　ああ、それでね。

岡村　でもダンスビートも、本当は細野さんの影響下にあるんです。『S・F・X』にも、まあびっくりするくらい影響を受けてますし。

細野　いやいや光栄というか、恥ずかしいですね。

岡村　「ANDROGENA（アンドロジーナ）」のコード進行とか、どうやってるのかまったく分からないんです。アラビックな感じもあるし。

細野　そうだね。ちょうどあの頃は……ワールドミュージックの時代だったしね。特にあのアルバムは、自分でどうやって作ったかあんまり覚えてないんだよなあ。

岡村　でもあの中にはものすごいパワーが凝縮されてて、今でも聴くと圧倒されます。

細野　あれは30代だったかな。ああいう元気はもうないんですよ（笑）。岡村さんは僕よりずいぶん年下ですよね。

岡村　僕、1965年生まれです。

細野　じゃあYMOの頃は？

岡村　中学1年生くらいですね。

細野　ああ、やっぱり。その時期ってすごい吸収力があるからね。

岡村　もうYMOをモロに吸収してましたね。今日これだけは言いたかったんですけど、僕は細野さんのものすごい影響下にあるんです。人から言われることはないんですけど、「みんな気づいてくれよ！」と思ってるんです。

細野　ときどき80年代の音楽で「あれ何だっけな」と思い出そうとして、なかなか出てこなかったりするんですけど、ずーっと1日中考えて「あ、スクリッティ・ポリッティだ」とか思い出すんだよね。

岡村　そういうの、ありますね。

細野　で、岡村さんの音楽を聴くと、すごくあの頃のビシッとした音像を感じたんだよ。やっぱりそういうのも聴いてたでしょ？

岡村　もちろん聴いてました。でもやっぱり細野さんの『S・F・X』は本当に影響を受けましたね。いま聴いても音圧すごいですしね。

細野　じゃあ僕も聴いてみようかな（笑）。あの頃はアナログのマルチ（トラック）からデジタルに移行するちょうど中間の時期で、最初はアナログと両方回してたの。でも、デジタルは無音の状態のときにノイズが入らないんだよね。あれが気に入っちゃったのは覚えてる。

ファンキーの血はいまどこに？

岡村　いまレコーディングなさってて、イコライジング、パンニング（音像の調整のこと）に関しては悩みますか？

細野　悩みますよ。特に今は世界的に音像が変わってきたじゃない？　特に映画をヘッドフォンで聴いてると、「いい音だなあ」と思うわけね。そういう音も出したいんだけど、できないんだよ（笑）。

岡村　細野さんはずっとグルーヴィーな、ファンキーな音楽をやってこられて……たとえエレクトロであったとしても、やっぱりその中にはファンクの魂みたいなものをすごく感じるんです。

細野　うんうん。

岡村　でも、今のアメリカの音楽を聴いても全然ファンキーじゃないんですよね。アメリカのヒットチャートを聴いても、ブラックミュージックを聴いても、まったくファンキーじゃない。70年代はロック聴いてもファンキー、リトル・フィート聴いてもファンキー、ザ・バンド聴いてもファンキーだったし。細野さんを聴いてもファンキーだったし、ファンキーの血というのはずっとアメリカにあったのに……。

細野　あったのに、なくなったね。

岡村　まったくなくなってしまって、細野さんはどう思ってらっしゃるのかなって。

細野　みんな手法が似てるよね。楽器をあまり入れなくなって、すごくシンプルになって音がよくなった。で、同じビートの中で歌を聴かせてるという。

岡村　コード進行も単純ですよね。ああいうのもわざとなのか……。

細野　あれはなんだろう……グローバリズムとしか言いようがないね。みんな同じ音だからね。まあ韓国のも似たような音を出してるけどね。

岡村　僕、細野さんの映画（『ＳＡＹＯＮＡＲＡ　ＡＭＥＲＩＣＡ』）を先日観に行ったんですけども。いま世界中で細野さんの音楽が聴かれてて、若者たちが聴いて、ディスカバリーしてるんですよね。で、さっき言ったような、非常にシンプルでファンキーじゃない音楽がメインストリームでありながらも、逆にそうじゃない細野さんの音楽をディスカバリーしているような外国人はたくさんいるんだな、というのを映画で感じました。だからあそこには希望があったし。

細野　そうなんですよ。たぶん、みんなそういうグローバルミュージックに飽きちゃったんだと思う。何聴いても同じだから。聴くと最初はやっぱり「あ、いいな」と思うんだけど、続かないんだよね（笑）。

岡村　そうですよね。「みんな同じプリセット使いすぎ！」みたいな。

細野　それはあるね。僕たちの世代は、本当に音作りに苦労したから。

岡村　僕がこの世界に入ったばかりの頃だって、ミックスのトータルデータが存在してなかったから、毎回毎回ミックスしなくちゃいけなかったし。スタジオが変わると音が全然変わっちゃったり。「あれ？あんないい感じだったのにモッサリしてる！」とか言って。

細野　あははははは。まあそれが面白かったんだけどね。

岡村　きっとそうなんでしょうね。

細野　マルチで録るのは60年代から始まってるけど、好きなバンドがレーベルを移籍するじゃない？　そうすると音が全然違うから、モサッとなったりね（笑）。

岡村　ふふふふ。

細野　「あれっ？」と思うんだよね。みんなレーベルが変わると音が変わっちゃう。

岡村　レイ・チャールズも音変わりましたよね。

細野　まあそういうのが、いま思うと面白いなと思うよね。

岡村　細野さんも音が変わりましたよね。アルファ（レコード）に行って。

細野　山下達郎にそれを指摘されたんですよ。

岡村　そうですか。僕は大好きなんですけどね。『はらいそ』大好きです。ものすごく影響を受けましたね。

細野　今となっては『はらいそ』も『泰安洋行』も並べて聴けるからね。当時は『泰安洋行』をよく聴いてた人がアルファの『はらいそ』を聴いたら、音が変わっちゃったんで……。

岡村　クリアになりましたよね。

細野　クリアになっちゃった。モダンになっちゃったのかな。『泰安洋行』のあの音はなかなか出せないからね。

岡村　いま再現しようとしても難しいですよね。自然なローファイ感の味わいがあるし。

細野　でも（『はらいそ』のような）そういう音楽も好きなんですか？

岡村　大好きです。ていうかですね！　僕は細野さんが薦めるものはみんな、にじり寄るように、すがるように吸収してきたんです。「細野さんが『密教面白い』と言ってるな……じゃあ本を読んでみよう」とか。

細野　本当に（笑）？

岡村　そうです。「『赤い風船』という映画を絶賛してる。じゃあ観に行ってみよう」とか。

細野　すごい影響だな、それ。迂闊なことできない（笑）。

岡村　当時はネットもなかったですし、細野さんがおっしゃること、細野さんが薦める音楽を、すがるように聴いてましたね。アメリカの音楽もそうですし、アメリカ以外の音楽もそうですけども。僕の世代でも、ほとんどそんな感じだと思いますよ。失敗したくないわけです、2500円のレコードを買うのに。で、「細野さんが薦めるものだったらきっといいだろう」とか「ビートルズとかビートルズメンバーのソロアルバムだったらいいだろう」とか「誰かが『不朽の名盤』と言ってるのだったらいいだろう」というふうに、すがるように追いかけてました。

細野　まあ、セレクトショップみたいなもんですよね（笑）。

手癖の限界をどう乗り越える?

細野　でも岡村さんは音が一貫してますよね。

岡村　うーん……迷ってますけどね。

細野　そうですか。迷いは感じられないけどな（笑）。

岡村　常に迷ってますね。あと1人でやってることへの迷いですね。

細野　全部1人で音作りしてるんでしょ?

岡村　（外野の）ノイズが入らないので、最初はそれが心地よかったんですけども。でも「自分で自分に飽きる問題」というのがあって。

細野　ああ、わかるわ。

岡村　いまインストをたくさん作らなくちゃいけない仕事をやってまして。膨大に曲を作らなくちゃいけないのに、自分の手癖や指癖の限界がありまして。「もう1回、勉強し直さなくちゃダメなのかな?」みたいなのがありまして。インストを作る難しさってどうですか?

細野　はっぴいえんどの頃までは、先にメロディを作ってたんだけど、はっぴいえんどは、松本隆くんの詞が先に届いて、詞を見ながら曲を作ってたのね。それがだんだん面白くなってきて。先にコードのメロディだけ作るとやっぱり器楽的になるので、いざ自分が歌おうとすると歌えないんだよね。

岡村　うんうん。

細野　だからやっぱりその2つは違うものなのかなと思って。詞が持つメロディ、リズムというのを作っていくと、自分が普段作らないものができてくる。

岡村　インストも口のメロディで作ることはありますか?　それともやっぱりピアノやギターのメロディで考えますか?

細野　場合によって様々ですけど……80年代に『銀

河鉄道の夜』のサントラを作っている頃から、「即興的に作る」というのが病みつきになって。それを「コインシデンタル（偶然に起こる）・ミュージック」と自分で言ってたんだけど……悩みは同じですよ。「手癖で作る」というのからちょっと離れて、「適当に作ってみる」というのをやってみたら面白くなって。パソコンがあったからできたんですけど。

岡村　細野さんが作られているのは、手癖というよりも、40年代のミュージカルやクルト・ヴァイルの音楽のようなもの……やっぱりどんなバックボーンがあって作られていたのかわからないですけど、たとえばベニー・グッドマンの音楽を自分の中で1回咀嚼してバラバラにして再構築してる、みたいなものを感じました。

細野　なるほど。僕も一時期、勉強しようと思ったことがあって。知り合いの先生についてすごい難しいことを教わろうとしたことがあったんだけど、先生が呆れて、「こいつできねぇや」ってクビになったことがあって（笑）。自分からやめたんですけどね。そういう基礎的な楽典が僕は苦手で。そういうことを覚えちゃったら、それでしか作れなくなっちゃうだろうしね。だから僕のやり方は「滅茶苦茶」に近いんです。

岡村　いやいや、すごいです。

細野　ニューオリンズのリズム&ブルースとか、あいう伝統的な音楽は本当に手癖でできているので、ああいう音楽をやるときは自分もその手癖でできるんですけど、いろんなジャンルをやるので、それが通用しない音楽がいっぱいあるわけでね。

岡村　そうですよね。

細野　だからクラシックも好きだけど、自分なりの解釈でやるしかないわけです。くるりの岸田（繁）君は交響曲を作ったりしてすごいなと思うんだけど、そういうことは、僕はできない。ヘンテコリンになるんですよ。自分の音楽についてクラシックに詳しいミュージシャンから言われたことがあって、なんて言ったっけ……「ポリフォニックなんとか」みたいな専門的なことを言われて、「クラシックの中にもそういうのがあるんだな」と思ったんだけど。

岡村　ドビュッシーとかラヴェルとか、近代的なやつですよね。ガーシュインもそうですけど、「ジャズ寸前」みたいなやつ。それは細野さんの音楽を聴くとすごく感じます。やっぱりさっきの色気の話にも繋がってきますけど、色っぽいクラシックみたいなものは作ってらっしゃるなと。だから今回話したかったのは、色気なんです。細野さんに言うとはぐらかされてしまうかもしれませんが、やっぱり「色っぽいな」と常に思ってて。音楽からにじみ出てるなって。

細野　そうですか。

岡村　「そうですか」としか言えないですよね（笑）。

細野　いやいや、本人が色っぽくないから（笑）。そういうことを考えながら作ってるわけじゃないし。でもときどき言われることは言われるね。

岡村　そうでしょうね。坂本（龍一）さんも言ってました。

細野　ああ、そうですか。彼はちゃんとした音楽教育を受けていて、僕から見ると「すごいな」と思うんですけど、逆に坂本くんから見れば僕は「何の根拠もないのによくできるな」みたいなところがあるんだろうね（笑）。

岡村　ミステリアスですよね。

細野　すごく買い被られてる感じがありますよ。ドビュッシーとかラヴェルみたいだとかね。まっさかぁ〜（笑）。

岡村　ふふふふ。

音響の悩みはいつまで続く？

岡村　でもどこか繋がってますよね。さっき言ったベニー・グッドマンとか、グレン・ミラーとか。細野さんの中でそれが全部繋がってる感じがあります。

細野　それは子供の頃に聴いていたので、身に沁みてるっていうことはあるんですよね。だから「再構築する」というのはすごく面白いから、まあ遊びですよね。

岡村　だから僕は細野さんの影響下にあるから、映画『ベニイ・グッドマン物語』と『グレン・ミラー物語』を観直しました。

細野　『グレン・ミラー物語』は素晴らしいね。あの小さなバスで旅まわりするというのは憧れなんですけどね。

岡村　カッコいいですよね。「ムーンライト・セレナーデ」ができるきっかけみたいなのを少しずつ少しずつやっていくんですよね。

細野　でもまあ曲を作るというのは、あんな感じですよね。だから僕もコンピューターで打ち込みをやるとき……昔は（ローランドの）MC4に数値で打ち込むんだけど、4和音しか出ないので適当に和音を積み重ねていって、「1小節できた。じゃあ次の1小節はどうしよう」というふうに作っていったのが、さっき言った「即興的に作る」ということで。それがすごく面白かったんですよね。

岡村　それはさっき言ったような……自分で自分に飽きたりしたときに、自分に対してフレッシュになれるように、自分では想像のつかない、アドリブ性のあることをやっていくという……。

細野　そうだね。たとえば、鍵盤の前で曲を作ってて、いつもと同じようなフレーズしか出てこないときは、めちゃくちゃに押さえると。猫みたいにね（笑）。

岡村　わかります。

細野　で、それでときどき猿がタイプライターを打つみたいに、すごくいいものができたりするんだよね。パソコンはそれをメモリーできるから、そういうことを膨らませていったりすることもあるよね。ありますか？

岡村　ありますあります。そうやって、なんとかにじり寄る感じです。

細野　でもそれは楽しいでしょう？

岡村　そうですね。

細野　決して苦労してる感じはないよね。

岡村　でも音については……さっき言ったイコライジングとパンニングとコンプ（コンプレッサー）に関しては延々悩みます。もう何歳になったら悩むのやめるんだろうって思うくらい。

細野　ふふふふ。いや、ないでしょ（笑）。

岡村　一生ですか？

細野　うん、キリがない。YMOのときは「自分で作った曲は自分が主導してミックスする」ということでやっていたんだけど、バンドの場合は、みんなそれぞれ自分の音が大事じゃない？

岡村　エゴイスティックになりますよね。

細野　そう。そうするとミックスが終わらないんだよね。もうぐるぐる輪廻しちゃう（笑）。要するに、可能性は無限なのに1つに決めなきゃいけないでしょ。それが僕には辛いんだよね。本当はほっときたい。ミックスしたくない（笑）。

岡村　でも細野さんのミックスはすごく引き算のミックスだと思います。余計なものをだんだん削っていったり省いていったり。すごく整理されているような。

細野　最近はそうかな。でも自信がないの。なんでかと言うと、歳でしょ。だから耳が衰えてるんじゃないかと思ってて。たとえば、コンビニでピーッていう高周波を出して、なんか虫を撃退してるでしょ？

岡村　してますね。

細野　それ聞こえたことないし（笑）。

岡村　僕もそうですね。

細野　だからミックスのときも、変だなと思う周波数を落としちゃったりするんだけど、「人によっては甘く聞こえるんじゃないか？」とか思ったりしてね。不安なままやってるんですよ。だから「誰かに任せたほうがいいのかな」とか、ときどき思うことはありますけどね。

日本にファンキーを広めたのは細野さん

岡村　さっきも言ったように、僕は細野さんの影響下にいて、細野さんは「スライ（&ザ・ファミリー・ストーン）がいい」とずっとおっしゃってるじゃないですか。

細野　はい。

岡村　僕はプリンスが好きなんですけど、やっぱりプリンスはスライの影響下なので。

細野　そうですよね。

岡村　だから僕の中で全部繋がってるわけです。細野さんが「スライはいいね」と言ったら、その影響下にある僕が、スライの影響下にあるプリンスをだんだん好きになっていくという。僕の中ではそうやって物語が繋がってるんですけど。

細野　なるほどね。スライは相変わらず、すごく好きですね。ああいう音が出したくてしょうがない。

岡村　スライの『暴動』もそうですけど、その次の『フレッシュ』はもうすごく細野さんを感じます。

細野　ええ、本当？　わーい（笑）！

岡村　本当です本当です。

細野　初めて言われたね、そんなこと。

岡村　めちゃめちゃ感じますけどね。日本にファンキーを広めたのは細野さんですよ。

細野　言い過ぎでしょ（笑）。

岡村　言い過ぎじゃないです（きっぱり）。ＹＭＯの中にもたくさんにじませてたし。

細野　まあそれはそうだね。

岡村　それで当時の少年少女たちも「これがファンキーなんだ」と思ったと思うんです。『スネークマンショー』の最後の曲（「ごきげんいかがですか アゲイン」）もすごくファンキーだったし。「咲坂と桃内のごきげんいかが１・２・３」も。

細野　そうかそうか。

岡村　少年少女たちはみんな、細野さんでファンクを学んだという気がします。（小坂忠の）「ほうろう」もいまだに若い子たちが聴いてますけど、やっぱりああいうのを聴いて「日本語とファンクの融合」みたいなものを学んだような気がしますし。

細野　確かに僕のベースって、ダイレクトにリズム＆ブルースの影響を受けてますから。だから演奏すると必ずそうなっちゃうしね。ただ、曲作るとカントリーになったり（笑）。

岡村　でもはっぴいえんどの頃から、たとえば「相合傘」とかファンクでしたよね。

細野　そうです。その前から聴いていたのは、やっぱりそういうものばっかりでしたから。今はそういうファンクの名曲がないんですよ。出てこないので流行ることもないから、深掘りしていって自分で見つけて聴くしかない。まあ僕はラジオをやっているので、そういうものをこれからも流していきたいと思うんですよね。

60年代は1年ごとにすごいことが起こっていた

――スタジオに来るタクシーの中で岡村さんと話していたんですけど、「そういえば細野さんはスライの話はよくするけど、ビートルズの話はあまりしてないような気がする」という話になって。

細野 そうなんだよ〜。誰も聞いてくれないとしゃべれないんだよね（笑）。

岡村 ビートルズやスティーヴィー・ワンダーについてあんまりしゃべらないのは、「（あまりにメジャーすぎて）しゃべるのは野暮だ」みたいなことですか？

細野 いやいや、そんなことはないですよ。他にしゃべることがいっぱいあって間に合わないんですよね。あと、誰も質問してくれないっていう。いま『Daisy Holiday!』で、月1で60年代を特集してるんです。はっぴいえんどができるまでの間にどんなものを聴いてきたかという特集をやってるんですけど、60年代のすごさというのを、いま改めて見直してて。すごい時代だなと。濃密すぎて手に負えないんですよ。幅も広いし。1年ごとにいろんなことが起こってて、それに比べて今は1年ごとに何も起こってないっていう（笑）。

岡村 そうですね（笑）。

細野 その中にはもちろんビートルズもいるしね。あらゆる音楽がそこに詰まっている。

岡村 そうですね。これも細野さん経由で知ったんですけど、ドクター・ジョンの『ガンボ』とかの「これは何と何と何をごった煮してできた鍋だよ」みたいな感じは、ビートルズにも感じたし。インド音楽を入れたり、急にクラシカルな和音を入れたり。

細野 そうだね。

岡村 60年代は「これとこれを混ぜちゃったのか」みたいなごった煮もあったり、テープループを使うような実験音楽の影響もあったりして。

細野 非常に実験的な時代だったし、何もかも新鮮だったね。だって最初にやったバンドのエイプリル・フールのときは2トラックでレコーティングしてたんですよ。で、次に作ったときは4トラックになってて、はっぴいえんどは8トラックになってて。それで次は16トラックになってて。1枚作るたびに倍々に変わっていくという。だからすごくワクワクしてましたね。

岡村　細野さんもその度に音楽が変わっていきましたしね。

細野　そうなんですよ。マルチの時代はいっぱい音を入れちゃう癖がついちゃったけど。

岡村　でも逆に「削ぎ落とす」みたいなものもたくさん作られましたよね。

細野　そうですね。音が多いのは、まあちょっと歳とともに疲れてきたというか（笑）。今ではギター1本でもいいくらいだと思っていて。昔は非常に音響にこだわっていたんだけど、最近は「歌を前に出して楽器を引っ込めてギター1本でもいい」という気持ちにはなってるんですよ。自分の中で変わってきてるのはそこらへんかな。昔は「いかに声を引っ込めて聴かせるか」という時代があったんですよ。でも今、それを聴くと「小さすぎる！」と思って（笑）。

岡村　ふふふふ。歌声、素晴らしいですからね。僕からすると、いろんな時代の音楽を経られて、アンビエントの時代もあって、そういうのが全部血となり肉となっているから、スタンダードやカントリーっぽいことをやってても、実は音響の裏でそういうものがうごめいてたり。やっぱりミステリアスという話に戻りますけど、そういうことを感じるんですよ。「ギター1本でいいんだよね」と言ってても……。

細野　実はこだわってたりするという。まあ見抜かれてるね（笑）。

岡村　だから今の海外の青年たちがディスカバリーしがいがあるし、彼らが面白い面白いと言っているのは、さもありなんという感じです。

細野　作った当時は何の反応もなかったんだけどね（笑）。日本で『フィルハーモニー』出しても何の反応もなかった。

岡村　そうですか？　そんなことないですよ。みんな一大ショックを受けてますよ。前はすごいスピードでアルバムを作られてましたね。『フィルハーモニー』なんてすごいスピードで作られたんじゃないですか？　YMOと同時進行ですもんね。

細野　そうですね。まあ（YMOの活動が）ほとんど終わりかけていたので。

岡村　僕も1年に1枚くらい出せてた頃があったんですけど、いま思うと「よく出せてたな」と思ってて（笑）。細野さんはYMOやって、ソロもやって、人の作曲やアレンジやプロデュースもやってたし、ものすごいスピードで作られてたと思いますよ。

細野　よくやってたねえ。信じらんない。本当はそんなにエネルギーないんですけどね。

岡村　まわりに面白い人が集まって来ちゃうんじゃないですか？

細野　そういうことはありましたね。30代40代はそんな感じでしたけどね。でもまた1人になって、アンビエントの頃から誰にも会わずに閉じこもっちゃった。それはそれですごく違う世界が見えてきて、世界中にそういう人たちがいるというのはすごく面白かったですね。

岡村　でも音楽は残っていくから素晴らしいですね。

細野　それは感じますね。残ってるから今も聴いてもらえてるという。

岡村　あとで認められたり、あとでディスカバリーしてもらえたりして、音楽は歴史に残るから素晴らしいですね。

細野　だって自分自身が30年代、40年代の音楽をいま聴けるというのは、素晴らしいですよね。あの頃の音は、特にその時代の空気をまとってるわけですから。その代わり、下手なものを作れないということだよね。

岡村　そうですね。（エルヴィス・）プレスリーとか、ニール・セダカ、ポール・アンカ、ああいうポピュラー歌手……。

細野　聴いてましたねえ。ニール・セダカはもう「すげえ！　天才！」と思って聴いてました。

岡村　ビーチ・ボーイズに繋がるものがありますしね。

細野　そうですね。で、人が作った曲じゃなくて自分でやってたでしょ。同じようにキャロル・キングがシンガーソングライターとして。同じようにキャロル・キングが作る曲がどれも面白くてね。それはいまだに自分の中で生き生きしてて、いつでも引っ張り出せますね。

岡村　ああ、いいですね。

細野　それほど好きですね。ただ、今の時代ってメロディはあんまり求められないよね。メロディとコードの時代はもう終わっちゃって、響きがデザインされてるという。そういう中に入っていくのは難しいですけどね。

流れのままに

——細野さんは昔のインタビューで、「自分がリーダーシップを発揮してはっぴいえんどをやったわけではなくて、流れのままにやってたらああいう形になった」という話をされていたんですけど、最近の『SAYONARA AMERICA』のインタビューでも「水の流れのように生きてきた」と話されていて、その「流れのままに」というフレーズがつながった感覚があったんです。それは紆余曲折あったけどやっぱり「流れのままに」に戻ってきたということなのか、それともずっと「流れのままに」やってきたのか、どっちなんだろうと思ったんですけど。

細野　流されてる感じはあんまり好きじゃなかったんだけど……たとえば「今度はこうしよう」と計画を立てると、全然うまくいかないんですよ。計画通りにいったことがない。だから自分には計画が向いてないんだと。それでまた改めて流れていくようになったんですけど（笑）。それはもう生まれながらの性質なのでしょうがない。で、「流れていく」っていうのはまだ意志があるんだけど、実際は「流されてる」という感じが強いですよね。昔は「流れていくんだ！」と思ってたんだけど、流されてるだけなんです。だから、なんだろうな……これもエントロピーなんですよね。川から海に向かっていく感じですね。

——「意志で何かを突破する」みたいな感覚が薄いということですか？

細野　そのインタビューってたぶん『AERA』の取材だったと思うんですけど、そう言ってちょっと後悔しちゃったんですよね。「自分は意志が弱い」みたいに思われてそうで（笑）。でも僕、ずいぶん前、糖尿病の初期だったんですよ。「完治はしない」と言われたから、今もそうなのかもしれないですけど、その頃から歩き出したんですよ。医者に「1日6千歩歩け」と言われて、その通りやってたのね。そしたらみるみる血糖値が下がって、診察受けたら「君は治ったよ」と。「え、糖尿病って治るの？」と思ったんだけど、そのときに「意志が強いですね」って言われたの（笑）。

岡村　あははは！

細野　だからまあ、意志は強いけど気が弱いなと。そんな感じです。

――岡村さんは、意志は強いほうですか？

岡村　意志は強い？　う～ん……。

細野　いや、たぶん岡村さんは意志が強いよ。音楽やってるということだけでも意志が強い。

岡村　妄信はしてます。ちょっと迷いがあるとやっていけない世界なので。

細野　そうそう。

岡村　盲信してます。妄想・妄信でやってます（笑）。

細野　あははは。それは僕も同じかもしれない。

岡村　あまりロジックに考えすぎずにやってます。

細野　そうそう。レールを引いてその上を生きていくというのができないんだよね。今日読んだ雑誌で、千原せいじも同じことを言ってました。

岡村　ああ、そうですか（笑）。話をまとめの方向に持っていきますけど、僕が細野さんの音楽にセクシーさやミステリーさを感じるということは、細野さん自身も不可思議な気持ちになりたくて音楽を作ってるんだと思うんですよ。

細野　うんうん。

岡村　それが音に表れてるし、飽きたくないから常にミステリーな感じでいたいんだろうなと思います。

細野　そうか。そろそろ新作を作るんだけど、できるかな？　意識しちゃうかもしれない（笑）。

「カラスの林檎」と、「バグダッド・カフェ」と、YMO世代と

岡村靖幸
×
細野晴臣

Daisy Holiday！出張 SP②

前回に続き1年ぶりに実現した、岡村ちゃんの憧れ、細野晴臣さんとの『Daisy Holiday!』対談。熱い思いをぶつける岡村ちゃんと、落ち着いて受け止める細野さんのトークをお楽しみください。

「ガラスの林檎」のコードはすごい！

細野　また岡村靖幸さんにゲストに来ていただきました。何年ぶりだっけ？

岡村　そんなに前じゃないです（笑）。

――ちょうど1年ぶりのご対面です。

細野　あ、1年ぶりね。

――去年の対談で、岡村さんが細野さんに聞きたいことをいろいろとぶつけていったんですけど、どうやらまだぶつけきれてないものが多々あるらしくて。

細野　ホント？　じゃあ今日はもうまな板の上に乗りましょう（笑）。

岡村　前回、光栄にも対談させていただいて、僕としては「夢が叶った！」と思ってたわけですよ。で、後日、何かの記事で細野さんのインタビューを読んでいたら、「いろんな人と対談する中で、どういう相手が一番嫌ですか？」という質問があって、「YMO世代だね」って（笑）。

細野　ははははは！

岡村　「えっ!?」みたいな。僕はもう胸を張って「YMO世代なんです！」と言ってたんですけど、細野さんはそれを聞いてゲンナリしてたんじゃないかと思って（笑）。

細野　いやいや、その場その場で言うことが違うから（笑）。気にしないほうがいいよ。

岡村　でもたしかに重いですよね、YMO世代は。

細野　一時期、ファンの中でそういう世代が多かったんですよ。「YMO以外聴いてない」という人。それで、そういうことを言ったのかもしれない。

岡村　ああ、なるほど。前回は細野さんの音楽について、僕が感じている色気やミステリアスさみたいな話をしたんですけど……。

細野　ああ、覚えてます。

岡村　だいたい音像の話だったんですね。でも音楽って音像だけじゃなく、たとえば作曲、アレンジ、いろいろな要素があると思うんですけど、今日どうしてもお伺いしたかったのは、またファンの質問箱みたいになっちゃいますけど……（笑）。

細野　どうぞどうぞ。

岡村　やっぱり作曲ですね。特に僕が高校生の頃に聴いた、松田聖子さんに提供した一連の作品。細野さんはソロをやられて、それからＹＭＯにいって、ＹＭＯをやってるとき書かれた曲ですけど、あれも僕、影響が分からなかったんです。「天国のキッス」もよーく聴いて分析してみると分かるんですけど、クラシカルなんですよ。

細野　まあ、たしかにね。

岡村　そのあとの「ガラスの林檎」も「ピンクのモーツァルト」も含めた一連の曲って、ビバルディやバッハやバロック音楽のように、わざと半音上昇していくような……教会音楽的なところがあって。どうしてあのタイミングであの連作を作られたんですか？

細野　（困った風に）さあて……（笑）。

岡村　あと、曲が書ける人だったら分かってもらえると思うし、曲が書けない人も後で調べてほしいんだけど、「ガラスの林檎」のコードなんてもう、ものすごいんですよ。

細野　そうかい？

岡村　はい。ものすごいと思うんです。コピーしてみると構造の出来が本当にすごいと思うんです。ああいうのはどうやって作られたのかなあと思って。

細野　僕は全然理屈ではやってないので、覚えてないんだよなあ。

岡村　練りに練りました？　それともサササッとできました？

細野　場合によるなあ。ああいう仕事って、けっこう切羽詰まってるんですよね。締め切り早いしね。で、重荷があるわけですよ。「絶対ヒットチャートに乗せなきゃいけない」という（笑）。特に松田聖子さんは連続1位とか取ってるわけでしょ。そういう人に曲を書くというのは、すごいプレッシャーですよね。だからたぶん、もう「ええい！」って感じ

で作ってる。自分が歌う曲だと、かなり（音域の）範囲が狭いんですよね、

岡村 そうなんですか？ 僕、逆のイメージがあります。細野さんって広いレンジがあるイメージなんですよ。はっぴいえんどの頃は、ハイボイスで裏声でも歌ってらっしゃいますし。

細野 もう今は出ないんですけどね。

岡村 そうなんですか？ ここだけの話、「THE MADMEN」（＊）をカバーしようとしたことがあるんですけど。

＊YMOのアルバム『サーヴィス』所収の、細野のボーカル曲。諸星大二郎のマンガ『マッドメン』から発想を得て作られた。

細野 えぇー！

岡村 出ないんですよ。ものすごい低い倍音が出てて。みんなもちょっと「THE MADMEN」歌ってみて。たぶん歌えないから。

細野 どういうこと？ 低いの？

岡村 低くて出ないんです。僕、カバーしようとして、1回挑戦したんですけど。

細野 キーを変えればいいんでしょ？

岡村 キー変えれば大丈夫なんですけど、あのキーでいきたかったんですよね。

細野 こだわるなあ（笑）。あれをコピーしてる人がいるって知らなかった。でも（松田聖子への提供曲に）話を戻すと、人が歌う場合はもう自由なので、非常に器楽的に作っちゃう傾向があるよね。

岡村 どうしてあの（松田聖子に提供した）一連の曲にはクラシカルな風味を入れたのですか？

細野 最初に松本隆が頼んできたのが、シングルじゃなくてアルバムに入れるための曲（＊）で、ちょうどバロック的な音階やコード進行がピッタリ合うなと思ったんですよ。詞を見たときに。

＊松田聖子への最初の提供曲は、松田聖子のアルバム『Candy』所収の「ブルージュの鐘」「黄色いカーディガン」。

岡村 詞を見たときにそう思ったんですか？

細野 いつも詞が先行なので、詞に引っ張られて曲を作るんです。それで僕の基本の中に「子供時代から聴いてた唱歌」というのがあるんですよ。日本の唱歌って独特だと思うんですけどね。「待ちぼうけ」とか「ペチカ」とか、ああいう曲が素晴らしいなと

思って。そういう曲って自分の中では「あっち側の音楽」というか、自分の中にはないと思ってたんだけど、いざ頼まれるとそういうものが出てきちゃうんですよね。だから（松田聖子への提供曲は）唱歌っぽいなとは自分では思ってたのね。

岡村　いや〜あれはね……すごいんですよね。

細野　何がすごいんだか、わかんないんだよね（笑）。

岡村　みんなピアノで1回弾いてみてください。どれだけすごいかわかるので。

細野　でも難しいわけじゃないでしょ？

岡村　自分で耳コピして解読していくじゃないですか。そうすると、「わっ！」と驚きますね。「こう来るんだ」と思って。

細野　わりと予想通りに進行するんじゃない？　違うんだ？

岡村　Bの半音ずつ上がるところとか、ちょっと革命的な感じさえしますね。

細野　ああ、なるほどね。「天国のキッス」を出したとき、ユーミンが新聞に短い評論を書いてくれたのね。そのときに転調の話とか、いろいろしてくれてたね。

岡村　ですよね。ものすごく技巧的に作られてて見事だって。

細野　そのときはだから「あ、ユーミンって分析するんだな」と思ってたんだよね（笑）。そうかあ……あんまり深く考えたことがなかったので、ちょっとうまく答えられません。すいません。

ヘビメタをコピーした過去

岡村　作曲で言うと、去年の対談でファンクの話をしましたけど、僕の学生時代、ファンクのバンドと言ったら関西系とか（上田正樹とサウス・トゥ・サウスなど）、あるいは東京にもいましたけど、ファンクをやることはできたと思うんですよ。ただ、「ファンクのスタイリッシュな曲」を書くことが難しかったと思うんですよね。で、それをできる人がいなかった。細野さんだけができたんですよ。

細野　ホント？

岡村　またあ（笑）。たぶん、こんなこと言うと細野さんは流してしまうと思いますが、細野さんは音楽に対して、スタイリッシュということをものすごく心がけてると思うんですよ。

細野　長い間生きてると全部流れちゃうね。電車に乗って窓の景色見てるみたいな。「あ、もう終点だ」とかね（笑）。

岡村　ふふふふ。

細野　「そうだ、崎陽軒のシウマイ弁当食わなきゃ」とかね（笑）。そんな感じでやってきたんですけどね。

岡村　あと、「うるさいのが嫌いなんだろうなあ」とは思ってて。

細野　ああ、それはそうだ。

岡村　まずディストーションがギャーンと入ってる曲がほぼない。あとギターソロがガーッと入ってる曲も。

細野　ときどきあるけどね（笑）。確かに、ほぼないかもね。

岡村　あと、ギターのジャカジャカで埋めることもほぼしない印象ですね。ジャラーンは入れますけど。ごめんなさい。マニアックすぎちゃうこと話して。

細野　いやいや（笑）。でもそれはないかもね。自分の音楽遍歴を思い出すと、初めて聴いたヘビメタの音がブルー・チアーという3人組のバンドで、エディ・コクランの「サマータイム・ブルース」をカバーしてたのを聴いてコピーしたんだよね（＊）。で、林立夫と鈴木茂を自分の部屋に呼んで、布団で防音を作って、デカい音で練習したことがある。

＊エディ・コクランの「サマータイム・ブルース」は、原曲はロカビリーであったが、その後さまざまなロックバンドにカバーされていく。ザ・フーによるカバーがもっとも有名だが、ブルー・チアーがこの曲をカバーしたのはそれよりも前。

岡村　ビートルズがカール・パーキンス（＊）をカバーしてましたけど、少しカントリー色のあるロカビリーというか、ロックンロール前夜みたいなのがたくさんあったじゃないですか。ああいうのは好きでした？

＊50年代に活躍したロカビリー・ミュージシャン。彼の代表曲「ブルー・スエード・シューズ」はエルヴィス・プレスリーにカバーされ、大ヒットを記録した。また、「ハニー・ドント」はビートル

ズにカバーされた。

細野　うん、好きでしたよ。

岡村　50年代の音楽で少し思ったことがあって。ビートルズにしても、ローリング・ストーンズにしても、チャック・ベリーの影響をすごく受けているじゃないですか。

細野　大きいね。

岡村　チャック・ベリーを大人になってちゃんと聴くと、やっぱり黒くないんですよ。なんだか少しカントリーっぽいんですよね。

細野　あの人はカントリーの影響を受けてるよね。

岡村　ですよね。だからウケたんだろうなと思いましたし。50年代ということを考えると。あと、レイ・チャールズも一時期、ゴリッとカントリーのほうに行きましたよね。

細野　そうですよね。

岡村　僕はカントリーのことあまり詳しくないですけど、カントリーの影響下で、カントリーの匂いも残してる音楽がたくさんあったんだろうなって。

細野　たしかにね。ただしやっぱり黒人たちの中で、カントリーをやってる人は1人しかいなかったんだよね。

岡村　そうなんですか？

細野　もう亡くなってるんだけど（＊）、名前がちょっと出てこない（笑）。でもその人はなんだか変な立場だよね。

＊チャーリー・プライド。白人中心のカントリー音楽界において、初めて黒人で成功を収めた稀少な存在。'20年、新型コロナウイルスの合併症により、86歳で死去。

カントリーの再解釈が入った音楽

岡村　いわゆるGS（グループ・サウンズ）の前にロカビリーが流行ったじゃないですか。そういうのは聴かれてました？

細野　もちろん。もう全部聴いてるね。僕が小学校のときはロカビリーブームで、日本でも平尾昌晃さんや小坂一也さん、そういう人たちが日劇ウエスタン・カーニバルでやってたわけですよ。ものすごい人気で、小学生の僕は「なんかカッコイイな」なんて思ってましたよ。で、その大元はジーン・ヴィンセントや、エルヴィス・プレスリー、エディ・コクランのような人たちで、彼らの業績が素晴らしかったからね。決して一時的な、たわごとみたいな音楽じゃなくて、今でも聴ける音楽ですよね。

岡村　70年代のシンガーソングライターの曲もそうだし、リトル・フィートやザ・バンドもそうですけど、あの当時はみんなバンドにカントリーの香りみたいなのが少しありましたよね。

細野　あった。ブームでしたね。

岡村　ライ・クーダーとか。そういうのも自分にとってはすごく新鮮でした。つまり、あの当時に出たものは、カントリーの再解釈みたいなものだったから、聴きやすかったんですよね。

細野　なるほどね。だから僕が今までいろんな音楽に首を突っ込んできて、あんまり聴かなかったのはヘビメタぐらいかなあ（笑）。「うるさい音楽はあんまり好きじゃない」と言われたけど、まったくその通りかもしれないね。

岡村　細野さんが今までアレンジしたものを聴くと、98％、ディストーションギター入ってないですからね。

細野　入ってないですか（笑）。たしかにそうかもね。

岡村　ジッキジャキしたギターもあんまり入ってない。

細野　そう言われるとそうだね。ああいうの、自分で弾けないからね。エレキギターは好きだけど、「どうやって弾くんだろう？」って思う（笑）。

岡村　曲自体もあんまり好きじゃないでしょう？

細野　さっき言ったブルー・チアーの時代、あの頃はそういうバンドがどんどん出てきたんですよね。そういう初期の頃のは良かったんだよね。

岡村　じゃあエイプリル・フール（＊）の頃に、ジミヘンやいろんなアーティストをカバーなさってたじゃないですか。その頃はそういう音楽好きでした？

＊小坂忠、菊池英二、柳田博義、細野晴臣、松本隆（当時は松本零）によって'69年に結成されたロックバンド。

細野　聴きましたね。

岡村　好きでした？

細野　好きか嫌いかはさておき、聴きましたね（笑）。

岡村　はははは！

細野　ミュージシャンとして、スキルを勉強しようという気持ちもあるしね。

岡村　だからさっき話した作曲ということで言うと、たとえばそういうものを吸収しても、細野さんが作る曲になると、全部スタイリッシュになって出てくるんですよね。だからすごい心がけてらっしゃるのかなあと思ってて。

細野　いや、ただの癖なんでしょうね。心がけなんてないよ。なんて言うんだろう、みんなそうだと思うんですけど、曲を作るとなると、いいものを作ろうと思うわけでしょ。駄作は作りたくないと思うわけだ。誰だってそうですよね。

岡村　はい。

細野　だからいい部分を自分の中からあれこれ引っ張り出していくと、そこにはディストーションのサウンドはなかったりするという（笑）。

岡村　ふふふふふ、分かります。

何十年に1曲の名曲「コーリング・ユー」

岡村　'90年頃かな、細野さんが丸々編集した雑誌みたいな本（'91年創刊の『H2』）が出て、そこでいろんな曲のレビューをなさってて。そのときに一推しなさってたのが『Ｍｏｕｔｈ Ｍｕｓｉｃ』というアルバムで。

細野　ああ〜！　それはもう忘れないね。

岡村　他にもいろんなアーティストの曲を褒めてたんですけど、『Ｍｏｕｔｈ Ｍｕｓｉｃ』の前後のページで、『バグダッド・カフェ』という映画の主題歌（＊）を「何十年に1曲の名曲だ」と書かれてて。

＊'89年に日本で公開され、90年代のミニシアターブームを牽引する一作となった映画『バグダッド・カフェ』。ジェヴェッタ・スティールが歌う主題歌「コーリング・ユー」もヒットを記録し、'89年のアカデミー賞歌曲賞にノミネートされた。作曲はボブ・テルソン。

細野　そうです。

岡村　そりゃそうだよなと思って。あれはピアノ1

本というか、シンセ1本であれだけ聴かせられるし、コード進行も本当に練られてるし、メロディーも綺麗だし。それを読んでまた聴き直した記憶があります。細野さんの「ガラスの林檎」にも似た素晴らしいコード進行とメロディーを感じます。

細野 ああいう曲を聴くと、なんだろう……立ち直れないというか、「こういうのは書けないなあ」と思っちゃいますね。

岡村 そんなことないです、『ガラスの林檎』は全然……。

細野 いやいや、比べちゃダメですよ。

岡村 そんなことないです。(自分の曲を) そんな風に思ってるんですか!?

細野 うんうん。

岡村 いや、世の中は違いますから！ (手のひらでレベルの高さを示しながら)「ガラスの林檎」はこうなってて (手のひらは頭より上)、『バグダッド・カフェ』はこんな感じですから (手のひらは顔のあたり)。

細野 いやまさか。手の位置が逆だよ (笑)。

岡村 まあ僕の愛も入ってるんですかね。でも僕自身は本当にそう思ってます。

細野 まあ自分の中から出てくるものって、自分では評価できないですよね。だから自分の外で鳴ってる音楽は本当にはっきり分かるわけですよ。好きか嫌いかというのがね。自分に関しては本当にわからないんだよ。みんなそんなもんだと思うんですけどね。『バグダッド・カフェ』で言うと、昔は映画音楽って、メロディーがあって、すごくいい音楽があって、その曲だけがヒットしたりしてね。

岡村 ヘンリー・マンシーニとか。

細野 それがある時期から……スピルバーグやジョージ・ルーカスのあたりから変わってきたのかな、本当に職業作曲家による劇伴というのかな……そういうものになってきて、作曲家がロマンチックなメロディみたいなものをちょっと避けてるところがあった。『バグダッド・カフェ』は、そういう時代の中での最後の映画主題歌ヒット曲なんですよね。その後しばらくそういうのがなくて、近年だとたぶんエンニオ・モリコーネが最後かな。『ニュー・シネマ・

パラダイス』の。

岡村　エンニオ・モリコーネもいいですよね。

細野　ああいうときって、映画があがってきて曲を頼まれた場合、「この映画で自分の好きな世界を展開できるだろうか」って、作曲家の人は考えると思うのね。でも職業作曲家はそんなことは考えない。映画のために作っていく。ただ、エンニオ・モリコーネは「チャンスが来た！」と思ってああいう曲を書いたというのが、なんとなく分かるのね。そういう映画がなければ、ああいう曲は書けないというか。

いじりすぎるとよくない

岡村　なるほど……そういう機会があったから彼は実力を出したと。細野さんもおっしゃってますもんね、本当にギリギリまで書かないで、「これだ！」って。

細野　そう（笑）。

岡村　「締め切りが文化を作る」って名言は細野さんでしたっけ？

細野　そんなこと言ったかな……みんな言ってるんじゃないですか？

岡村　いや、細野さんが言ったような気がします。

細野　まあ僕の場合はサボってるだけなんだけど（笑）。でも締め切りがあると本当に頑張るしかないわけでね。

岡村　そうですね。延々触っちゃいますしね。

細野　そうなんですよ。締め切りがなかったらずーっとやってるでしょ。で、どんどん変わっちゃって。元の曲は良かったのにいじりすぎちゃうという（笑）。

岡村　ホントですね（笑）。

細野　どうなんですか？　曲を作るときに最初からイメージがある場合もあるわけですよね？

岡村　あります。

細野　曲がおぼろげな形として頭の中にあって……それを最初に自分の外に出して録音したりデモを作ったりするでしょ。そのときのインスピレーションってすごく大事なので、それから時が経つと薄れちゃうんだよね。

岡村　そうですよね。もちろんピアノ1本やギター

1本で静謐(せいひつ)に作ることもありますけど、でもダンスミュージックやリズムで自分を発奮したい場合は、たとえばジェームス・ブラウンの50年代のリズムがあったとしたら、1回取り込んで、どのくらいズレてるのかチェックして、そのズレだけの幅でまたリズムマシンで音で出してみたりとか。

細野 へえ、なるほど。いろいろやってるなあ。

岡村 あと、たとえば細野さんの「シムーン」(＊)をやったとしたら、「シムーン」のコードだけをコピーして、それをまたバラバラにしてみて、聴いてみたりとか。

＊YMOのアルバム『イエロー・マジック・オーケストラ』に所収。作曲は細野、作詞はクリス・モズデル。

細野 ええ? そんなことやってんだ?(笑)

岡村 やってます。今日は「シムーン」の話もしたかったんですよ。やっぱり「YMOで1曲選んで」と言われたら僕は「シムーン」を……。

細野 ホント!? それはまた珍しいというか、まあうれしいけど。

岡村 僕は「シムーン」が本当にすごいなと思って。

細野 そのことに関して言うと、ロサンゼルスに行ってミックスのやり直しをさせられたことがあって。トミー・リピューマというプロデューサーの主導でね。で、そのときにトミーとお話をちょっとしたんだけど、「シムーン」の曲を指して「君は大金持ちになるよ」って。でもそうはならなかった。別になんにも起こんなかったっていう(笑)。

文化の中心にいることのプレッシャー

岡村 「シムーン」の個人的なフェイバリットなところとしては、その前にやられてたトロピカル路線(＊)と、そのあとにやられた『COCHIN MOON』のようなエレクトロなものと、YMOのファーストから始めた打ち込み路線みたいなもの……あれを細野さんがほぼ1人で作ってらっしゃるというエピソードも含めて、あとものすごく実験的なSEの使い方、そしてものすごく実験的なデチューンの使い方もすごくて……これを聴いてみんなどう思うのか知らないけど……。

細野　そうやって聴く人はあんまりいないと思うけどね（笑）。

＊『トロピカル・ダンディー』『泰安洋行』『はらいそ』の3作。

岡村　意見がミュージシャンすぎますかね？

細野　すごくミュージシャンっぽい（笑）。

岡村　でも！　今のは理屈であって、そんな理屈が全然なくても「なんて素敵な曲だ」と思うんですよ。

細野　ＹＭＯの1枚目はＳＥから始まるでしょ？　あの当時のレコード会社の社長さんたちはあれを聴いて、「これはなんなんだ？」と思ったらしいね（笑）。

岡村　実験的すぎて？

細野　そうなんですよ。「どうしたらいいんだろう」と。そういうときにＡ＆Ｍ（アメリカのレーベル）の人たちが反応して、トミー・リピューマも反応して……という急展開があって、そのせいで世界に行けたんですけどね。

岡村　あれ観ました？　『ザ・ビートルズ・アンソロジー』。

細野　人が観た話はいっぱい聞きました。自分ではまだ観てない（笑）。

岡村　そこでジョン・レノン以外のメンバーがしゃべってるんですけど、ちょうど「ヘイ・ジュード」あたりのエピソードのときに、「すごくうまくいってたんだけど、同じくらいすごく嫌な気持ちになってた」とジョージ・ハリスンが言ってて。「ヘイ・ジュード」ってめちゃめちゃ売れたじゃないですか。

細野　ああ、やっぱりね。

岡村　で、ＹＭＯのアルバムでも『パブリック・プレッシャー』というタイトルがありますけども、やっぱり成功したぶん、心が大変だったんだろうなあって……。

細野　それはそうだったかもね。

岡村　それはネットがない時代でも、雑誌やいろんなところから、音楽からも滲んでたし。

細野　そうなんですよ。あらゆるメディアに出させられたというかね。カルチャーの中心にちょっといたことがあって。まあそれはそういう時代だったたんでね、糸井重里さんとか、そういう人たちの元気なところでみんなでやってたという。

岡村　思想家や、いろんな知的な方々が集まって。だから青年からすると、そういうこともすごくキラキラして見えたんですよね。一つの社会現象になってたので。センスのいい人たちがみんなＹＭＯの周りに集まってるのを見て、「素敵だなあ」と思いながら……（ふと我に返り）こういうのが重いのかなあ？（笑）

――これがＹＭＯ世代（笑）。

岡村　ＹＭＯ世代の重さ（笑）。

細野　でもファンじゃない人もいるので。たとえば街ですれ違ったキャリアガールみたいな人に、すれ違いざまに「オエッ！」と言われたりね。

岡村　オエ!?

細野　「ＹＭＯ嫌い」という人もいるわけね。気持ち悪いと。そういうことも経験してるので、手放しでは喜んでないという（笑）。

岡村　だからビートルズの話じゃありませんけど、やっぱり揺り戻しというか、イン＆ヤン（Ｙｉｎ＆Ｙａｎｇ＝陰と陽）じゃないですけど、そういうことはあるんだろうなと。だから僕もたまにちょこっといいことあると、「あれ？　気を付けよう」と逆に思うようになっちゃって（笑）。

細野　たしかにあるね、そういうのは。

岡村　不思議に、いいことあると嫌なことあったり。

細野　そういうもんですよね。

憧れのバンド編成は……

細野　ツアーやってるんですよね。どういう編成？

岡村　普通のバンドです。

細野　普通のバンド（笑）。

岡村　僕ね、あれに憧れるんですよね。コーラスを入れることと、パーカッションを入れること。やったことないんですけど。

細野　ああ～、いいよね。

岡村　いいですか？

細野　やったことないけど（笑）。

岡村　はははは！

細野　コーラスの人たちが、ちょっと揺れながら歌うっていうのは憧れますよね。
岡村　わかります。でも細野さん、そういうの似合いそうだなあ。
細野　やりたいことはいっぱいあったけど、全然やってないね。たとえばビッグバンドもやりたかったし。
岡村　ビッグバンド！　絶対合いますよね。
細野　でもね、面倒くさい。
岡村　そうですか？　（「シング・シング・シング」のイントロ）ドンドン・ツ・ドンドドン・ツ・ドンドドンつって、細野さんが出てきて（笑）。絶対合うと思いますけどね。
細野　大勢の人をまとめるなんて、とてもできないですね。
岡村　それはサポートディレクターを入れれば。ネルソン・リドルがいればいいと思います。
細野　ああ、そうか（笑）。どうですか？
岡村　ぜひぜひ。
細野　（ライブでは）自分で譜面を書いたりして？
岡村　いえ、そういうのをサポートする人はいます。
細野　そりゃ必要だよな。だから僕はチームワークがもうできないなあ（笑）。なんて言うんだろう、80年代の後半からコンピューターで全部バーチャルで作っちゃってるし、シミュレーショニズムみたいなのが楽しかったので。
岡村　あの方ってどうなんですか。ゲルニカにいらっしゃった上野耕路さん。
細野　彼はやれますね。
岡村　ビッグバンドもできる？
細野　やれますね。ただ車の運転が下手なので……。
岡村　ははははは！
細野　関係ないか（笑）。
岡村　でも絶対見たいです。
細野　へんてこりんなものになりますね。
岡村　絶対面白いものになりますよね。楽しみにしてます。
細野　この続きはまたやらなきゃね。
岡村　聞きたいことはまだたくさんありましたが、またよろしくお願いします！

細野　今日はどうもありがとう。

東京と、足腰と、味わいと

岡村靖幸
×
カンニング竹山

かんにんぐ・たけやま● 1971年4月2日生まれ、福岡県出身。浪人生時代に、同級生であるケン坊田中とコンビを組み、地元・福岡の「吉本興業福岡事務所」に所属するも退所。上京後の1992年、同じく同級生の中島忠幸と偶然再会し、カンニングを結成。長い下積みを経て生まれた“キレ芸”が話題になり、一躍人気のコンビに。2006年に中島が亡くなってからは、カンニングの名を芸名に組み入れてピン芸人として活動する。'08年より放送作家・鈴木おさむとスタートしたテレビではできない笑いに挑戦する単独ライブ「放送禁止」はライフワークに。俳優業やワイドショーのコメンテーターなど幅広いジャンルで活躍中。

このハコの中に入りたい！

――竹山さんは福岡市出身ですけど、岡村さんも一時期、福岡市内に住んでいたんですよね。

岡村　（早良区の）室住団地に。

竹山　室住団地はめっちゃ近いですねえ。遊んでたエリアですよ。僕は城南区の梅林中学のエリアだったので。

――当時のことって覚えてます？

岡村　博多どんたくに出たこともあるし……。

竹山　どんたく出たんですか（笑）!?

岡村　１回出た記憶があります。あと当時の野球チームを見に行ったりとか。

竹山　当時だと、どこだろう……クラウンライターライオンズですかね？　いや、もう西武ライオンズになってるかな？

岡村　太平洋クラブライオンズです（＊）。平和台球場に見に行ってましたね。

竹山　クラウンの前ですね。僕が物心ついて初めてガキのときに見たのがクラウンだったんですよ。

岡村　あと、ばってん荒川さんも印象に残ってます。

竹山　うわ～、そうなんですね！　ばってん荒川さんって本当は熊本出身なんですけど、福岡のスターなんですよね。で、これは僕が勝手に言ってるんだけど、ばってん荒川を引き継ぐ芸人が、博多華丸だと思うんですよ（笑）。

岡村　ははは！

竹山　僕、福岡で芸人になりたてのときに、イベントでばってん荒川さんに会ったんです。ばってん荒川の格好をしていないときの荒川さんに。

岡村　へえ～。

竹山　それがめちゃくちゃ怖くて（笑）。

岡村　ははははは！

竹山　角刈りのおじさんで、怖かったんですよ。で、僕はもう地元のタレントを始めていたから、そこに

＊ライオンズの変遷：西鉄ライオンズ→太平洋クラブライオンズ→クラウンライターライオンズ（ここまで福岡）→西武ライオンズ（埼玉）

対しても厳しいじゃないですか。すごくギャップがありましたね。見慣れたあのおばあちゃんの格好じゃなくて、普通の角刈りのおじさんで。

岡村　ふふふ、意外。すごく女性らしい方なんだと思ってました。子供の頃から、「目立ちたい」とか「人を笑わせたい」みたいな性格だったんですか？

竹山　覚えてるのは、小学校の1～2年生くらいまでは「虚勢を張ってる」じゃないけど、「俺が一番だ」という気持ちがあったんです。ケンカも含め全部。でも3年生くらいになると、ケンカも負けるようになるんですよ。そうなると、なんとなく自分の中に恐怖心が生まれてきて。でも「このまま負けるのは嫌だな」と思ったんですね。そこで気づいたんですけど、人を笑かしてると、どんどんみんなと仲良くなれるんですよ。だから防御として、人を笑わせるようになったのかもしれないですね。で、そんな中で一番の事件が起こって、それは小学4年生のときに見た漫才ブームなんです。というか、ツービートなんですけど。

岡村　ビートたけしさん。

竹山　当時は漫才というものがあることも知らないから、「何だこれ!? 何やってんだこれ！」って、どんどん笑ってて。たけしさんは子供に分からないような激しいことも言うんだけど、それがカッコよく見えたんですよね。それで、「このハコの中に入りたい」と思ったんです。

――テレビの世界に入りたいと。

竹山　でも住んでるのは地方だし、「芸能人になりたい」なんて学校にも友達にも親にも言えないから、その気持ちだけ抱えたまま、ずーっと黙ってましたね。でもそのへんから「お笑い芸人になりたい」とは、密かに思っていました。

バンドのMCで芸人の手応えをつかむ

――竹山さんが芸人になる最初のきっかけは、福岡で放送された『お笑いめんたい子』というオーディション番組に、ケン坊田中さん（元相方）と出場したことですが、それに出るまでに何か芸人っぽい活動はされてたんですか？

＊'90年放送の『激辛!? お笑いめんたい子』。竹山はケン坊田中とのコンビ「ター坊ケン坊」で出場し、優勝。博多華丸・大吉も「岡崎君と吉岡君」というコンビで出場しており、彼らが（開設されたばかりの）福岡吉本1期生となる。

竹山　いま福岡で芸人をやってるケン坊田中と、亡くなった相方の中島（忠幸）は、同じ仲間だったんですよ。ケン坊田中と中島にだけは、ガキの頃から芸人になりたい気持ちをなんとなく話してて。中島はあんまり興味なかったんだけど、ケン坊は同じような気持ちでいると知って、2人で「黙っとこう」みたいなことを言ってたんです。「いま芸人になりたいと言ったところで、何も始まらないから」って。で、机の上に立ってワーッと目立とうとする奴らを見ながら、「あいつら寒いな」「あれで笑かしてるつもりか」とか言い合ってたんです。かといって「じゃあお前ら何かやれ」と言われても、何もできないんですけど。ちょうどその頃バンドブームが起こって、高校生でバンドを始めるんですよ。

岡村　そうそう、バンドもやってたんですよね。

竹山　当時は高校生もバンドだらけで、対バンするとみんなだいたいBOØWYかブルーハーツをやってるんです。そこでちょっと差別化を図らないと……というのもあって、ステージでしゃべり出したんですよ。そしたらめちゃくちゃウケだして（笑）。ケン坊も絡めてしゃべったりして、いつの間にかそっちに重きを置くようになったんです。1バンドの持ち時間は45分くらいなんだけど、演奏は2曲しかやらないで、あとはずっとおしゃべり（笑）。

岡村　ふふふふ。

竹山　でもそれが意外とウケたんですよ。そのへんからケン坊と「いけるんじゃねえか？」みたいなことを話し始めて。「音楽やりたくない？」「音楽やりたい」「でも音楽で成功するなんて絶対無理だぞ」「なら、こっちでいけるんじゃねえか」って。それで東京を目指したんです。僕の親もケン坊の親も厳しくて、いきなり芸人になるのは無理だと思ったから、まずは東京の大学に行って、中退して芸人をやろうと。現役では落ちたから、2人で一浪してたときに、そのオーディション番組の話が来たんです。「決勝に残ったらテレビに出られます」「優勝すると芸人になれます」という触れ込みだったんですけど、僕は東京で芸人になりたかったから嫌だったんですよ。でもケン坊に「腕試しに1回やってみりゃいいじゃん」と言われて、出てみたらトントントンって優勝しちゃって。

岡村　すごいですね。いきなり優勝したんですね。

竹山　それからすぐに「プロになれるし、プロにならん？」と言われて。すぐプロになれるし、プロになったら勉強もやめられるし、「なるなるなる！」って。それが芸人人生の始まりですね。

岡村　ばってん荒川さんの話が出ましたけど、ばってん荒川さんは九州では有名でも全国区じゃないから、博多弁・九州弁が全国区になったのって、竹山さんや博多華丸・大吉さんの功績が大きいと思うんです。

竹山　ああ〜、そうかもしれない。

岡村　だから僕が思うのは、もともとはたけしさんに憧れて東京に出ようと思ったわけじゃないですか。でも竹山さんや華丸・大吉さんは福岡吉本に入って、九州弁のまま売れましたよね。どこかで「東京で売れるために博多弁やめよう」と思ったことはなかったんですか？

竹山　僕は1年で福岡吉本から逃げたんですよね。それで東京に来て、ちょっとブラブラして、中島と再会してカンニングを組んだので、ずっと博多弁を使い続けて、博多弁を広めたのは華丸・大吉のほうなんですよね。

岡村　あ、そうなんですね。

竹山　カンニングの場合は、20代はほぼ売れない生活だったんだけど、20代後半で「キレる漫才」というのを見つけてやりだしたときに、そこで一番考えました。「博多弁の割合を何割にするか」みたいなことを。

岡村　カンニングの芸を改めて見たんですけど、すごいんですよ。竹山さん、キレてボケてるんですよね（笑）。こんなの初めてだなと思って。これだけ舌鋒が鋭いから、俺、竹山さんはツッコミだと思ってたんですよ。

竹山　みんなそう思ってます（笑）。僕、ボケなんですよ。実はツッコミじゃないんです。

岡村　だから「キレ芸でボケ」って見たことない芸だなと思って。しかもそれがずっとブレてないなと思います。

キレ芸が生まれた瞬間

――そのキレ芸の発端になったのが、借金をこさえすぎて追い詰められたことだったたと。

竹山　27か28の頃かな。俺も中島も消費者金融で借りまくってて、住んでた笹塚のアパートに借金取りが来るんです。昼間は下北の先輩の家に居候してたんですけど、でも事務所のライブがあるので、アパートに衣装を取りに行かなきゃいけない日があって。「嫌だなあ」と思いながら衣装を取りに行ったら、借金取りがブワーッと来ちゃって。なんとか逃げたんですけど、そのときにもう精神的に折れたんですよ。「もうダメだ、やってられない」と思って。でもライブに行かないと怒られるから、劇場には行って。相方が「今日のネタ、何やる？」と聞くんだけど、「もういい、俺の中ではもう終わった」と言って。「もう無理やこれ、やめよう！」って。で、中島も「その話、オモロいな」と言い出して。それで中島に「お前は俺の横で見とけ。しゃべりたいときにしゃべっていいから。俺は今日、もうぶつかって死んで終わる！」と言って。で、その日の舞台からですね。

岡村　舞台でキレるようになって。

竹山　もうめちゃくちゃやったんですよ。それまではダウンタウンさんへの憧れもあるから、「はいどうも～、カンニングです～」で始まるんだけど、その日はド頭から目が血走ってるんです。「ワーッ！」と叫んで、漫才でも何でもないことをやりだすという（笑）。だってやめる気だったから。名指しで客をいじって「立てお前コラァ！」とか言って、「俺が住んどるのはここじゃあ！」とか「ここでバイトしたらぁ！　明日来いお前ら！」とか……。

岡村　ふふふふふ。

――キレ芸っていうか、本当にキレまくってたと。

竹山　だから客は全然笑わなくて、「キャッ！」って悲鳴が飛び交ってるんですよ。

岡村　そんな舞台、見たことないですね（笑）。

竹山　いや、あれは漫才じゃないです。若いやつがただ暴力的なことを言ってるだけの舞台だったと思います。でも舞台袖で見ている芸人は笑ってたんですよ。そこからですよね。もう偶然の賜物でしかないんですけど。

「こんなふうになりたくない」から「俺、これが一番合ってる」へ

――それをリッキーさん（*）が見て「これを磨けばいけるぞ」ということになるわけですよね。それが後のブレイクにつながったのなら、借金をこさえていた時代は無駄ではなかったと思いますか？　それとも借金で四苦八苦せずにストレートに売れていたほうがやっぱり良かったと思いますか？

*お笑いコンビ「ブッチャーブラザーズ」のリッキー。サンミュージックお笑い部門で一番の古株。どの社員もマネジメントしようとせず、事務所から見放されかけたカンニングを「リッキー預かり」として引き取った。育成の手腕を買われ、対談当時はサンミュージックの副社長をつとめていたが、'23年に社長に就任した。

竹山　本当はどんなお笑いがやりたかったかと言うと、やっぱりたけしさんに憧れてたのもありますし、とんねるずさんにも憧れていて、あと同世代のおぎやはぎやバナナマンが出てきたときにも「俺らもこういうネタをやりたい」と思ってたんです。「東京の芸人」になりたかったから。でもそういうネタは書けなかったんですね。ただ、憧れはずっとあったから、俺がいま自分でやってるような芸は、本当は大っ嫌いだったんですよ（笑）。

岡村　えーっ、そうなんですね。

竹山　ギャーギャー言うタイプの芸人を見て、「こんなふうにはなりたくない」「絶対カッコ悪い」と思ってたんですよ。でも結局、一周回ってなんとなく自分でわかったのは、「あ、俺、これが一番合ってる」という（笑）。というか、それまでは合ってないことをやろうとしてたんだなと気づいて。だから本当のことを言うと、20代で（憧れの芸風で）売れたかったけど、結果的には20代で借金したり、なんだかんだあったりしたことで、すべてがつながったという印象はありますね。

岡村　芸人の世界では、借金や散財がサクセスストーリーの中に入っていたりしますよね。それで回り道しても「面白ければいつか必ず成功する」というのが芸人の世界にはある。でもミュージシャンって、そういうパターンはあんまりないんですよ。「40を超えて花が咲く」みたいなことは。

竹山　ミュージシャンってそうなんですか？

岡村　芸人って30だろうが40だろうが50だろうが、面白ければ絶対いつか勝つじゃないですか。

——錦鯉がM－1王者になったことで、その上限がどんどん更新されてる感はありますね。

岡村　そういう機会も増えましたよね。でも音楽にはほとんどないんです。

竹山　続けてないというのもあるんですかね？（売れないまま30、40になると）続けられなくてやめてるんですかね？

岡村　それもあると思いますね。ただ、早めに売れる人っていうのは、やっぱり足腰が弱い気がするんですよね。

竹山　え、足腰が？

岡村　そんな気がします。自分も含め。やっぱり20代後半とか30代頭くらいで売れた人は、それまですごく自分を鼓舞してきたり、いろんな人に揉まれていろんな味わいが出ていたり……みたいなミュージシャンが多いですね。10代後半や20代頭で売れた人は、そういうところがなかなか難しいような気がするんですよね。

芸人の文化、ミュージシャンの文化

竹山　俺、岡村さんがすごいなと思うのは、10代でデビューして売れて、全部自分で音を作ってきたじゃないですか。で、時代が変わると、使う機材や機械も変わるわけですよね。そういう移り変わりを、岡村さんはちゃんと理解しているわけでしょう？「足腰が弱い」と言いますけど、そうやってちゃんと時代の変化に対応しているのは、すごいと思うんですよね。

岡村　いやいやそんな。ただ、僕がこの世界に入った頃は、音楽の世界は今よりもっと歌謡曲も多く、芸能の匂いがロックにもありました。あと、芸人の世界では「先輩が後輩を育てる」みたいな文化が連綿とあるじゃないですか。

竹山　うんうん。

岡村　そういう文化が音楽の世界にはないんですよ。「同じ事務所の芸人同士で交流する」みたいな文化もないし、「先輩が後輩を育てる」みたいな文化もない。お笑いの世界だと、先輩に育てられたり、揉まれたりすることで、それが芸人としての血なり肉になっていくわけじゃないですか。だから「面白ければいつか絶対に認められる」みたいなのは、やっぱり先輩に育てられたり揉まれたりした影響が絶対に大きいと思うんです。音楽はそれがないんですよ。

竹山　それはあると思いますね。一番大きいのは……たとえば東京には浅草なんかに劇場という文化があり、関西には吉本さんの劇場があって、その劇場で芸人さん同士が会うじゃないですか。その裏の楽屋でのやり取りで鍛えられると思うんですよ。やっぱり芸人と一緒にいたほうが面白くなっていくし。ライブハウスだと、対バンはあっても同じ事務所じゃなかったりするから、芸人ほどの交流はあまり生まれないと思うんです。

岡村　そうなんでしょうね、きっと。

竹山　で、その「楽屋の面白さ」にもいろいろあって、やっぱり売れてる芸人さんの中に入れたほうが、その芸人はどんどん面白くなるんですよね。たとえばナダルも、最初出てきたときは「面白くて変な奴だな」と思ってたけど、しばらく見なくてテレビで久しぶりに見たら、めちゃくちゃ面白くなってて。それは、やっぱり売れてる人に囲まれてるから、技術のある人にいじられて面白くなるわけですよね。だから「みんなそうやってレベルが上がっていくんだな」というのは感じることがあります。

岡村　竹山さんはキレ芸なのに、例えばダウンタウンの番組にも出るし、ウッチャンナンチャンの番組にも出るし、とんねるずの番組にも出るし、すごく愛されてますよね。先輩との関係が上手くいっている。アッコさん（和田アキ子）みたいな大御所にも、愛されている。

竹山　生まれ持ってる子分肌のおかげかもしれないですね（笑）。でも勝俣（州和）さんのおかげというのはあるかもしれないです。ピンになったときに、勝俣さんがいろんなことを教えてくれましたから。

岡村　そうなんですか。

竹山　ちょうど中島が亡くなって1人になって、でもまだ忙しくて……そのときに勝俣さんが本番前のセットで「竹山くんどうよ、キレてる？」と聞いてきて。「いや、キレるのはちょっと怖いですよ。怒られちゃうし。こないだも●●さんにブチ切れられたんですよ」と言ってたんですけど（笑）。そしたら、「今から1年間、めちゃくちゃキレろ」と言われて。「大物の役者さんとか怒る人はいる。でもそのあとで楽屋に謝りに行けばいいから、1年間とにかくキレろ。そしたら芸能人が『こいつはキレるやつだ』と竹山くんを認識する」と。「そうなったら、もうなにをやっても『あいつはああいうキャラだから』で許されるから、仕事の幅が広がる」と言ってくれたんです。それを実践してみたら……本当にその通りでしたね。あとは「裏と表は違う」というのを、みんな知ってるから。

岡村　それはすごく感じます。だからどんなにキレようと、竹山さんは竹山さんを演じてるんだなって。どんなにキレててもどこか冷静だなと感じます。

竹山　先輩の下について、ダメなところを見つけると面白いんですよ（笑）。「あれ、この人こんなにダメなところがあるんだ」とか。でも先輩とばかりいると、有吉あたりから「だからお前はダメなんだよ」って、酒飲んでるときにけっこう言われますけどね（笑）。

岡村　僕もユーミンさんに言ったりするんですよ。「かわいがってくれ」と。

竹山　ユーミンさんに言うんですか、それ（笑）。

岡村　「僕はめっちゃかわいい後輩ですから」って（笑）。ユーミンさんって、国の宝みたいな人じゃないですか。若い頃は分からなかったけど、そういう人にかわいがってもらうのは、めちゃめちゃ大事だと思ってます。

竹山　10年前くらいまでは、逆に「引き連れて」みたいなことをやってたんです。サンミュージックの中ではキャリア的に一番上だし、若手を10人くらい集めて毎晩のように飯を食いに行って、「俺が大将だ」みたいな威勢を張ってたんですけど、あるときからそういうのが嫌になってきて。「金貸したやつから返ってこない」とか「え、なにそれ?」というような裏切りがあったりとか。それで先輩と遊びに行くようになると、「俺が合ってるのはこっちだな」と思うようになりましたね。

岡村 仕事だけじゃなくて、一緒に飲みに行ったり食事に行ったりすると、いろんな面を見ますよね。

竹山 見ます。石橋貴明さんと飯食っててすごく感じるのは、「それが面白いことにつながるかどうか」を常に考えているということで。まあ芸人としては当たり前なんだけど、あれだけ売れたスターの大先輩でも「今でもそこが着地点なんだ」と思って、ちょっと焦るときもあります。「この人がこんなに考えてるのに、俺はボーッと酒飲んでるな」って。

岡村 ハングリーですしね。ものすごく売れてるのに、なんでハングリーなんでしょうね?

竹山 僕の勝手な分析ですけど、たぶん、スベったことがあるからだと思います。僕、舞台でスベるって大切だと思うんですよ。なぜかと言うと、漫才でもコントでも、「僕らが面白いと思うことを考えてきました。今から発表します」と言って、誰にも面白いと思われなかったら、舞台上で孤立するんですよ。そんなときって、もう死にたくなるようなメンタルになるんです。それを経験して「もうああなりたくない」という恐怖があるから、ハングリーになっていくと思うんですよ。ネタを直して稽古して、2ヵ月前にスベったネタが大爆笑を取る……みたいな瞬間をみんな経験していて、その過程を知ってるから、「売れていても、サボったらスベる」という恐怖心が常にあると思うんですよね。あとは、仕事がない時代を経験している人は「ボーッとしてたらまた仕事がなくなっちゃう」という恐怖もあると思う。笑いで天下を取ってるような人が、そういう恐怖を人一倍持っている人かもしれないですね。

今も身体に残る「吉田イズム」

――竹山さんが福岡吉本に入られたとき、吉田所長がめちゃくちゃ厳しかったという話がありますよね。

竹山　よく知ってますね（笑）。

――華丸さんたちも「めちゃくちゃ怖かった」と言ってるから、よほど怖かったと思うんです。それで思ったんですけど、竹山さんが東京でたくさん借金をこさえたのは、福岡時代に吉田所長から「芸人はもっと遊ばなきゃダメなんだ！」と教え込まれた影響もあると思いますか？

竹山　それはめちゃくちゃありますね。吉田所長はもともと東京で明石家さんま師匠の現場マネージャーをやっていた人なんですよ。その人が福岡事務所を立ち上げるときに所長に選ばれたんです。要するに『ひょうきん族』とか、お笑い界のど真ん中を見てきた人が福岡に来るわけですよ。僕、18歳で、生まれて初めて大阪弁を巧みにしゃべる大人に出会ったんですけど、「そんなんアカンで！」みたいなしゃべりを聞いているうちに、さんまさんに見えてきて。

岡村　ふふふふふ。

竹山　そしたらもう「芸人は遊ぶんや！」「金ない？　知るかそんなもん！　借りてくるんや！」「芸人はバクチや！」みたいな（笑）。で、当時はみんな全然仕事がないんだけど、16時には絶対事務所に行かなきゃいけないんですよ。それから20時くらいまでラジオごっこみたいな稽古をずっとやって。ネタ見せもめちゃくちゃ厳しいんです。灰皿がバーン！って飛んでくるし。それでみんなクタクタになって、20時くらいに帰ろうとすると、「どこ行くねん！」と言われて。「いや、もう帰ろうかなって」「何帰っとんね～ん‼」って、また怒られるんです。

岡村　ははははは！

竹山　「芸人は女やろ！」って言われるんですよ。「ナンパしてこんかい！」「ナンパして女見つけて金引っ張るんや！」みたいな。

岡村　めちゃくちゃですね（笑）。

竹山　華大も俺もそんなタイプじゃないんですよ

（笑）。でも吉田所長が怖いから嫌々行くんです。当時の福岡は親不孝通りが盛り場だったから、大吉さんと嫌々マリアクラブに行って。当時はマリアクラブというディスコが一番デカかったんですよ。

岡村　マリアクラブ、あったあった。

竹山　そういうのをやってると、だんだん慣れてくるから、楽しくなってくるんですよ。マリアクラブに顔パスで入れるようになったりして。それでナンパしたりするんだけど、そのうち金がなくなって、当たり前のように借金するようになるんです。みんな、「そうやって売れていくものだ」と本気で思ってたんですよ。だから当時は華大も借金してたはずですよ（笑）。俺も東京出てきてすぐ借りだした理由はそこですね。

――じゃあ「芸人の心構え」みたいなものを、吉田所長に最初にインストールされたと。

竹山　うん……でも自分の中で、まだその感覚はありますよ。「しょうもないこと言うな」「オモロいことだけ考えとけ」みたいな。今は絶対にパワハラになるからダメだろうけど、一番最初に出会った人だから……芸人ではないけど、師匠になるんですかね。有吉が最初、オール巨人師匠の弟子に入ったようなものかもしれないです。

岡村　人生全部を笑いに転化させる、昇華させるっていうのは、すごいことですよ。お笑いを見てると、その人の生き様も見えるし、芸人道みたいなものも見えるし。借金も含めて、そういうのが全部血なり肉なりになっているような気がします。

――今は芸人になるために養成学校に入りますけど、学校ではさすがに「借金してこんかい！」とは絶対教えないと思うんですよ。

竹山　言えないですよね（笑）。

――ということは、竹山さんあたりが「芸人とはこうなんや！」と教えられてきた最後の世代かもしれないですよね。

竹山　そうですね。僕よりちょっと下になると、もう借金できない世代になってるんですよ。過払い金問題が起こって、消費者金融がそんなに貸さないから。20代の後輩とたまに飯食ったりするけど、ちょっと可哀想ですよね。みんなめっちゃ真面目にバイトしてて。

なぜ日本人はM-1が好きなのか？

竹山　最近、お笑いに関して「ああ、なるほど」って、ちょっとわかったことがあって。M－1グランプリって、ちょっと甲子園みたいな感じになってるじゃないですか。そもそもは（島田）紳助師匠が「10年以上の人はもうやめや」というつもりで作ったらしいんだけど、M－1って漫才を数値化してるじゃないですか。で、俺は「やっぱり関西の人は数値化が好きだなあ」と思ってたんですよ。東京の芸人……たとえばたけしさんはそんなに認めてないでしょ。爆笑の太田さんも「お笑いって100通りあるから数値化できないよ」と言ってるし。「関西の人ってすぐ数値化したがるなあ」と思ってたんですけど、最近「あ、これは関西だからじゃないな」と気づいて。

岡村　何が原因なんですか？

竹山　日本の教育システムだと思うんですよ。日本の教育システムって、小さいときからテストがあり、すぐ数値化していくじゃないですか。想像力や論文的な要素もあるけど、その比重ってアメリカとは違うだろうし。やっぱり数値にしてあげたほうがみんな喜ぶんですよね、わかりやすいし。

岡村　確かに、みんなランキング好きですよね。

竹山　好きなんですよね、ランキングが。だからM－1のシステムはユーザーがわかりやすいんだなって。

岡村　なるほどね。

竹山　あと、自分でも数値化して、自分なりのランキングを決められるし。だからこれは日本の教育システムから始まったことなんじゃなかろうか……と最近思うんですよ。良い悪いは別として。だからM－1は流行るんだろうなと。

岡村　音楽の世界だと、M－1みたいなのはないんですけどね。

竹山　でも本音を言うと、音楽でもお笑いでも、数値で評価はできないじゃないですか。いろんなパターンがあって。

岡村　できないですね。想像力も必要ですしね。

竹山　やっぱり僕らは、なかやまきんに君を見てゲラゲラ笑ってるんですよ（笑）。面白ぇなって思うけど、じゃあなかやまきんに君が一番かと言うと、俺の中では一番だけど、他の人は「かまいたちのほうが面白い」と言ってたりするわけです。だから「じゃあどれが一番」ってやっぱりなくて、「あんたたちが好きな人を見ればいいんじゃない？」っていう。それはもう音楽と一緒だと思うんですよね。ヒップホップ好きな人もいれば、ジャズ好きな人もいれば、クラシックもあるわけだから。

岡村　あと、芸能の世界は熟成具合がすごい味わいになったりしてるから、若い人で「気が利いてるなあ」みたいなのはあんまり感じられなくて。やっぱりベテランの人は、いろんな経験をして、いろんな現場を体験して、いろんな先輩に揉まれてるから、ものすごく味が出てるんですよね。出汁が出てる。だからそういう、コメントやらせても面白い、舞台やらせても面白い、何やらせても面白いという総合力みたいなものはすごく大事な気がしますけどね。

——ちなみにさっき岡村さんがおっしゃってた「早くに売れると足腰が弱い」という話って、岡村さん自身はどうだったんですか？

岡村　うーん、弱い気がします。

——どう克服したんだと思います？

岡村　どうなんでしょう。克服できてるのかしら？

竹山　運や人に恵まれたり、自分の力だけじゃない、「この人と出会っちゃった」みたいなのは意外と大事ですよね。でも僕、思うんですけど、やっぱり岡村さんもいろんな経験をして、出汁が出てきたということじゃないですか？

岡村　そうかもしれないですね。

竹山　いろんな人生を知ることで、落ち着いて分析できるようになるという。それはお笑いだけじゃなくて、いろんな世界に言えることだと思いますね。

味わいにしていくしかない！

岡村　最後に、反射神経についてお聞きしたいんですけど。誰かが何か言ったときの反射神経の速さって、年を取ると、そのスピードを維持するのが難しくなってきますよね。どんなにすごい人でも、急に何か言われて「お前、それはまるで●●や！」って返せるスピードや反射神経って、だんだんゆっくりになってくると思うんです。で、竹山さんってすごく速く的確なツッコミをして、機転を効かせてお笑いに変えるじゃないですか。

竹山　いえいえ……。

岡村　年を取ると、どの芸人の方もそのスピードがだんだん緩くなっていくと思うんですけど、そことの戦いみたいなのは感じます？

竹山　そこは正直めちゃくちゃ感じますね。出ないときがあるんです。単純に言葉が出ない。あと、間が空いちゃう。ワーッと言われて、すぐにパンッと返したら、またワーッて言われて、ワンテンポ待って返すとか。ワンテンポ待つことで、逆に「ワンテンポ待つとこういう効果が生まれるんだ」というときもあるんだけど、それはもう以前より出なくなってきてますね。だから最近思うのが「あ、だから上岡龍太郎師匠は引退しようと思ったんだな」って。「たぶん上岡師匠は自分のＭＡＸを知ってらっしゃったんだな。それがズレるのは自分の中のプライドが許せなかったんだろうな」というのは思うんですよね。だからって僕は辞める勇気もないから辞めないですし、それをどうしていくかというのは課題でもあるけども、もう利用していくしかないと思うんですよね。

岡村　味わいにしていくしかないですね。

竹山　落語の大師匠は、始めに「うー……あー……」みたいなことを言って、それが「味があるねえ！」みたいに言われるんだけど、あれって単純に言葉がすぐに出てこないだけだと思うんですよね（笑）。

岡村　あはははは！

竹山　出てこないのを利用して、うまく味にしてるんだと思うんですよ。たけしさんもそうで、若者が「滑舌悪い」とかいろいろ文句言ってたりしてるけど、今のたけしさんって「何言ってるかわからないから余計にしっかり聞こう」みたいな感じじゃないですか（笑）。

岡村　味わいになってますよね。

竹山　味わいになってくるから。結局それを利用していくんでしょうね。でもそれに甘えずに、出てこないことは反省して、ちゃんと出るように努力しなきゃといけないとは思ってます。さっき「ワンテンポ間が空いてから返したときに新しいものが見えたことがある」と言ったのは、そういうことですね。そのときは「これを突き詰めると味って言われるのかな？」と思ったんですけど、そうなったときの自分の気持ちが「不安」だったり「腹立たしさ」だったりしたから、「まだ俺には味は無理だな」と思いました。

岡村　でも、たまにお笑いの方とお酒を飲むと、「酔ってるのにこんなスピードでツッコんでくるんだ!?」と思うときがあって。やっぱりプロはすごいですよ、本当に。「プロの豪速球見せられた！」みたいな。

竹山　はははは！　それはやっぱりみんな岡村さんに興味あるんですよ。すごくいいこともおっしゃるし、話を聞いてほしいんだと思います。

天才と、逆境と、戦略と

岡村靖幸
×
ミッキー吉野

みっきー・よしの●1951年12月13日、神奈川県横浜市生まれのキーボーディスト／アレンジャー／ソングライター。'68年「ザ・ゴールデン・カップス」に加入。カップス脱退後 '71年6月に渡米、9月にボストンのバークリー音楽大学に留学。卒業後帰国して「ミッキー吉野グループ」を結成。'76年に「ゴダイゴ」を結成。数々のヒットを飛ばし、アレンジャーとしても高く評価される。2022年古希記念アルバム『Keep On Kickin' It』が台湾のGIMA金音創作奨でベストアジアンクリエイティブアーティスト最優秀賞受賞。

この人は悲しみを知っている

——ミッキーさんの新曲「NEVER GONE feat. 岡村靖幸」で、お2人はお仕事されていますが、会うのは初めてなんですか？

ミッキー　初めてです。もうずーっと会いたかった。

岡村　ありがとうございます。光栄です。

——アルバム『Keep On Kickin' It』はカバー曲が大半で、「NEVER GONE」だけが新曲ですけど、ボーカルを岡村さんに依頼したのはなぜですか？

ミッキー　NHKの『SONGS』に岡村さんが出てるのを見て、強く印象に残ってたんですよ。それで今回のアルバムを作ることになったときに、「この曲はぜひ岡村さんに歌ってもらいたい」と思ってお願いしたんです。

——曲を作っている段階から、岡村さんが歌うことをある程度イメージされていた？

ミッキー　そうですね。ゴダイゴのギタリストの浅野孝已（'20年5月逝去）が亡くなるちょっと前から曲を書き始めていたんです。「NEVER GONE」というのは「どこへも行かない」、つまり「いつまでも自分の心の中にはいるよ」ということなんですけど、その曲を作っている最中に浅野が亡くなってしまった。そこから他の親しいミュージシャンたちもどんどん亡くなっていって。そのとき、「この悲しみを表現できる人は岡村さん以外にいない」と思ったんですね。声と歌を聞いて「この人は悲しみを知っている人だなあ」と感じたので、リクエストしたんです。

14歳から米軍キャンプで演奏、16歳でカップス加入

岡村　ミッキーさんがどのように育ったのか、とても興味があるんです。幼少の頃、どんな感じで育って、どんなものを聞いていたんですか？

ミッキー　音楽を好きになったきっかけは、『愛情物語』という映画ですね。カーメン・キャヤバレロが

演奏する「トゥー・ラブ・アゲイン」を聞いて、「ああ、ピアノっていいなあ」と思いましたね。それと『大いなる西部』のダイナミックな音楽を聞いて、「指揮者になりたい」と思ったこともありました。3歳から、最初は歌だったのかな……4歳からクラシックピアノを習って。幼稚園を過ぎた頃からは、ラジオ関東(現在のラジオ日本)から流れてくる洋楽を聞いていましたね。

岡村　横浜で育ったことはやっぱり大きいですか?

ミッキー　大きいですね。

岡村　外国の方もけっこういるし。

ミッキー　周りがそうだったし、幼馴染もほとんどそうですね。一番の旧友は今、アメリカにいます。

岡村　イギリスのリバプールもそうですけど、港町っていろんな文化が入ってきて。

ミッキー　そうなんです。ピアノの先生もロシア人だったし。

岡村　クラシックは好きでした?

ミッキー　最初はクラシックとか意識してなかったんだよね。それである日、エルヴィス・プレスリーのロックンロール……要するにピアノの連打を聞いて、そこからもうロックンロールに夢中でした。それが幼稚園の頃。

岡村　リトル・リチャードはピアノ弾きながらロックンロールをやってましたね。

ミッキー　リトル・リチャードの「Send Me Some Lovin'」って曲、あれが一番得意だった。

岡村　お家がモダンな家庭だったんですか?

ミッキー　いや、父は普通の歌好きの会社員で、「旅愁」や「城ヶ島の雨」をよく歌ってました。母はお茶の先生をやってました。ただ、まわり近所がほとんどアメリカ人家族だったんですね。一緒に遊んでた子たちはみんなハーフの子だったたし、結局はその影響が大きいのかもしれない。

岡村　ユーミンさんは子供の頃、よく米軍基地に行ってたらしいんですけど、そこに行くとレコードがたくさんあって、宝物のようだったとおっしゃってました。だから子供時代、近所に外国人がいたり、米軍基地に出入りしたりして、アメリカの文化に触れるというのは、体験として大きいような気がします。当時はネットもないし、テレビはまだまだ歌謡曲全盛だし。

ミッキー　僕は中学のときからバンドで米軍キャンプのクラブに出演してました。そこは「全米トップ40が演奏できないと仕事がない」という世界だったんです。それで必死で演奏しているうちに、いつの間にか何でも弾けるようになった。もともと、幼い時から家では「旅愁」のような曲を歌い、友人の家ではエルヴィスや「デイヴィー・クロケットの唄」のようなアメリカの曲を歌う、同時期にその2つの体験をしていたんですね。

岡村　'51年生まれということで考えると、ミッキーさんの世代は全員ビートルズにものすごいショックを受けたと思うんですよ。ビートルズは熱心に聞きました?

ミッキー　ビートルズって最初はロックンロールで、「ロール・オーバー・ベートーヴェン」とか「ツイスト・アンド・シャウト」「マネー」とか、もう聞きまくったんですよ。もうあの熱にやられました。

そこから『ラバー・ソウル』や『リボルバー』が出て。でも聞いていたのは『ホワイトアルバム』くらいまでかな。その頃には自分がもうプロになって、自分の世界を追うようになったから。

岡村　そうか、プロになったのが早いんですよね。

ミッキー　メジャーなグループに入ったのは16歳です。

岡村　早いですね。まだ少年ですよ(笑)。

ミッキー　音楽でお金をもらうようになったのが14歳で、そこからずっとテンプテーションズ、ミラクルズ、フォー・トップスとかのモータウン系だったんですよ。米軍キャンプでやると、リクエストがほとんどそうだから。アトランティック系のサム&デイヴとかね。

岡村　ウィルソン・ピケットとか、オーティス・レディングとか……。

ミッキー　だから(ビートルズよりも)そっちにいっちゃったんだよね。

岡村　だからかゴダイゴを改めて聞くと、極めてファンキーな曲が多いですね。あの当時、70年代の日本にはファンキーなアーティストが少なかったことを考えると。

ミッキー　米軍キャンプでは、みんながワーッと踊れるような、ファンキーで、ビートがあって、グルーヴィーな演奏。それがバンドの基本だったんですね。中学生からそういうことをやってて、16歳でカップス（ザ・ゴールデン・カップス）に入ったの。

ジャミロクワイは子供の頃、ゴダイゴを聞いていた⁉

岡村　カップスを脱退した後、渡米してバークリー音楽大学に行かれますよね。バークリーって何人くらい生徒がいる学校なんですか？

ミッキー　僕が行ったときは2000人くらい。

岡村　あ、けっこう大きな学校なんですね。

ミッキー　でも卒業までいるのは十何人っていう。だから競争も激しいし。

岡村　いろんな科がありますよね？

ミッキー　僕が行った頃はなかったですよ。基本は「作曲とアレンジ」と「インストゥルメンタル・パフォーマンス」でしたね。

岡村　編曲する手法とか、楽器を弾くときの作曲法とか、バークリーですごく身になったものはありますか？

ミッキー　僕の場合は日本でプロとして演奏していたから、その確認に行った感じがしたね。すでに知っている音について、「あ、これにはこういう名前があるのか」と知るみたいな。自分の音楽については（学校で習ったというよりも）20歳くらいの頃、「ああ、これでもう一生平気だ」と思った感覚があるんだよね。「音楽的な何かを得た！」という感覚。まあでも学校に行けばエイブラハム・ラボリエルがベース弾いてたり、ジョン・スコフィールドがギターを弾いてたりする世界だったから……。

岡村　そうですよね。行かれていた頃は、ジャズやフュージョンが出てきたり、プログレとかハードロックが出てきたり、その中でもキーボードが目立つバンドが出てきたりしてますよね。ディープ・パープルもそうですし。

ミッキー　イエスとか、エマーソン・レイク・アンド・パーマーとか。

岡村　エマーソン・レイク・アンド・パーマーは特にそうですよね。ミッキーさんがバークレーから戻ってきて結成したのがゴダイゴですけど、だからゴダイゴの作った音楽って、ものすごくモダンなんですよ。その当時の日本からすると考えづらいくらい。コード進行のモダンさや、昔風の言い方だと「トッポさ」みたいなのがもうまったく違う。ゴダイゴでもミッキーさん個人でもサントラをたくさんやりましたよね。『西遊記』は有名ですけど、その前に『水滸伝』のサントラもやられてますよね。で、「水滸伝のテーマ」でオリエンタルファンクみたいなのをやって。『水滸伝』って海外でも放送されたと聞いたことがありますけど……。

ミッキー　そう。BBCで放送されて、「水滸伝のテーマ」がチャートで37位に入って。イギリスではヒットした。

岡村　本当かどうかわからないけど、そのドラマをジャミロクワイが子供の頃に見て「ゴダイゴの音楽カッコいい」と思っていて、ツアーで来日したときにミッキーさんに連絡を取った、という話を聞いたことがありますが……。

ミッキー　そうなの。もともとのキーボードが来れなくなっちゃって、それで。

岡村　あ、やっぱり本当の話なんですか？

ミッキー　うん。H.I.P.という興行会社があって、その社長が林博通といって、バークリーの先輩で。彼から「ジャミロクワイのキーボードやってくれないか」と連絡があって。

岡村　すごい話ですよね。

オリジナルをやれないフラストレーション

岡村　ミッキーさんの本を読むと、「アートでいたい」「アートを絶対やりたい」ということと、バークレーでミュージックビジネスについて学んで、いろいろ思うことがあったと書かれてますよね。ミュージックビジネスについて強く思ったことというのは、やっぱりヒット曲を出すということ？

ミッキー　それもあるし、カップスの頃はあまりにもひどい世界だったんだよね。僕のイメージでは、当時の「音楽界」は「芸能界」の隅っこにあったの。

岡村　確かにＧＳ（グループ・サウンズ）といっても、構造的には歌謡曲とあまり変わらないですよね。自分たちで曲を作るわけじゃなくて、作曲家がいて、作詞家がいて、アレンジャーがいて。その中でもカップスは違ったと思いますけど。

ミッキー　いや、オリジナルはなかなかやらせてくれなかったですよ。

岡村　カップスでもそうなんですか。

ミッキー　やっぱり作家の先生がいて、それが作曲家だと鈴木邦彦さんだったり、作詞家だとなかにし礼さんだったり、橋本淳さんだったり。

岡村　ＧＳってバンドなんだけど、中身は歌謡曲なんですよ。作曲家がいて、作詞家がいて、アレンジャーがいて、オリジナルはやらせてもらえない。だからたぶんカップス時代のミッキーさんは、それに対する不満がずっとあったんじゃないかと思って。

ミッキー　そうなの。今回のアルバムでカップスの「銀色のグラス」をＣｈａｒに頼んでカバーしたんですけど、改めて原曲を聞いて、「なんであの頃はみんなああいう演奏したのかな？」と思って。たぶん全部反発なんだよね。理不尽な、横柄な世界にいきなり入れられたことへの反発。それで「この曲やれ」って持ってこられて……そういうの、あるじゃん？

岡村　ありますあります。ミッキーさんは米軍キャンプで箱バン（ライブハウス専属のバンド）みたいなことをやってるときに、リズム＆ブルースやロックをやってたんですよね？　僕なんか演歌やってましたからね（笑）。

ミッキー　え、そうなの（笑）!?

——岡村さん、高校時代に箱バンやってたんですよね。

岡村　昔はカラオケがなかったので、キャバレーに行くと、みんな箱バンにリクエストするんです。「演歌のこの曲やって」みたいに。それで毎日毎日、演歌とムード歌謡をやらされて。だから箱バンやってた頃は僕もフラストレーションたまってました。

ミッキー　一番覚えてるのが、ヤマハの音楽祭に出たときに、山木幸三郎さんの作品で出たんだけど、本番でアレンジ変えちゃったんだよ。

岡村　へえ～（笑）。

ミッキー　もうみんなフラストレーションがたまってたから、アレンジ変えて演奏して。そしたら「本当はカップスにやってもらわなくてもよかった」みたいなコメントをもらったりして。それが'70年くらいかな。やっぱりそこらへんが限界だったね。もうこれ以上は無理かなと思った。

天才は1人では成立しない

岡村　アメリカから戻ってこられてゴダイゴをスタートする前に、ミッキー吉野グループをやられてますよね。それでサントラの仕事も多く手がけてますけど、きっかけはなんだったんですか？

ミッキー　僕もよくわからないんですけど、カップスの頃からシンセサイザー奏者で作曲家の冨田勲さんに誘われてスタジオミュージシャン的な仕事をやってたんですよ。冨田さんの作品にオルガンで呼ばれたりして。そこで映画音楽・劇伴・ＣＭ音楽等の仕事も見てて、「これも面白い世界だな」とは思ってた。きっかけがあるとしたら、それかな。それでアメリカから帰ってきて、最初にＮＨＫの『男たちの旅路』という鶴田浩二さん主演のドラマのサントラをやったの。

岡村　アルバム、ミッキーさんがジャケットになってますよね。

ミッキー　そうそう。で、あの頃の日本はなにしろサウンドが（アメリカと）全然違ったんだよね。「すごいところに来ちゃったな」と思った。たとえば、アンティシペーション（先行音。食い気味に音を出す）というか、まあ音を食ったり遅れさせたりする技法があるじゃないですか。日本だとそれができる人がいなくて。

岡村　本にも書かれてましたね。グルーヴが合わないって。

ミッキー　合わない。だから（ドラムのリズムで）

「チクチク・ツパーン・ツパーン・ツパーン」というのができない。みんな「パーン・パーン・パーン」という音になっちゃう。それで「あ、しょうがないな」と思って、（後にゴダイゴのドラマーとなる）トミー・スナイダーに来てもらったんだよね。

岡村　日本に帰ってきたけどグルーヴが合わなくて、それで少しずつゴダイゴのメンバーが増えていったんですよね。

ミッキー　日本に帰ってきて、ある程度いけると思ってたけど、実際はまだまだ20年30年遅れてた。それで考えを変えて、「ゴダイゴをやるときは自分が30年先から来た人間だと思ってアプローチしていこう」と思って作ったの。

岡村　だからいま聞いても、ものすごいモダンなんですね。

ミッキー　自分でも「なんでここまでやっちゃうのかな」って笑っちゃうのは、「ビューティフル・ネーム」って、途中でもう完全にフリージャズになるんだよね。

岡村　管楽器のアレンジもすごいですね。斉藤和義さんとお話ししてたんですけど、ゴダイゴを聞いて演奏技術のすごさとモダンさに圧倒されたって。「あの時代にこんなことやってたんだ！」と驚いてました。で、ミッキー吉野グループでサントラをやりながら、あるときタケカワ（ユキヒデ）さんと知り合うんですよね。タケカワさんはタケカワさんで当時ソロで活動されてて。

ミッキー　帰ってきて最初に会ったのがタケカワかな。タケカワがソロアルバムの制作過程で煮詰まってて、自分の思うように、演奏してもらいたいことがミュージシャンに伝わらない。感じが出ないということで、相談しに来たんです。それで「じゃあ何曲か一緒にやろうか」と言って、アレンジもやって。「こういう感じだよ」ってスタジオミュージシャンにグルーヴポイントを弾いて伝えたら、みんなグルーヴし始めて来た。タケカワが驚いちゃって。そこからタケカワとのコラボが始まったんだよね。

岡村　タケカワさんはボーカリストでもあるけど、でもどっちかと言うとビートルズが大好きなメロディーメーカーで。でもそれだけだと弱いので、やっぱりミッキーさんみたいな、プログレもできる、ジャズもできる、ロックもできる、ファンクもできるっていう、編曲能力が高い方が合体したことで、初めてゴダイゴができる。どっちかが欠けててもダメだったと思います。

ミッキー　1人じゃダメなんだよね。音楽は特にそう。僕は15、16歳でこの世界でやれていたから、「天才少年」とよく言われてて。でも「どこがどう天才なのか」を誰も教えてくんないじゃん。

岡村　そうですね（笑）。

ミッキー　そこを自分なりに考えてみたんですよ。そしたら「天」というのは（漢字を分解すると）「二人」じゃん。二つの才能が上手くいったときに、それが「天才」になる。

岡村　ああ、なるほど。

ミッキー　だから僕の能力を使える人と一緒にやらないとダメなんだよ。要するに、「天才というのは決して1人で成立するものじゃない」って言いたいんだよね。

岡村　ビートルズもきっとそうですよね。ジョンとポールがいて、初めてお互いの才能が引き出された。ミッキーさんがどう思ってらっしゃるかはわからないけど、やっぱりゴダイゴにはビートルズをすごい感じたんですよ。ビートルズとウイングス。ビートルズが好きなタケカワさんがいて、アレンジ能力と作曲能力の高いミッキーさんがいて、初めてウイングスに対抗できるようなモダンな音楽ができた。で、空前絶後なのは、英語の曲で日本のヒットチャートに入ったことですよね。日本のアーティストで英語のヒット曲が出せた人って、それまでいないんじゃないですかね。

ミッキー　その前に1人だけ、エミー・ジャクソンという人がいたんだけど。湯川れい子さんが詞を書いた「涙の太陽」という曲（＊）

＊湯川れい子が英語詞・日本語詞ともに手がけた曲。英語詞のほうをエミー・ジャクソンが歌い、日本語詞のほうは青山ミチが歌った。後に安西マリアが歌ったバージョンが有名。

岡村　あ、そうなんですね。

ミッキー　アメリカに行ったときに特に感じたのは、カナダの英語もあるし、オーストラリアの英語もあるし、イギリスの英語もあるのに、なぜ日本の英語がないんだろう？ということで。それがずっと疑問だったから、日本に帰ってきてそれを作ろうと思ったの。たまたま奈良橋陽子（＊）と出会えたのがよかったです。

＊「モンキー・マジック」「ガンダーラ」「銀河鉄道999（英語詩部分）」を手がけた作詞家。

バンドが受け入れられる「土壌」を作るという戦略

岡村　当時の世の中は、99％歌謡曲なわけじゃないですか。英語の曲をやることにビジネスとしての勝算はあったんですか？

ミッキー　いや、ないですよ。宇宙人のような扱いだったと思います。

岡村　当時リアルタイムで『ザ・ベストテン』を見てましたけど、ゴダイゴだけ英語なんですよ。で、ゴダイゴとともにサザンやツイストも出てきましたけど、やっぱり飛び抜けてゴダイゴはモダンで。『ザ・ベストテン』でゴダイゴを見たときに「あ、確実に時代は変わっていくんだな」と思いました。『Player』って音楽雑誌があるんですけど、毎年最優秀プレイヤーみたいなのを誌面で決めるわけです。それがだいたいゴダイゴなんですよ。ベストドラマー、ベストベーシスト、ベストキーボーディスト、だいたいゴダイゴが獲ってた。それも1年じゃなく、数年にわたってゴダイゴが1位でした。

ミッキー　そうだったね。

岡村　たま～に竹田和夫さんとか、クリエイションの人が1位になったりするんだけど、だいたいゴダイゴが圧勝してたんです。それだけ演奏能力と編曲能力が高くて、かつヒットチャートにも入ってくる。だから他のミュージシャンと足並みを揃えてるわけじゃなくて、たぶん「俺たちがモダンな音楽を教えてあげてるんだぞ」みたいな感覚があったんじゃないかと思います。

ミッキー　まあそれよりも、日本の英語で世界のマーケットを狙ってたね。狙ってたというより、それが当然のことだと思ってたから。でも結局、イギリスでヒットしたのは『水滸伝』と『西遊記』だけだったけど。

岡村 当時はものすごく忙しかったでしょう？ ゴダイゴもやりつつ、作曲や誰かのプロデュースもやってたから。

ミッキー でもそれは戦いだったから（仕方なかった）。だからゴダイゴのメンバーは戦友みたいなもので。要するに、自分たちの音楽の市民権がない場所で活動しようとしてたわけです。日本に帰ってきたら、（井上）陽水や（吉田）拓郎が全盛の時代だったんですよ。

岡村 フォーク、ニューミュージック。

ミッキー だからこっちは全然お呼びでないわけじゃん。「この場所でどうブレイクするか」を考えなきゃいけない。そこでまず「朝、テレビでどんなチャンネルを見てもゴダイゴの音が流れるようにしよう」と思ったの。それがミュージックビジネスとしての戦略だね。だからもう劇伴からCMからニュース音楽も全部やって。パチンコ屋から流れる音楽までやりたいと本気で思ってた。

岡村 わかります。昔は有線がどこにでもあったので、有線でインパクトのある歌みたいなのはすごい意識しましたよね。

ミッキー だから徹底してそれから入ったんだよね。朝の子供番組『パンポロリン』（＊）とか、各局の子供番組の音楽をやりました。

＊'73年から'80年までテレビ朝日で放送された子供向け番組。

岡村 だからあんなにすごい量のサントラやCMをやってたんですね。

ミッキー あれはバンドを売る戦略の1つだった。というか、あの頃は「それしか道がない」と思ってたの。

ミッキーと岡村、最大の共通点

岡村 『西遊記』の1曲目「THE BIRTH OF THE ODYSSEY」のシンセって……当時はシーケンサーがないじゃないですか。どうやってあれを作ったんですか？

ミッキー　あれはMC8というマイクロコンピューターを使ったの。それとアナログのモノシンセサイザーを使って。まだパッチ（＊）の世界で、音もピッチも安定しないし……。

＊パッチケーブル。当時は音色を変えるためには、そのたびに配線を変える必要があった。

岡村　すごく大変だったんじゃないですか？

ミッキー　大変だった。MC8は60秒プログラムするのに1日かかっちゃうから。音を数値でしか入れられないから、浅野（孝巳）と2人がかりでやってた。1人が数値を読みあげて、もう1人が打ち込んでいく。音の長さから全部数値で打ち込まないといけない（笑）。

岡村　いや〜、あれは大変だったと思うんですよ。

ミッキー　死んじゃうよ（笑）。だからあの曲は1分が限界だったね。

岡村　あの曲から「モンキー・マジック」への流れは、いま聴いても圧巻ですね。

ミッキー　「THE BIRTH OF THE ODYSSEY」は、もともとバークリーにいる頃、ビッグバンド用の曲として作った曲なんだよね。「宇宙にもし民族音楽があったら、どんなものになるだろう」というイメージで作った。あとでわかったんだけど、11拍子っていうのは強いんだよね（＊）。意外とノレるんだよ。

＊曲のリズムは「8分の5」＋「8分の6」の11拍子。それが途中で「8分の12」に変わる。

岡村　当時の演奏を聞くと、やっぱり本当に上手いんですよね。オルガンプレイヤーとしてもピアニストとしても。すんごいグルーヴィーで。さすが「Player」で1位になるだけのことはあるなって感じですね。

ミッキー　ほんと？　ありがとう（笑）。不思議な話なんだけど、本当はあの劇伴は冨田さんがやるはずだったんですよ。

岡村　そうだったんですか！

ミッキー　ゴダイゴが最初に頼まれたのはテーマ曲くらいで。で、冨田さんがなぜかできなくて、結局、僕が『西遊記』の劇伴を全部やることになった。やらされて、しかも頭のところはコンピューターでっていう……コンピューターとは言わないんだけど、それはこっちのアイデアで、でもまあここはこれを使ったほうがいいなってなったの。で、途中から打ち込んで、大変で。まあベースはもう打ち込んでるんだけど、途中から手弾きで弾いていって。面白いよね。

岡村　あの曲はやっぱりエフェクティングも本当にすごかったし、あとキーボードやシンセのボリュームが、すごいレベルで。古いミキサーの人だと、シンセの音やキーボードの音を、なんとなく平均化しちゃうじゃないですか。

ミッキー　うんうん。

岡村　でも『西遊記』の曲を聴くと、シンセソロとかもすごいデカい音でグワーッ!と出てて。「レベルを上げろ!」みたいな感じの。そのパワーみたいなものはすごく感じます。

ミッキー　自分でこれ言うのもおかしいけど、僕はそこが岡村さんと一番共通してると思ったの。なにがあってもフルパワーでいくという、そこに一番ビッときたわけ。ゴダイゴはパッと見はそう感じないかもしれないけど、中に入ってるものはそういうことなんだよね。

売れるために考え抜いた「ガンダーラ」

岡村　いや、『ザ・ベストテン』で見てても、ゴダイゴはものすごいパワーを感じましたよ。わずか1年弱の間に「ガンダーラ」「モンキー・マジック」「ビューティフル・ネーム」「銀河鉄道999」の4曲をヒットさせてるし。

ミッキー　あれは単純に、人の曲ばかり作っているのが嫌になったんだよね。「よその家の看板をずっと塗ってる」みたいな感覚。で、そこから抜け出すにはどうしたらいいかというと、ヒットを出すしかないわけ。ゴダイゴの単価を上げるしかない。それが「ガンダーラ」。だからあれは徹底してヒットを作ろうと思ってアレンジしてる。

岡村　あのアレンジも練りに練られたもの?

ミッキー　完全にそう。イメージはフォーク・ロック。先ずギターは12弦を使う。ママス&パパスの「夢のカリフォルニア」や、ザ・ゴールデン・カップスの「長い髪の少女」というヒット曲も12弦だし、ザ・ワイルドワンズの「想い出の渚」も12弦。「12弦ギターは琴線に触れる、だから12弦を使おう」と。

岡村　「ホテル・カリフォルニア」も12弦ですよね。

ミッキー　テンポ感も含めて、とにかく琴線に触れることを徹底して作った。「ガンダーラ」はゴダイゴにとって最初の日本語シングルだったので、とにかくヒットを狙いにいったの。バンドの意味は売れることにある。「売れなきゃバンドをやってる意味がない」と思ってたんだよ。結局みんなそれを諦めちゃうじゃん。売れるまでやり続けられるかどうかの問題だから。ゴダイゴも最初から売れたわけじゃないからね（*初のオリコンベスト10入りはデビューから2年半後）。だからデビューして数年は、売れるためにどうすればいいか、ずっと考えてた。

岡村　それで劇伴やＣＭの仕事をたくさんやって、ゴダイゴの音楽を浸透させて、英語の曲で本当にヒットを出したわけですよね。すごいことだと思います。今回、アルバムを作り上げてどんな気持ちでした？

ミッキー　ほとんどはバークレーに行ったときの話と同じように、「確認」だね。「これはどこから来てるのかな？」とか、「このパワーはどこから来たのかな？」とか、そういう確認が全部できた……それは面白かったですよ。それとやっぱり自分の怠慢さを感じた。みなさんのことをもっと知ってればよかったなと。ずっと自分だけの世界にいたほうだから。

岡村　その気持ち、わかります。

ミッキー　僕がその間になにをしていたかというと、木の葉っぱが揺れるのを見ながら「あ、これがスイングだ」と気づいたりとか、そういうことのほうに興味があった。さっきも言ったけど、（請け負いの）仕事をたくさんしていると、本当に人の家の看板を塗ってるようなことになっちゃうんだよね。それにもう本当に嫌になるじゃないですか。だから一番気を付けたのは、「音楽を嫌いにならない自分でいたい」ということだったかな。ただ、そういうのはお金の余裕がないとできない。自分は学校もやっていたから……。

岡村　やってましたね。

ミッキー　3年なんにも仕事をしないで、ただ朝起きて、本を読んだり、たまたま目に飛び込んできたもののメッセージに沿って、毎日生きてみた。要するに風来坊になりたかったの。そういう時間を過ごせたのは良かったと思う。

　今日は岡村さんと話せてうれしいですよ。僕はいつも「脳みそは自分のものじゃない」って言ってる人間だから、こうやって話すことで僕の脳みそを使ってくれてるわけですよね。いつもはボーッとしてるから（笑）。本当は話したいことがもっとあるんだけど……。

岡村　ぜひ。食事会とかで。

ミッキー　結局どうやって生きてきたかが本当は一番大事で、それが作る音楽にもすごく影響しているものだと思うから。岡村さんが思った通りの人でよかったです。

三島と、「犬」と、芸術と

岡村靖幸
×
会田誠

あいだ・まこと●1965年、新潟県生まれの美術家。絵画のみならず、写真、立体、パフォーマンス、インスタレーション、小説、マンガなど、その表現領域は自由奔放にして多岐にわたる。日本の現代美術史上、最大の問題作「犬」は、なぜ描かれたのか？　自身が全解説する書籍『性と芸術』が幻冬舎より絶賛発売中。

Gペンがうまく使えていたら

岡村　会田さんは東京藝大出身ですけども、美術の大学に行ったということは、中学生や高校生の頃に「自分は絵の方向に行く」と見定めてたわけですよね。それはどうして？

会田　よくある話ですけど、小学3年生くらいの頃に「マンガ家になりたいなあ」と思ったんですよ。手塚治虫なんかを読んでたわけですが。今に至る、「ものを作って人に見せたい」という気持ちの最初はマンガ家でしたね。

岡村　じゃあ何かマンガを描いていたんですか？

会田　小学5年生くらいでケント紙などを買って、描いてみようとしました。Gペンという鉄のペンにインクをピチョピチョつけて、カラス口（＊主に枠線引きに使う）も買って。でも鉄のペンがなかなかうまく扱えませんで。それが最初の挫折ですね（笑）。あのときGペンをもっと自在に使えていたら、人生変わってたのかもしれないですけれど。

――思った線が引けなかった？

会田　たぶん僕は筆圧が強くて。Gペンは筆圧が強すぎるとダメなんですよ。ふわふわっと優しく描かないと、ケント紙に引っかかってすぐ穴を開けちゃう。「なんでこんな鉄のペンをマンガ家さんたちはみんな使えるんだろう？」と謎でしたね。でも自分で言うのもなんですけれど、絵は子供の頃から、うまいはうまかったんです。

岡村　じゃあ写実的な絵もうまかったんですね。

会田　はい。逆に言うと、たとえば岡本太郎みたいな人が褒めるような、のびのびした子供っぽい絵を描く子供ではなかったんですよ。ませた絵を描こうとするから、なんなら大人から嫌われたりもしました。それと、絵を描くことがすごく好きだったかと言うと、すごく好きな子に比べればそうでもなくて。「家に帰ってきて画用紙を広げて夢中になって絵を描く」みたいな記憶はないですね。学校の図画工作の時間の中では喜んで描くけど、家に帰ってきてまではやらない、みたいな。

岡村　小学生の頃の絵って、いくら鉛筆で写実的に描いても、そこから絵の具で色を塗らなくちゃいけないですよね。だから色塗りも相当なテクニックが求められる。なんでこんな話をしてるかというと、僕はよく絵の具で失敗したんですよ。たとえば小学生のとき、キング・クリムゾンのファーストのジャケット（『クリムゾン・キングの宮殿』）を描いたんですよ。小学生レベルでの写実ですけど、せっかく写実的に描けたのに、色を塗るのに失敗して。

会田　えっ、ちょっと待って、それが小学校（笑）？

岡村　小学5年生くらいですね。

会田　ええええ〜、別の意味でませてる（笑）。

岡村　あの絵のなにが難しいって、色が全部滲んでるんですよ。「この感じ、なんで出ないんだろう」と考えて、たぶん紙がザラザラじゃないとダメなんだなと思ったんです。でも小学生が使う画用紙ってツルツルだから、自分で傷付けてザラザラにして、染みるような紙質にして……みたいなのを苦心してやってました。だから絵って、色を塗ることがすごく難しかった印象なんですよ。絵がうまい人はそれがどうやってできたのかが不思議なんです。習わないと難しいんですかね？

会田　僕は習っていたわけでもないし、子供の頃の絵をいま見ると別にうまいというわけではないんですが、ただ「見えた通りに描きたい」という気持ちが基本にあって。見えた通りだと、最初からカラーに見えるからカラーは前提だったし、地面に物の影があったらそれもそのまま描きたい、という感じでした。だから鉛筆で形を取るのと、色を塗るのはそんなに分離してなかったですね。今でもそこは分離してないですね。それがゆえに、こうやって絵を描く仕事についたのかもしれませんが。

小田実から三島由紀夫へ

岡村　絵を見るのは好きだったんですよ。昔ってよく家に百科事典を売りに来てて、うちにも百科事典がズラーッと並んでたんです。で、巻末に絵画集が付いていたんですよ。それを見ると、有名な日本画や西洋画がたくさん出てきて。小学生だからダリを見るとショックじゃないですか。綺麗だし写実的だしシュールだし、小学生が喜びそうな絵で。あとショッキングなやつがあって……あれなんでしたっけ？食べちゃうやつ。

会田　あれはゴヤですね（「我が子を食らうサトゥルヌス」）。

岡村　そうそう、ゴヤとか（笑）。そういうのを小学生のときに見て興奮したりして、「絵って面白いな」と思いましたけど、挫折しました。会田さんは小学生の頃から絵がうまかったということですけど、でも美術の大学に行くということは、ただ絵がうまいだけじゃなくて、「絵を職業にしよう」「絵をマジで勉強しよう」と思ったということですよね。どうやってそこに行き着いたのか。

会田　そのへんの事情は多少複雑に絡まっているんですが……とりあえずしゃべりますと、まず小学校時代はマンガ家志望で、1回挫折があったと。それから中学になって、一種の中2病みたいになりまして。「やっぱり社会問題が大切だ」とか「やっぱり文学を読まねば」みたいな感じになりまして、急に小田実という方のファンになりまして。

——『何でも見てやろう』の？

会田　『何でも見てやろう』を中学の図書館でたまたま見てからファンになったんですけど。あの方は一応小説家なんですが、小説のほうはいま考えるとそんなにうまくないかもしれない（笑）。それよりも社会運動家としての顔の方が強烈ですね。「ベ平連」（ベトナムに平和を！市民連合）の仕掛け人の1人なんですけど、まあいわゆる左翼ですね。黒魔術とかではないですが、僕なりの中2病が小田実だったんです（笑）。

岡村　んふふふふ。

会田　と同時に、中1で一応美術部に入って、たぶん、とても熱心に頼んで油絵の具のセットを親に買ってもらったんですね。「絵というのは本格的にいくと油絵になるらしい」程度のことは中学になればわかってるわけです。つまりピカソとかダリといった人たちはみんな油で描いてる、ならば油絵を描かねば、美術部にも入らねば、と。そう思って油絵少年になったんですが、ただこれを将来の仕事につなげようとはあんまり思ってなくて。その頃例えばジヨージ・ルーカスの『スター・ウォーズ』が日本で上映されて、「映画監督もいいなあ」とかぼんやり思ったりして。なにかを集中的に吸収しようとしていたわけではなく、広く浅く摂取して、漠然と文化的なものを作る仕事がいいなあと思ってる……そういう、よくいるやつでした。で、高校生になってから、急に三島由紀夫に強くかぶれるんです。小田実は左なんですけど、今度はガクンと右のほうに行きまして。

岡村 三島由紀夫に傾倒した話、『性と芸術』にも出てきますよね。

会田 残念ながら小田実さんのラインは現在に至るまでほぼ切れてしまったんですけど、三島由紀夫にかぶれて「芸術家になりたい」と思った高校1年の気持ちは、現在に至るラインの始まりになっていますね。といっても、このときは美術はあんまり眼中になかったんですが。

岡村 じゃあなぜ美術の大学に進学したんですか？

会田 やっぱり新潟を出て東京に出たかった。家出同然で飛び出すのもアリだけれど、それより堂々と仕送りをもらって東京で暮らしたほうがスムーズだろう。ならば美大を受けて美大生になろう。そしたら絵もうまくなるだろうし、4年間の猶予ができるし……くらいの感じでしたね。強い憧れがあったわけじゃなく、「まあ美大が最も妥当な選択だろう」みたいな感じでした。で、美大に通っているうちに美術という泥沼に足をとられて抜けられなくなって、気が付いたら美術家になっていた（笑）。

先のことを考えたくないから油絵科を選んだ

岡村 ビジネスとのバランスは考えたんですか？たとえば、僕が高校生の頃に知り合った美大生の人たちは、みんなデザイン科に行ったんですよ。それはたぶん、デザイン科って（将来的に）ビジネスが見えるからですよね。

会田 よくわかります。

岡村 じゃあ油絵で何人の人が食えているんだと。いわゆる美大の頂点にある藝大の油絵科を卒業した人たちの中で、油絵だけで食えた人は何人いるんだろうって考えると、やっぱりすごく狭き門だと思うんですよね。大学に入ったときに「これを自分の職業にするんだ」とか「ビジネスに転化するんだ」ってことは考えていたんですか？　それともそれについては考えなかった？

会田　17歳あたりで油絵科が良かろうと思ったわけですが、それは……「将来どうやってご飯を食べていくか」ということを考えられない、考えたくないからこそ、油絵科を選んだようなもので。当時でも、食っていくのが困難なことはなんとなくわかっていたんですが、「先のことを考えるのはやめよう」みたいな思考停止ですね。職業としてシビアに考えている人たちはデザイン系にいくことは分かっていましたけど、まあ僕はそのタイプじゃないなと。「デザイン事務所に入ってボスの下で働く」みたいなことはできなかったでしょうからね。だから自分の選択を間違ったとは思ってませんし、むしろ僕に最適なところを選んだとは思ってます。

ただ、岡村さんのおっしゃる通り、僕の同級生の中でいわゆる芸術、ファインアートで食ってる人は少数ですよね。同学年は55人でしたけど、純粋な制作だけで食ってるのは……それでも10人くらいはいるのかな。それ以外の人も、なんらかの文科系の仕事で食ってる人が多数派とは思いますが。

岡村　入試の倍率って当時はどれくらいだったんですか？

会田　36倍だった記憶があります。

岡村　36倍！　僕、ずいぶん前にいろんな大学に行くという取材をやったことがあるんです。それで美大に行ったことがあって。行ってみると、教室や食堂に美大生の絵が飾られてて、絵を志している人が日本中から集まってる学校だから、きっとめちゃめちゃうまいだろうなと思ったら、やっぱり子供の絵なんですよ。18、19歳が描いたような絵なんですよね。「あ、思ったより全然子供の絵じゃん」と思って安心したんだけど（笑）。でも昨日、『ブルーピリオド』の展覧会（「ブルーピリオド展～アートって才能か？～」）に行ってきたんです。受験生時代の会田さんの絵があると聞いたので。見たら、（昔見た美大生の絵とは）もうまったくレベルが違ってました。もしかして、会田さんの頃の倍率で入った学生と、今の学生とでレベルが違うのかな……と思ったんですけど。

会田　どうなんでしょうね。全般的なデッサン力が落ちてるという話も聞きますけれど。

岡村　学生に会って「うまいな、こいつ」という子もいるんですか？

会田　いますよ。そこは昔とそんなに変わってないと僕は思ってまして。ただ最近は、僕もちょっと含めるけど、村上隆さんや奈良美智さん以降、日本のマンガやイラストのような描き方や世界観をそのまま絵画作品でも表現してもオッケー、になってきてるんですね。昔はそんなのを美大でやったら怒られたんですけど。あえて幼稚なマンガやイラストっぽい絵を描く美大生が増えてきて、もしかしたら岡村さんはそういうのを目にしたのかもしれないです。

岡村　写実力も変わってないと思います？

会田　うーん……ただまあ僕の時代でも、そういうのはすでに崩れはじめていたわけで。写実力が日本の美大でMAXに高かったのは、なんなら戦前だったりするんです。戦後からは世界的に抽象画のほうが主流になってきますし、写実力の高さというのは、いまや場合によっては「どこの国が一番時代遅れか」みたいなバロメーターでもあったりして。だからこの時代でデッサン力が高いのが良いことと言えるかどうかは、ちょっと難しいところではあります。

――大学に入る前に美術予備校でデッサンを鍛えられたりとかはしたんですか？

会田　それは鍛えられましたけど、僕の受験の頃からすでに、昔ながらのデッサン力だけじゃないものを求められていましたね。雑に言ってしまうと「個性を作る」みたいな。「絵がうまい」とか「写実力が高い」とかいうだけじゃなくて、自分オリジナルの画風を確立するとか。

美大の教育法で石膏デッサンというのが明治の頃からあって、古くはフランスの美術アカデミーの教育法だったんですけど、僕の頃から「いい加減もう石膏デッサンばっかりやるのはやめよう」ということで、だんだんやめはじめて、試験にもだんだん出なくなって。学生運動のあとの70年代のあたりから変わってきたんですよね。

他人は手本か俗物か

岡村 狭き門の藝大、それも油絵という難しいジャンルのところに合格して、そこで初めて日本中から集まった「絵をやりたい」「美術家になりたい」という学生たちの作品や実力を目の当たりにするわけじゃないですか。そのときにどう思いました？ 「楽勝だな」と思いました？ それとも「すごい才能ばっかりだな」と思いました？

会田 どう言いましょうかねえ……うーん……。

岡村 僕の例だと、コンテストのアルバムを聴いて傾向と対策を練ったりしました。「ははあ、こういう人たちが合格してるんだな」というのがだんだん見えてきて、だから絵でいうと模写に近いですね。それでも順風満帆ではなくて、地方のコンテストの決勝で知り合った美大出身のミュージシャンに誘われて上京して、居候しながらプロになる準備をしてたんですけど。

会田 ははあ、なるほど。

岡村 会田さんはどうでした？ 美大に入って他の学生たちの才能に触れて。

会田 とにかく20歳の頃は生意気だったので、一浪して藝大に入ってみたら、まあ当時すでに絵が上手い下手とか、そういうことはどうでもいいことだと思っていたので、芸術に対する考えと言いますか、真剣度合いと言いますか、そういうのにおいて、同級生たちで注目すべきやつがほとんどいないなあという……。「ライバルが少なくてラッキー」というよりは「張り合いがなくてガッカリ」ということのほうが多かったですね。元同級生がこれを読んだら「チッ、なに言ってんだ」と思われそうですが（笑）、こちらの内面としてはそうでしたね。でも本当に内面なだけなんです。僕自身が大学に入ってすぐに素晴らしい作品をバンバン作っていた、という事実はないわけで。ただ心の中で「チッ、みんな俗物ばっかりだぜ」と思ってただけで。

岡村　あはははは！

会田　イライラしていただけで、客観的にはよくいるただのネクラな美大生の1人だっただけですけどね。

岡村　いろんな生徒と交流を持って飲みに行ったり、美術や映画について喧々諤々（けんけんがくがく）に語り合ったりというのは？

会田　最初の1、2年はそういう仲間が見つからずに1人でイライラしてたんです。で、3、4年生くらいからだんだんと志が近いようなのが見つかり、グループ展をやったり、同人誌みたいなのを一緒に作ったりしました。同人誌と言ってもマンガじゃなく、芸術系？　みたいな。でもその頃の仲間と必ずしもずっと仲良しってわけでもなくて、大学を卒業して数年後には決裂して分解しましたね。そういう意味で青臭い喧々諤々はあったわけですが。

なぜ三島由紀夫に傾倒したのか

岡村　『性と芸術』には三島由紀夫の名前がたくさん出てきますよね。僕も会田さんと同い年だからわかるんですけど、中学生や高校生の頃、「夏の100冊」みたいなキャンペーンで、日本文学の名作や、当時だとSF……星新一さんや筒井康隆さんや小松左京さんの本が大プッシュされてて。

会田　新潮文庫のキャンペーンですよね。

岡村　そういうのには、三島由紀夫や太宰治は当然入ってるわけです。で、「夏の100冊」に入るということは、16、17歳の青年たちに読めってことじゃないですか。だからきっと読みやすいんだろうと思って手をつけてみると、三島由紀夫はすぐ挫折しました。『仮面の告白』って読みました？　もう読みづらい読みづらい。昔の言葉がたくさん出てくるし、『仮面の告白』は特にだけど、注釈がめちゃめちゃ出てきて。

会田　その気持ちはわかりますよ。僕が高校時代にサクサクと楽しく三島を読んでたのは、わからない言葉はどんどん無視して平気で先に読み進めていたからなんですよね（笑）。いま読み返すと、知らない言葉や、三島独特の逆説的な言い回しにいちいち引っかかって、むしろ昔より読みにくいかもしれない。青春時代は勢いに任せて、わかったような気になって読んでたんですね。馬鹿力というか、中2病というか……(笑)。

岡村　「三島由紀夫を読んでる」ということに対する、美意識やナルシシズムみたいなのはありました？すごく下世話な言い方だけど、「三島由紀夫を読んでる」という美意識って、やっぱりすごくカッコイイわけじゃないですか。特に16歳や17歳という青年の頃だと、その甘美なナルシシズムみたいなのを感じると思うんですよね。僕はそっちには夢中になれなくて、筒井康隆とかのほうにいっちゃったんですけど。

会田　いやいや、筒井康隆も立派な小説家だと思いますけど……(笑)。まあ僕の場合は、父親が新潟大学の社会学の教授で、雑に言うとソフトな左翼だったんですね。で、似た者夫婦で母親も……というより、むしろ母親のほうがそういう戦後民主主義的価値観みたいなものの信奉者で、雑に言えばフェミニストだったんです。当時ですから、政治家の市川房枝のシンパだったりして。そういう価値観の家庭で生まれ育った人間が、思春期になって、この世にそういう価値観と真逆の価値観があることを、三島を入り口にして気づいちゃったわけです。僕には三島の中の特に興味のない領域もあって、コテコテの同性愛的美意識みたいなものは、フォローしてなくて。例えば、三島由紀夫はけっこう社会問題によっても、ものを書いていた人なんですよね。『金閣寺』だって複数のテーマが絡まっているけど、1つには日本の戦前から戦中、戦後社会を扱っていて。僕が高校時代に反応していたのはむしろそういうところでしょうか。

問題作「犬」について

岡村　「犬」を描かれたときは何歳でしたっけ？

会田　23歳です。大学院に入ったばかりのときですね。

岡村　大学院に進もうと思ったのはなぜですか？

会田　強いて短く言うならば、「大学院に行こう」と決める前までは美術家になるのは嫌だったんです。でもやっぱり美術家になろう、という考えの変化があって、それで大学院に行こうと決めました。

岡村　で、「犬」に至る話ですけど、キーワードが2つあると思うんです。1つは「日本画」、もう1つは「現代美術」。油絵科の青年として藝大に入って、そこからなぜ日本画の技法や、日本画に対する興味が出たのか。あと、油絵科の青年として藝大に入ったのに、なぜ現代美術に向かったのか。会田さんとお会いして飲んでいるときに、たまに現代美術について聞くんですけど、そのときおっしゃっていたのは、現代美術というのは社会批評性があったり、問題提起があったり、政治性があったり、そういうメッセージをはらんでる芸術なんだと。それをどこから志向していたのか。でもさっきの話を聞くと、家庭の中に思想や政治性みたいなのが滲んでいて、その環境で育ったわけですよね。そういう育ちが現代美術に向かわせたのか……。なぜ油絵科の青年が現代美術に向かったのかということと、日本画のこと、その2つが「犬」につながると思うんです。

会田　まず日本画について言うと……お金持ちの方々が買って家に飾って、「良い趣味」「ハイソな文化」として存在してる感じがあったんですね。現代の芸術と全然交わるところがなく、ただなんとなくお高くとまってるような。それはなにかがおかしいと。そういう高いところから引きずり下ろして、自分たちの問題として、「そもそもこの日本画というのはなんなんだ」とか、あるいは「まだ存続すべきなのか、本当はもう滅びるべきものなのか」とか、ラディカルに考えたり議論したりすべき対象なんじゃないかと思ったんです。それはまあ、僕特有のある種の愛国心みたいなものから来てたりするんですけれど。日本画については、そんなところです。

そして現代美術なんですが、たしかに飲んでる席で「現代美術は社会的問題を含む」と言ったのかもしれませんし、それは別に間違いではないと思います。けれど正確に言えば、それはいま現代美術と呼ばれているうちの3分の1くらいの要素だと思うんですよね。

岡村　社会的なメッセージ性を含むものが、ということですか？

会田　そうですね。それははっきりとわかりやすいものがあるんですよ。社会メッセージ系の現代美術の総本山みたいなのがありまして。それがちょうど今年、ドイツのカッセルという街で行われている、「ドクメンタ」という'55年から続いているアートの祭典なんです（＊5年に1回開催される）。そのイベントが中心となって、「美術とは社会的メッセージを伝える手段だ」みたいなのをバンバン打ち出してきたんです。要するに「あいちトリエンナーレ」のようなイベントの大ボスみたいな存在ですよ。

今年はインドネシアのルアンルパという、個人ではなくチームが芸術監督になって、「社会の貧困や民族の対立をなんとかなくして、この世を良くしましょう」みたいなコンセプトで、美術展全体をやっているんですよね。で、そんなところには綺麗な絵や彫刻とかはないんです。ほとんどの展示が、社会運動をやってる人々の活動報告とかワークショップみたいなもので。これが現代美術と呼ばれているものの3分の1くらいの領域です。それ以外のところでは「社会問題なんて野暮だよね」「もっと綺麗なイメージだけでいいよね」といって、きれいな作品をギャラリーで売買している現代美術の領域の人たちもいっぱいいます。

岡村　あ、そうなんですか。

会田　そして僕も、社会問題提起型・ドクメンタ型アートが大好きとか、その世界の住人とかいうわけじゃ全然ないですよ。たとえば「あいちトリエンナーレ」なんかに、僕は呼ばれてませんしね。僕は社会的なネタはそこそこ使ってる作家だと思いますけど、「芸術活動で社会を良くしましょう」みたいなイベントにはほとんど呼ばれないですね。たぶん悪人だと思われてるので（笑）。

岡村　あははは！

会田　嫌味な作品を作るやつだから、心優しい人々からあんまり愛されてないんですよ。

個性を早めに確立するのは本当にいいことか

岡村　絵で喚起して社会を良くしようという人もいるでしょうけど、露悪的な絵を描いて、議論を呼んで、それについて考えさせて、最終的に「社会とは」と考えさせるような作品もあるでしょうし、単純なものではないと思うんですよね。ウォーホルの缶詰のやつ（「キャンベルのスープ缶」）もそうですけど、現代の消費文明みたいなメッセージと受け止めることもできるし、コピー可能な社会というメッセージと受け止めることもできるし、いろんなふうに受け止められると思うんですよ。

議論したくなるような作品をロジカルにやってる人もいるでしょうし、無邪気にやってる人もいるでしょうけど、「喚起させる」という部分では、会田さんの作品は全編にわたってそういう要素があると思います。「犬」に至る流れとして日本画と現代美術、「喚起させる」「議論させる」、いろんなキーワードが全部含まれてこの作品に至ったとは思うんですけど、でもこの本を読んでびっくりしました。23歳のときの作品と知って。早熟ですね。もうすでに完成されてますね。

会田　いや、ありがたいですけど、自分は全然早熟タイプではなく、年齢なりの早くも遅くもないくらいのタイプかなと思っていますけどね。

岡村　てっきり、ここ15年くらいの作品だと思ってました。

会田　でもだいたい平均的に、美大を経由するような人間というのは、学部時代の4年間はいろいろ迷って、まだ方針が決まらず、それが卒業制作あたりでようやく少し形が決まってきて、大学院に行くにせよ行かないにせよ、その後数年をかけてゆっくりとデビューしていく……みたいな感じが多く。僕もよくいるそんなタイプでした。

いや、むしろ僕は大学4年間の悩みとウロウロ彷徨う期間が長いほうだったかな。最近は、それがいいのかどうかわかりませんけど、大学の2、3年くらいで画風を確立する人が多いみたいで……。というのは、東京藝大の「藝祭」という学園祭がこの間の土日にあったんですけど、ある学生が展示した作品を買いたいという人が何人も現れて、値付けをどうしようか迷ってる、っていうのをツイッターで見かけて。そんな話、僕の時代にはまったくなかったけれど、最近はもう学生の頃から目をつけて早いもの勝ちで買おうとするコレクターが出てきてて、そういう意味では早めに個性を確立する学生が多いですね。でもそれっていいことばかりでもないんじゃないか……とも思ったりしますけどね。もうちょっと悩んで試行錯誤した末に、30歳手前あたりでどっしりと確立するくらいがいいんじゃないの、なんて思ったり。

「押すなよ」と言われると押したくなる

――この本によると、「犬」には「A：西洋美術の伝統的なヌード文化」「B：俗っぽいポルノ文化」「C：現代美術」の要素が入っていると書かれています。で、そのABCはそれぞれ「混ぜるな危険」の要素だから、一緒にすると絶対に批判を呼ぶに違いないと。それを会田さんは全部混ぜちゃった……ということですけど、大学院の1年生の時点で、「自分は世の中の批判がバンバン来るような作品をあえて出していくのだ」という覚悟があったということですか？ それとも「まさかこんなに批判が来るとは思わなかった」という感じだったんですか？

会田　大学院でその作品を描いたときは、まだネットのない時代だから、絵を描いて、大学内の壁に飾ったって、先生にしかめっ面されたり、同級生に面白いと言われたりするくらいはあるけれど、世間に届くのは不可能か、ずっと先かと、半ば絶望的な感じでやってました。

3つの要素を混ぜたのは、その効果をすごく計算した上でやったというよりは、悪趣味で。禁止されてるものを……例の「押すなよ押すなよ」って言われると押したくなるみたいな（笑）。基本的にそういうふざけた好奇心でついやっちゃうようなやつでして。そういうやつはあまり愛されたり尊敬されたりしないんです。善意の芸術祭にも呼ばれないし、美術館の収蔵もそんなに多くないですし。まあ当然の報いですね（笑）。

――『性と芸術』は「犬」の成り立ちについて詳しく書かれていて、とても面白いのですが、たとえば岡村さんは自分の音楽のことをあまり解説しないんです。マジックの部分を明かさずに、聴き手が自由に想像したほうがいいということで。それでいうと、会田さんもこの本を書くことで、ジレンマがあったりしたのかなと思ったのですが。

会田　僕はこの本を「ほぼ遺書」と表現しましたが、これを書いたことで良くないことが起きるような気もしています。今まで描いてきたような感じでもう作品を作れなくなっちゃうかもしれない。でも僕はもうすぐ57歳で、人生終わりではないですけど、競馬でいうと最終コーナーを回って最後の直線に入ったくらいのタイミングかなと思っていて。それで1回、今までのことを整理するようなつもりで書いたんですね。とはいえ、すべてを語ったわけじゃなく、スタート地点の1作だけなんですけど。

この本によって僕がスランプみたいになっても、それはそれでいいんじゃないか、という思いで書きました。若い頃や中年の頃は、たしかにこういうのを書くのは自分にとって良くないことかもしれないと思ってやめてたけど、今は「もういいや」と。これを書いたので、ここからは迷いなく老人的制作をやれる、って感じです（笑）。

岡村　もちろんこの本は、作品に対する説明や解説や歴史を書いた本でもあるんだけど、会田さんの青春記でもあると思うんです。

会田　たしかにそうですね。

岡村　だから僕は、美術を志す中学生、高校生、大学生や青年に読んでほしいですね。『性と芸術』を、ぜひ「夏の１００冊」に！

会田　あはははは！　ありがとうございます（笑）。いや、それもまた本当に歳の問題で、今は23歳の頃のことを思い出して書ける、ギリギリのタイミングだと思って。あと2、3年もすると若い頃のことを感覚的に忘れてしまいそうで、書けるうちに書いておこうというのもありました。これを書いたので、ここからは迷いなく老人的制作をやっていけるなと（笑）。

岡村　この本に何回も出てくる言葉として「ジレンマ」……この本の説明だと「見ていいのかな、でもすごく興味がある」「なにかイケナイものを見ているかもしれない。でも見たくて見たくてしょうがない」というジレンマ性みたいなことを作品で大事にしてると書かれてありました。それは会田さんのどの作品を見ても感じるし、もともと会田さんの作品を見ていて、モヤモヤしながらも惹かれていく感じはあったから、「そうか、ジレンマか」と思って、なるほどと思いました。

会田　もともと最初から「さあ僕の目標はジレンマ作りだ」と思ってやっていたわけじゃなくて、作りたいものを作っていって、だんだん自分の癖や傾向がわかってきて、「これはなんだろう」と考えたときに、「ジレンマ」という言葉が近いのかな……と中年あたりからだんだんそう思えてきた、ということなんです。僕の中では近い言葉で「アイロニー」というのもあるんですけど、どうやらそこらへんが僕の好みのようですね。

ごっこ遊びと、無償の愛と、30代の心境と

岡村靖幸
×
千葉雄大

ちば・ゆうだい●1989年3月9日生まれ、宮城県出身。2010年『天装戦隊ゴセイジャー』の主役に抜擢され本格的に俳優として活動を始める。近年の出演作に、ドラマ『アバランチ』『WOWOWオリジナルドラマ ダブル』『星降る夜に』、映画『スマホを落としただけなのに 囚われの殺人鬼』（中田秀夫監督）『ピーターラビット2／バーナバスの誘惑』（日本語吹き替え版）『もっと超越した所へ。』（山岸聖太監督）。WEBラジオ『千葉雄大のラジオプレイ』（YouTube）が隔週金曜日配信中。

引っ込み思案だけど目立ちたい

――お2人は初対面だと思いますけど、以前千葉さんが「ぶーしゃかLOOP」をYouTubeでやってたの（【千葉ヒャダが「ぶーしゃかLOOP」やってみた】）は知ってます？

岡村 知ってます。見ましたよ。

千葉 えっ、ごめんなさい……！

岡村 いえいえ、ありがたいです（笑）。

――千葉さんを見てると、「引っ込み思案」と「目立ちたい」の2つが常にぶつかり合っているようなイメージがあるんですけど、子供の頃ってどうだったんですか？

千葉 おっしゃる通りで、「引っ込み思案だけど目立ちたい」という、その2つはずっとあると思います。小学生の頃は、クラスの中心人物でもないのに児童会長に立候補したり、中学生の頃も合唱コンクールの指揮者を自分でやると言ったり……いま客観的に見ると「なんで？」と思うんですけど、そういうのはわりと首を突っ込むタイプでした。もっと小さい頃だと、おばあちゃん家に行ったときに、机の上に立って踊ってたらしくて。

岡村 ふふふ、いいですね。

千葉 僕の記憶にはないんですけど、そういうのは昔から好きだったと思います。でも中学校の後半くらいからちょっと様子がおかしくなってきて……。

――様子がおかしく？

千葉 うちは田舎だったので、クラスでモテるような「目立つ人」といえば、「ヤンキー」か「スポーツができる子」だったんですよ。でも僕はどっちでもなくて。高校は男子校に行ったんですけど、その頃には「目立ちたい」という気持ちもなくなって、もう何も……無気力みたいな状態になってたんですね。学校も行かなくなって、卒業もギリギリでした。かといって、休んで何か別の活動をしてたわけでもないんです。普通に「行ってきます」と言って家を出て、街を歩いたり、映画観に行ったり。

――家は出るんですね。

千葉　出るのは出るんです。うちは共働きだったので、朝、母が車で仕事に行くときに見つかって、学校に連れて行かれたりして（笑）。それでも早退して帰ってくることもありました。

岡村　そんな高校生活だったんですね。

千葉　別に「学校で嫌なことをされた」というわけではないんですけど。映画や映像が好きだったので、そういうことを勉強する大学に行こうと思って受験勉強を始めてから、やっと「学生の本分を取り戻した」みたいな感じでした。だから僕の高校生活が始まったのって、実質的に高校2年の夏くらいからですね。で、大学デビューして、読者モデルやって、「イエーイ！」って（笑）。

岡村　高校時代に夢中になったものはありますか？

千葉　高校時代は……今でも仲の良い高校時代の友達が1人いるんですけど、その人と一緒にラジオを聞いて投稿したりとか……。高校生のときに夢中になったのは、ラジオとライブですね。

即興芝居のルーツはごっこ遊び

岡村　そうそう、すごく音楽が好きなんですよね。フェスにもよく行かれてるし。

千葉　フェスは好きです。宮城県に住んでいたので、「ARABAKI ROCK FEST.」には中学生から行ってました。くるりとか、アジカン（ASIAN KUNG-FU GENERATION）、ELLEGARDEN、ACIDMAN、銀杏BOYZとかが好きでしたね。僕はわりとライブで前に行って汗を浴びたいタイプで（笑）。

岡村　ははははは！

――中学生でアラバキって早熟な印象ですけど、地元だと中学生でも普通にアラバキに行くんですか？

千葉　いや、そんなことはなかったです。3つ違いのいとこがいて、その人がわりとロールモデルというか、「音楽好きなお姉ちゃん」みたいな感じでいろいろ連れまわしてくれて。ファッションも影響を受けましたし、中学生のときにそのいとこに連れていってもらったのが（フェスに行く）きっかけです。

岡村　「自分でも音楽をやりたい」と思った時期はなかったんですか？

千葉　大学生のときにサークルみたいなのに入って、そこでちょっとだけかじったんですけど……。

岡村　へえー、そうですか！

千葉　いや、でも怠惰なほうで……（笑）。やってみたら「見るほうが好きだな」と思ってしまいました。

岡村　本当に？　ミュージシャンと役者だったら、役者のほうが大変そうですよね。朝早いし、登場人物多いし……見てると、ものすごく大変そうですけどね。

千葉　どうなんですかね。でも音楽は「自分」なイメージがありますよね。もちろん僕たちも「自分」の要素はあるけど、違う要素のほうが多いから。

岡村　でも大変そう。

——岡村さん、よく言いますよね。「役者は大変そうだ」って。

岡村　だって、いろんな要素がありすぎるじゃないですか。たとえばいい脚本が来るか来ないか、そういう運の要素もある。いい役のオファーが来ても、たまたまそこに舞台の仕事が重なっててやれないかもしれない。共演者とウマが合うか合わないかもわからない。いろんな要素がありすぎちゃって、外から見てると「大変だろうなあ……」と思いますね。

千葉　音楽はないですか？　ストレスみたいなもの。

岡村　音楽はもう自分の好きなことを好きなように言うから、ラクなんです。

千葉　あはははは！

岡村　音楽のほうが全然ラクなんですよね。音楽は音楽でいろいろありますけど、ストレスはあんまりないです。

千葉　「圧！」みたいなのもないですか？

岡村　あんまりないですね。

千葉　でも僕もあんまりないんです。他の俳優さんはわからないですけど、僕はないんですよね。「まあいっか」と思っちゃう。たぶん都合よく生きてるんだと思います（笑）。

岡村　でもきっと、いろいろ溜め込んでる人もいますよね。酒の席でそういう気持ちを吐き出す人もいるだろうし……。

千葉　僕はそういうとき、お酒を注ぐ役目をしてます。「ぜひ～」みたいな感じで（笑）。

岡村　（演じた後で）上手に気分転換できなかったりとか、引きずったりとか、そういうことで苦しむことはなかったですか？

千葉　それがないんですよ。

岡村　ああ、それは役者に向いてますね。

千葉　まったくないかと言われるとそうでもないと思うんですけど……「年々なくなってる」と言ったほうが正しいのかも。役に入りすぎて抜けなくなる人は、たぶん真面目なんだと思います。ということは……僕は適当ということになっちゃうかもしれないですけど（笑）。

――俳優を始めたのは事務所に入ったのがきっかけだと思いますが、大学時代からすでに選択肢として意識はしてたんですか？

千葉　ちょっとはしてたかもしれないですね。それこそ「目立ちたい」みたいな感覚で。でもどちらかと言うと作るほうに興味があったので、大学時代は映画の配給会社やラジオ局を目指して就職活動をしてました。

岡村　就職活動をされてたんですね。

千葉　3年生の秋まで大学に通ったので、スタートの部分は全部やりました。だから事務所に入っていなかったら、そのままスーツを着て就職活動していたと思います。

――『久保みねヒャダ』（フジテレビ系）に出演されるとき、ヒャダインさんと2人で即興の小芝居をよくやってますよね。ああいう引き出しって、どこから出てくるんですか？　あれも役者としての引き出し？

千葉　別にあれはお芝居じゃないと思います（笑）。ヒャダインさん以外でも、仲良い人とは普段からやってますね。昔からごっこ遊びが好きなんですよ。子供の頃から「ポケモンごっこ」をやってたりして。

――え、「ポケモンごっこ」……!?

千葉　そう、だから言葉がないんですよ（笑）。鳴き声でずっと会話するんです。

岡村　ははははは！

千葉　あとは幼馴染が女の子だったので、おままごとから始まっているかもしれないですね。おままごとは好きでしたね。今でもやりたいくらい。

岡村　役者に向いてそ〜（笑）！

千葉　いや、でも、おままごとの延長線上で仕事してるつもりはなくて……。

岡村　いやいや、もちろんそうじゃなくて、そういった細々とした所作みたいなのに面白さを感じるところが「向いてそ〜！」と思って。さっきのポケモンごっこも、言葉じゃなく怪獣語でしゃべって憑依するのが、「役者に向いてそ〜」と思いますね。

自分で脚本を書いて初めて、脚本の大変さがわかった

岡村　以前、ご自身でＣＲＥＡに文章を書かれていましたよね？（＊）

＊『ＣＲＥＡ』'20年９・10月合併号掲載のエッセイ「スマホはまだ捨てない」。

千葉　あっ、はい。

岡村　すごい文才あるなと思って。

千葉　（恐縮した顔で）ええっ……そんな……。

岡村　他にも、ちょっと前にＷＯＷＯＷでショートフィルム（＊）を作ってましたよね？　今後は映画とか小説とか、自分で作品を作る方向もやっていくのかなと思ったんですけど、ご自身ではどう思ってます？

＊『アクターズ・ショート・フィルム』。予算・撮影日数など同条件で５人の俳優たちが25分以内のショートフィルムを制作、アジア最大級の国際短編映画祭「ショートショート フィルムフェスティバル & アジア」（ＳＳＦＦ& ＡＳＩＡ）のグランプリ：ジョージ・ルーカス アワードを目指すというＷＯＷＯＷ の企画。『アクターズ・ショート・フィルム２』で、千葉は『あんた』の脚本・監督を務めた。現在もＷＯＷＯＷオンデマンドで配信中。

千葉　それはすごく興味があります。

岡村　文才もすごくあるなと思ったし、「これは監督業も今後やっていかれるのでは？」と思ったんですよね。

千葉　その企画は「俳優が監督をやる」というものだったんですけど、僕、役者を始めてから「脚本をやりたい」と思ってたんですよ。「なんでこういう脚本になったんだろう？」と感じた経験は俳優なら誰しもあると思いますけど、「でも自分でやってみないと、なぜこの流れになったのかわからないよな」ともずっと思っていて。なので、その企画では脚本からやらせてもらって、「こうやって作られていくんだ」と実感できて、その大変さがわかりました。「いろんな意見をもらって書いていくと、確かにねじれたりするよな」と思ったりとか。勉強にもなったし、それ以上にすごく楽しかったですね。

岡村　じゃあ、やっぱり脚本をやってみて良かったんですね。

千葉　文章に関しては、ストレス解消じゃないですけど、たとえばすごくイライラしたことをバーッと書いて、推敲して文章にしていくと、「あ、意外と大したことなかったな」みたいな感じになったりするんですよ。そうやって自分の溜飲を下げる作業になるし、文章じゃないとうまく伝えられないこともあるので、文章を書くのはすごく好きです。

岡村　それはすごく感じました。

――脚本を書くようになって、「この人の脚本いいな」と思ったことはありますか？

千葉　「誰が」というのはあまりないですけど、昔は単館っぽいのとかフランス映画とか、そういうのが好きで、そういう好きな自分に酔いしれていた部分もありましたね。でも最近はどメジャーな作品がすごいなと感じるようにもなって。でもそのメジャーなところって、突き詰めていくと「めちゃくちゃ尖ったもの」を描こうとして、そうしてたりもするんですよね。だからそういう「みんなが見てるようなもの」はやっぱりすごいんだなって。

岡村　好きだった映画はあります？

千葉　ミュージカルがすごく好きで、映画としては『シカゴ』を一番たくさん観てるんですけど……。殺人犯の話なんですけど、曲はめっちゃカッコいいし、最後は報われてるのか報われてないのかわからないみたいなところがあって、何回観ても違った見方ができて、すごく好きなんです。舞台もミュージカルを観に行くのが好きで、『レ・ミゼラブル』が好きなんですけど、「何回観ても感動するってなんなんだろう」と思いますね。恋に近いかもしれないです。

犬を飼って生活が全面的に変わった

岡村　僕、去年『久保みねヒャダ』に出て、久々に3人に会ったら、3人とも動物を飼っていたんですよ。

千葉　あ、そうですよね。

岡村　ご自身はどうですか？　動物は飼ってます？

千葉　実は公表してないんですけど……犬を飼い始めたのは、久保（ミツロウ）さんより僕のほうが早かったです（笑）。

岡村　あ、ホント？　へえ～！

千葉　まだ子犬だったときに、3人でうちに遊びに来てくれたことがあって、久保さんが散歩させてくれたりして。そのとき久保さんから「保護犬を迎えようと思ってる」と聞いて、「いいじゃないですか！」と話してました。

岡村　へえ～！

――ちなみになぜ公表してないんですか？

千葉　昔、インタビューで「ひとり暮らしで犬飼ってる人って、絶対家に誰かいますよ」と言ったことがあって（笑）。

岡村　あはははは！

千葉　僕、ひとり暮らしなんですけど、犬を迎えてしまって……。でも誰もいないんですよ。ただ、それで邪推されるのも嫌だなと思って、公表していませんでした。

岡村　なるほど、そういう理由で公表してないんですね。

千葉　だから今、シングルファザーの気持ちです（笑）。「この日は仕事だから預けよう」とか。

岡村　犬のスケジュールを。

千葉　だから自分のスケジュールよりも、犬のスケジュールでマネージャーさんに質問することが多いです（笑）。

——飼うきっかけって何かあったんですか？

千葉　ずっと飼いたかったんですけど、たまたま友人の知り合いのブリーダーさんのところで生まれて、「飼い主を探してる」と聞いたから、会いに行ったらもう最後というか……。

岡村　そうなるんでしょうね。

千葉　あと、「自分だけのために生きるのが疲れた」というのはけっこうあります。お世話をしたり、自分がいないとダメという存在があるのが、すごく尊かったですね。「無償の愛」じゃないですけど、「この人は俺がいないとダメだし、俺もこの人がいてくれるから頑張れる」みたいな。ドラマの撮影が毎日あるときは実家に預けるんですけど、それも急に預けるとストレスになるので、徐々に慣らしていって。

——犬でも猫でもあることですけど、飼いはじめた途端に、それまで全然そういうキャラじゃなかった人がいきなり赤ちゃん言葉を話すみたいなこと、ありますよね。千葉さんはそういうの……。

千葉　めちゃくちゃあります。「絶対にそんな言葉使わないし、洋服なんて着せない」と思ってたけど……めちゃくちゃ買いました（笑）。

岡村　ははははは！

千葉　うちのは洋服が嫌いなので、あんまり着せられないんですけど。

——岡村さんも一時期、「ペット飼いたい」と言ってましたね。

岡村　今でも飼ってみたいですよ。

千葉　ワンちゃん？　猫ちゃん？

岡村　犬も猫も興味あります。だからインスタを見るとそればっかり出てくるんですよね。ＡＩがそれを察知してるから（笑）。

千葉　かわいいですよね。僕もずっと見ちゃいます。

岡村　ね、かわいい。あれは参りますね。でもおっしゃること、わかります。自分ひとりのためだけに生きるのって飽きますよね。

千葉　そう思いますか？

岡村　よく思います。あと「無償の愛」感があると、すごく気持ちいいでしょうし。「ペットを飼うと部屋が汚くなる問題」はどうなんですか？

千葉　物は家から本当になくなりました。「あ、ここも届くんだ」というのがわかってきたから。コードは全部隠してます。

岡村　ははははは！　松尾スズキさんに、その話をしたら「おしゃれな生活はできない」って言ってた（笑）。

千葉　完全にそうです。ティファニーブルーの首輪とリードを買ったんですけど、もう全然、優雅なワンちゃんじゃないので（笑）。すぐに布製のロープに変わりました。

――全面的に生活が変わったんですね。

千葉　マジで僕も含めて『久保みねヒャダ』チーム、全員変わったと思います。

岡村　僕もそう思ったんですよね。だから歌にしたんですけど（＊）。

＊'22年4月2日の『久保みねヒャダこじらせライブ』で作曲＆披露した「変わったね、いい意味で」

千葉　でも久保さんが一番変わった気がします。頻繁にお会いしてるわけじゃないんですけど、ヒャダインさんからお話を聞いたりすると、すごく愛に溢れてますよね。（保護犬なので）たぶん僕が迎えたときよりも大変だったと思うんですよ。最初は目の前でご飯も食べてくれないという状況だったから、一緒に散歩してる動画を送ってくれたのを見ると、「こうなるまでどれだけ大変だったんだろう」と思ってしまいますね。

――『久保みねヒャダ』では千葉さんは準レギュラーのような存在ですけど、全員と仲が良いとはいえ、やっぱりそれぞれとの距離感とか付き合い方って少し違うものですか？　僕の印象だと、ヒャダインさんとは友達で当然距離が近いですけど、久保さんや能町さんについてはもともと千葉さんが2人のラジオ番組のリスナーだったせいなのか、ちょっとリスペクト的な視点が混じっているような感じもあって。

千葉　あ、それはありますね……って言うとヒャダインさんに失礼ですけど（笑）。

――あの輪の中に入るようになって、オールナイトニッポンに投稿してた頃と感覚は変わりました？

千葉　ちょっとはしゃべれるようにはなったかも……もともとそんなに緊張してるわけでもないんですけどね。もし緊張しているように見えるとしたら、やっぱりすごく独特の視点をお持ちの方なので、聞いてるほうが面白くなって僕が「ラジオリスナー」になっちゃうからだと思います。だから「生で会うと投稿できない」みたいな感じですね。

20代までは人と比べていた

――この世界に入って友達は増えましたか？

千葉　増えましたね。アパレルの人とか音楽の人とか……わりと同業じゃないほうが多いんですけど、仲良い人とはけっこう長いです。10年以上とか。

――友達になれる人って、何が違うんだと思います？

千葉　みんな仲良いけど、でも嫌なところはもちろんあるんですよ。それを許容できる相手が友達なのかもしれない。その人の人柄で許容するのか、時間が経って慣れてしまうのかはわからないですけど。友達でも「この人と2人で飲んでると楽しいけど、誰かが入るとちょっとキャラ変わるな」みたいなことがあって、そういうのは嫌なんですよ。でもそれを「ちょっといつもと違うよ」みたいに言える関係がいいのかも。だから「ラク」という言い方になるんですかね。

――1対1のときに第三者が入ってきて態度が変わるのって、友達だからこそショックが大きそうですけど、それを許容できるのはすごいですね。

千葉　取り残されたような気持ちにはならないんですけど……ヒャダインさんと時々、そういうことを話すんですよ。「ABC理論」と言ってるんですけど、僕とヒャダインさんが飲んでて誰かが入ってきたときに、僕の嫌な面が出たり、ヒャダインさんの嫌な面も出たりして。あと、ヒャダインさんが僕を落として、その人の笑いを取るとか。「2人のときはそういうことしないじゃん」みたいなことを言って、逆も然りだったりして。だから結局、2人で会うことが多いんですけど（笑）。

岡村　ふふふふふ。

千葉　ということは、最初からサシで会える人が友達ってことなのかな？

――誘うときのハードルってありますか？　仲良くなりかけのときに「誘っていいのかな？」とか、ある程度仲良くなってからでも「予定立てずにいきなり誘ったら迷惑かな？」とか思ったりするような。

千葉　僕はそんなに気にしないですけど、何回も誘ってくれたり、僕も誘ったりしているのに、タイミングがまったく合わないときがあって。その人と久しぶりに会ったら、「もう何回もタイミング合わないから連絡するのやめたわ」と言われて、「そういうこともあるのか」と思いました。

――さっき「大学生の頃に音楽をかじっていた」というのは、具体的には何を？

千葉　ベースとギターをやりました。「トイボックス」というコピーバンドを組んでました（笑）。

岡村　へえ〜。

千葉　女の子がボーカルだったんですけど、チャットモンチーとか銀杏BOYZとか、（忌野）清志郎さんの「デイ・ドリーム・ビリーバー」とかをカバーしてて。

――やらなくなったのはバンド自体が終わったから？

千葉　大学を中退したんですけど、そのタイミングで辞めました。サークル内で解散ライブはしましたね。ボーカルの女の子が泣いちゃって、こっちもつられて泣いたりして。

岡村　なんで大学を中退しようと思ったんですか？

千葉　大学3年のときに『ゴセイジャー』（テレビ朝日系）のオーディションに受かって、そこから今の仕事を始めたんですけど、休学してまで学費を払えなかったのと、あと（撮影の仕事が）ハードだと言われて、「物理的に通えないな」と思って。大学の先生からは「もう（大学を）辞めたほうがいいよ」と言われました。「やりたいことがまだ決まってない人が多い中で、そういう機会に恵まれたんだから」って。その先生がうちの両親も説得してくれました。

――じゃあ『ゴセイジャー』が決まったときから、「この世界でやっていく」という感覚になっていたということですか？

千葉　そこまで言われるとちょっとわかんないですけど……ただ、「ナメられたくない」という感覚はちょっとありました。

――誰に？

千葉　世間（笑）。

岡村　ははははは！

千葉　読者モデルから始まって、スカウトされて、戦隊ヒーローって、なんかけっこう嫌われそうな絵面じゃないですか（笑）。

岡村　そうなんですか？

千葉　僕のまわりに斜めから見る人が多かったからかもしれないですけど、なんとなく「軟派な感じでやってる」とは思われたくなかったんです。いま振り返ると、「何をそんなに意識してるんだ」って自分でも思いますけど（笑）。

――「この世界でやっていける」という感覚を掴んだのはいつですか？

千葉　「やっていける」というのはあんまり思ったことがなくて……ただ、30歳くらいのとき、「この仕事がなくなっても生きていけるかな」と思ったんですよ。あんまり執着しなくなってから、めちゃくちゃラクだし、楽しくなった感じはします。それまでは、けっこう比べることが多かったんですね。

――比べるというのは？

千葉　同年代の俳優さんって、10代の頃からやってる人が多いんですよ。たとえば吉高由里子さんも同い年で、いまドラマ（テレビ朝日系『星降る夜に』）を一緒にやらせてもらってますけど、僕はもともと彼女を「見てた側」の人だし、「同年代」と括られちゃうと……。いま思うと、スタートの時期をそこまで意識する必要もないんですけど、一時期はあったんですね。同年代の人が「演技派」みたいな感じで括られてるときに、僕は「かわいい」と言われてどんな気持ちですか？」と聞かれたりとか。そういうのが嫌な時期もあったけど、今は気にならなくなりました。でも昔は「瑞々しい」で済まされていたものが、今はもう瑞々しくはないから、求められるハードルは上がってきてると思います。

自分のパブリックイメージとは？

千葉　僕、自分の作品を見るのが苦手で。すごく緊張してしまうんですよ。オンエアの翌日に撮影があると、「あの場面は良かったね」みたいな話をされて、でもこっちは見てないから、「あっそうですね〜」みたいになっちゃって（笑）。

岡村　あ、そうなんですか！

――恥ずかしい？

千葉　それもあると思うんですよ。出来不出来の問題じゃなくて、自分を見るのがなんだか嫌なんですよね。岡村さんはそういうのないですか？

岡村　僕はチェックしますよ（笑）。

千葉　僕もバラエティだけはめちゃくちゃチェックするんですよ。だから『久保みねヒャダ』もめちゃくちゃ擦るんですけど、ドラマや映画だとなぜかダメなんです。

岡村　でも撮影のときに、その場でチェックしたりするでしょう？

千葉　僕はしないんですよ。でも現場で見せられるときがあって（笑）。急にフッと向けられると、直視できないですね。

岡村　以前、ある女優の方と対談することがあって、「イメージの違う殺し屋とか殺人鬼とかやってみたいと思いません？」と聞いてみたことがあるんですけど、「やりたいと思いません」という答えだったんですよ。役者の人って、いろんなイメージの役をやることに面白みを感じてるのかなと思っていたから、「あ、そうなんだ」と思って。千葉さんはどうですか？　たとえば千葉さんのパブリックイメージからすると、殺し屋みたいなイメージからは遠いじゃないですか。そういう役が来たらどうですか？

千葉　やりたいです。ただ、そういうことはよく言われるんですよ。「サイコパスとか似合いそう」みたいな。「僕のどの部分を見て言ってるんだろう？」というのは気になります（笑）。

岡村　はっはっは！　そんなこと言われるんですか。

千葉　言われるんですよ。「目が死んでるから似合いそう」みたいな。

岡村　僕から見ると、「王道の美青年」というイメージですけどね。

千葉　そういう方もいらっしゃるんですけど、「実は裏があるんじゃないか？」みたいに思ってる人もいるみたいで。

岡村　あ、その視点は気づかなかった。

千葉　むしろそう言ってもらえて、うれしいです。

相談についての相談

千葉　岡村さんは同業以外の交友関係がお広いのかなと思ったんですけど、年下の人から相談をされることとかってありますか？　仕事でも恋愛でも。

岡村　チョロチョロと。

千葉　僕、相談されたときに、年下の人だと「なんか言ってあげなきゃ」みたいなモードになって、いらんことまでしゃべっちゃうんです。それで「なんであんなことまで言っちゃったんだろう……」って、後になって反省することが多くて。

岡村　ふふふふふ。

千葉　「聞かれたからには、なんかお土産持たせなきゃ！」って意気込んでる自分が嫌いなんですよ。相談ごとに乗るのは嫌いじゃないんですけど、もっといい手立てがないかな、とずっと思ってて。

岡村　でも、とってもいいことだと思いますけどね。だって、そうやって自分のエピソードまで話してあげるのは、優しさから来てるわけじゃないですか。「俺もこんなことあったよ」とか言ってあげることで真実味が増すし、「この人は真剣に言ってくれてるんだ」というのも伝わるし。とってもいいことだと思いますよ。

千葉　ちょっと肯定された……（感激）。

――いらんことって、本当にいらんことなんですか？

千葉　僕的にはいらんことだと思ってるんですけど。自分が本当に恥ずかしいと思った出来事まで話しちゃったりとか。

岡村　僕もそういうこと、全然ありますよ。お酒が入ってたら特に。

千葉　そうですよね。そういうとき酒量も増えちゃうんですよね。あと岡村さん、「誰々が好きなんですよ」と言われることはありますか？

岡村　どういうことですか？

千葉　聞いてきた本人じゃなくて、たとえば「うちの母が好きなんです」とか。

岡村　ありますよ。もう定番です。

千葉　そういうときってどういう気持ちになります

か？　マイナスな気持ちにはならない？

岡村　いや、ならないです。

千葉　良かった！　それで言うと、さっき話に出てきたいとこが岡村さんのこと、めちゃくちゃ好きらしくて。

岡村　ははははは！

千葉　法事で会ったときに「岡村さんと対談する」と話したら、「そのことを伝えろ」と言われて（笑）。すみません。

岡村　あはははは！　ありがとうございます。

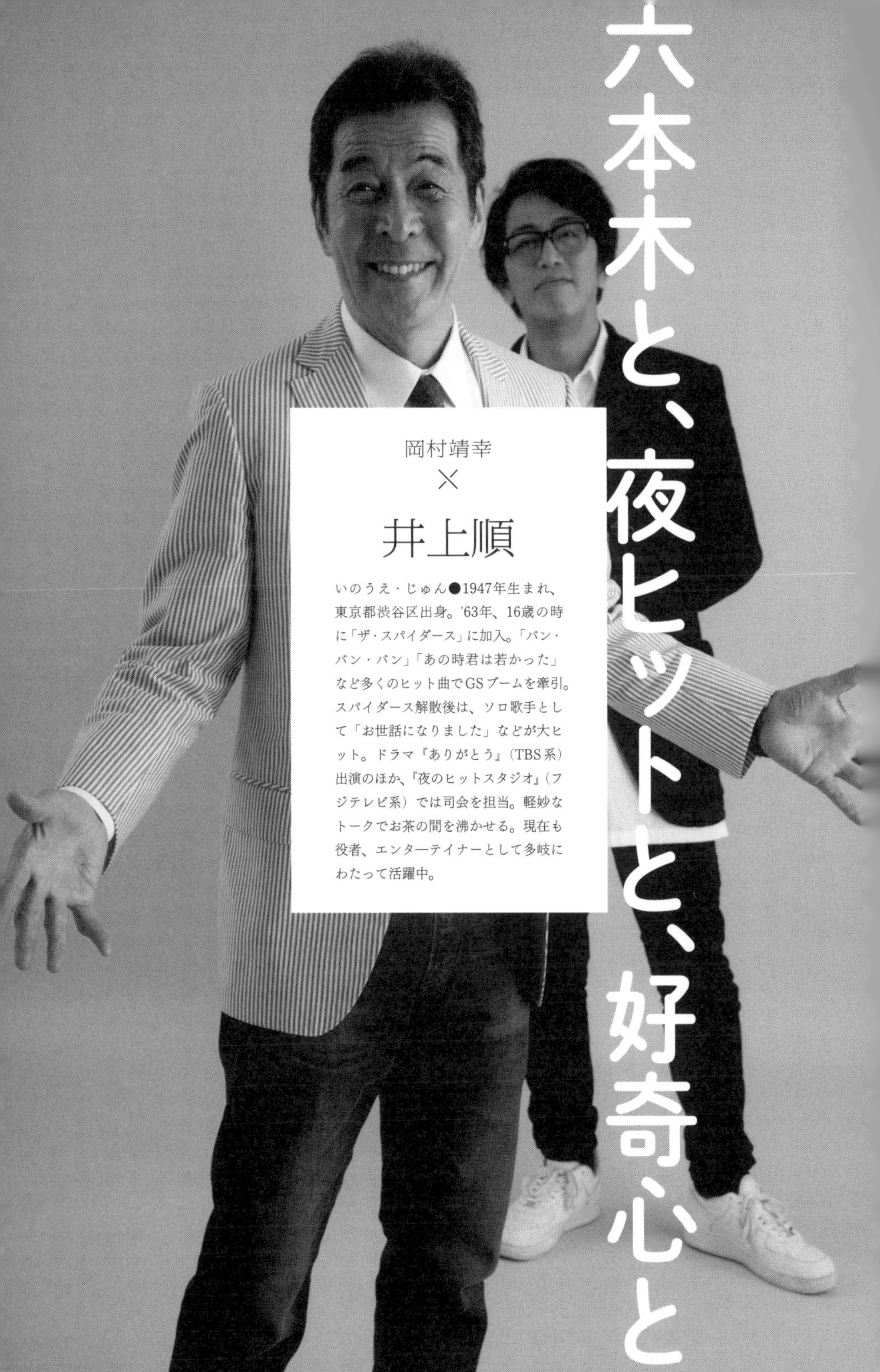

六本木と、夜ヒットと、好奇心と

岡村靖幸
×
井上順

いのうえ・じゅん●1947年生まれ、東京都渋谷区出身。'63年、16歳の時に「ザ・スパイダース」に加入。「バン・バン・バン」「あの時君は若かった」など多くのヒット曲でGSブームを牽引。スパイダース解散後は、ソロ歌手として「お世話になりました」などが大ヒット。ドラマ『ありがとう』(TBS系)出演のほか、『夜のヒットスタジオ』(フジテレビ系)では司会を担当。軽妙なトークでお茶の間を沸かせる。現在も役者、エンターテイナーとして多岐にわたって活躍中。

野獣会での日々

——順さんというと、やっぱり最初のルーツと言いますか、野獣会（＊）のことからお聞きしたいと思っています。名前は存じてますが、実際どんな活動や交流があったのかをお聞きしたくて。

＊まだ10代だった峰岸徹、中尾彬、大原麗子、田辺靖雄、井上順らを中心に構成されていたグループ。のちに「六本木野獣会」と呼ばれるようになる。

井上　野獣会って、名前はちょっとおっかない感じなんだけど。

岡村　ワイルドな感じがしますよね。

井上　でも実際は、映画やテレビの世界に憧れている方、ジャーナリストになりたい方、ファッション界に進みたい方、そういう夢を持った若い人たちの集いだったんですよ。

岡村　どうしてそこに入ったんですか？

井上　子供の頃から両親がよく映画に連れて行ってくれたんですよ。上に兄さんと姉さんがいたんですけど、なぜか僕だけ。それで映画を観て帰ると、兄姉に手振り身振りであぁだこうだやって、映画の感想を伝えてたんです。それを見た親が「こういう子なんだな」ということで、僕が中学生……13歳の頃、親に一軒のお家に連れて行かれたんです。普通の家だったんですけど、親が「順ちゃんは奥の部屋に行ってらっしゃい。お友達がいるから」と言うんですよ。行ってみたら、僕よりちょっと先輩の人たちが、ギター弾いたり、ベース弾いたり、ドラム叩いたり、ピアノ弾いたり……洋物の音楽をやっていた。それを見て、13歳の僕は「すごいなあ、アメリカ映画の世界だ！」と思ったんです。

——中学校では味わえない刺激があった。

井上　中学校も好きだったんだけど、それとは違った集まりがあるんだと知って。それで「いつでも遊びにいらっしゃい」と言われたから、学校が終わると「みんないますか？」って、そこに集まって音楽を聴いたりとか、カメラマン志望の方もいらして、「こないだ撮った写真がこうだった」みたいなことを語り合ったりとか。当時は知らなかったんだけど、後で聞いたら、今の渡辺プロの会長さんでいらっしゃる渡邊美佐さんが野獣会を「面白いグループだ」ということでバックアップしてくれてたらしいんです。何かあると、いつも相談に乗ってもらっていたらしくて。

——才能のある人間の集まりだと思われていた、ということですよね。

井上　それで、野獣会からまず歌手の第1号として田辺靖雄さんがデビューして。「ヘイ・ポーラ」のヒットで知られていますけど、今は日本歌手協会の会長さんをやってらっしゃる方です。他には（まだ名前が売れる前の）峰岸徹さんとか、中尾彬さんとか、大原麗子さんとか、そういう方がいらしたんですけども、みんな先輩で。だから僕は可愛がられていましたね。そういう集まりを繰り返していたら、ある日、兄貴分の峰岸徹さんが「六本木行こう」って言うんです。その頃、野獣会は「六本木野獣会」と言われていて、必ず六本木に集まるようになっていたんです。

岡村さんはもちろん六本木に詳しいと思いますけど……当時の六本木って、今と全然違っていて、十字路に都電が走っていたんですよ。米軍の基地があって（現在も赤坂プレスセンターとして残っている）、外国の方もたくさんいらして。ハンバーガー屋さんとか、「映画で見るアメリカ」みたいなレストランもいくつかあって。みんなで集まってバンドをやったり、お芝居のレッスンをやったりした後に、峰岸さんが連れてってくれるんです。まだ中学生でしたけど、学校に行っているだけでは味わえない世界を見せてくれて。それで峰岸さんと「レオス」というお店に行ったら、「こんな綺麗な女の人たちがいるのか！」って……松田和子さんや松本弘子さん（2人とも日本人パリコレモデルの草分け的存在）という一流のモデルさんがいらっしゃって、やっぱりカラフルなんですよ。

岡村　すごいですね。中学生でそういう方々と。

井上　峰岸さんはそういう方たちと顔見知りだから、挨拶を交わしてるんだけど、僕はまだ13か14くらいで、なんだかたじろいじゃって。それで、パッと違うテーブルを見たら……岡村さんね、これはなんて表現したらいいんだろう……お人形さんも敵わないくらい、本当に可愛らしくてチャーミングな女性がいたんですよ。その方が加賀まりこさんだったの。

岡村 へえー！

――『月曜日のユカ』よりも、もっと前の時代ということですよね。

井上 もちろんまだ子供だったから声もかけられなくて。少し大人になってから加賀さんとお会いしたときに、「昔こういうことがあってね、レオスで加賀さんを見たときはもうびっくりしましたよ、すごいお綺麗で」と言ったら、「なあにあんた、それだったら声かけてくれればいいじゃない？」って(笑)。とてもじゃないけど、そんなことできる状態じゃなかったんだよ。だから野獣会で大人の世界……学校じゃ味わえない雰囲気を体で感じさせてもらったのは、大きな体験だったんですよね。岡村さんが、学校の外で何か活動し始めたのって、いくつくらいのときですか？

岡村 16、17くらいですね。音楽のコンテストがたくさんあって。ヤマハの「ポプコン」とか、「ＥａｓｔＷｅｓｔ」とか。サザンも「ＥａｓｔＷｅｓｔ」がきっかけでデビューしたし、それが登竜門だと言われていたんですよ。それで僕もコンテストに応募していたんですけど、だいたい地方の決勝で落ちてましたね。

井上 そうなんですね。僕は野獣会の頃はもう、毎日楽しくてしょうがなかったんですよ。毎日集まっているけど、同じことがないんだ。峰岸さんについて行くだけでも面白かった。その頃はファッション界の方々……三宅一生さんとか、ニコルの松田光弘さんとか、コシノジュンコさんとか……いろんな方たちがまだ売れてないときだったんですよね。それでみんな、お店に集って夢を語ってるんですよね。それが何十年後かに花が咲いて、みんな第一線で活躍するようになって。

岡村 本当に、みなさんそれぞれ才人で大活躍なさってますよね。

グループ・サウンズが生まれるまで

岡村　スパイダース（＊）って、ほかのGSと比べるとちょっとモダンで、ちょっととっぽいというか……東京っぽい、みたいな印象があります。楽曲もほかのGSと比べて凝ってることが多いし。

＊ザ・スパイダース。'61年に結成、'65年にシングルデビュー。グループ・サウンズの中心的バンドとなった。デビュー時のメンバーは田辺昭知、加藤充、かまやつひろし、大野克夫、井上孝之、堺正章、井上順の7名。

井上　岡村さんが音楽を始めた時代と僕らの時代って、20年くらい違いますよね。その頃の日本の音楽業界は、歌謡曲と演歌が主体だったんですよ。その中で頑張ってたのが、平尾昌晃さんであったり、ミッキー・カーチスさんであったり、山下敬二郎さんであったり、その先輩格に水原弘さんという方がいらして。その方たちが、それまでのロカビリーとちょっとバイバイして、違う音楽の世界に入っていったという感じで。当時、「日劇ウエスタンカーニバル」というのをやってたんですけど……。

――今でいうフェスみたいな。

井上　そこに、スパイダースも出るようになって。そうすると、そういう音楽の世界でもやっぱり序列があるわけですよ。先輩たちは厳しい方も多かったんだけど、僕はその厳しさをあんまり感じなかったの。というのは、（年長組の）田辺昭知（＊）さんとかまやつひろしさんの2人がいたから。厳しさがこっちに来ないんですよ。壁になってくれたと言うのかな。

＊ザ・スパイダースのリーダー。ホリプロ社内にスパイダクションを設立、自らスパイダースのマネジメントを手掛ける。その後、スパイダクションから田辺エージェンシーに改称し、ホリプロから独立。現在も田辺エージェンシー会長を務める。

岡村　なるほど。

井上　逆に「おう、順坊！」とか、「順、ちょっとお前ここで一杯飲むか？」とかね、そういうお声をかけてくださったり。まだ「グループ・サウンズ」と言われる前の時期ですけど。ウエスタンカーニバルは渡辺プロの渡邊美佐さんが考えて、「日本でも若い人たちで音楽を活性化させよう」ということで始まったんですけど、なかなかメジャーにはならない感じがあって。

もともとは「田辺昭知とザ・スパイダース」というグループだったんですよ。でも岡村さんね、その頃はどこのバンドも歌手がゲストで来るんです。今日のゲストはかまやつひろしさん、今日は堺正章さん、今日は守屋浩さん……みたいに。それで2、3曲歌ってバイバイ。どこのグループもそうでした。そういう状況に田辺さんは「こんなんじゃ終わっちゃう」と危機感を覚えていたんですよ。まだスパイダースがレコードデビューする前の時期です。ちょうどその頃、海外ではビートルズとかローリング・ストーンズとかアニマルズとか、そういうバンドが出てきていて、田辺さんとかまやつさんが「今までのゲスト方式ではダメだ。こういうことをやらなくちゃいけないんだ」と話し合ったんです。井上堯之さん（*）は歌も歌ってましたから、ギターと歌ということで前面でやると。堺正章さんもそれまでゲスト歌手で来てましたから、堺も一緒にやろうと。そうやってメンバーが集まっていって、「でももう1人くらい、いてもいいんじゃない？」ということで、僕にお声がかかるんですけど、ちょうど僕らも野獣会のバンドを組んでいたんです。アマチュアに毛が生えたくらいの、本当に好きでやってるだけのバンドで。それが田辺さんの目に留まったと言うのかな、ちょっと頭に入ってたんでしょうね。それで「スパイダースにあと1人ほしい」というときに、たまたま銀座のジャズ喫茶の合間のところで、僕が靴を綺麗に磨いてもらってるのを見かけて、「なんだこいつ!?」と思ったらしくて（笑）。

*ザ・スパイダースのギター担当。グループ解散後、井上堯之バンドを率いて、ドラマ『傷だらけの天使』『前略おふくろ様』などの音楽を手がける。'87年、作曲した「愚か者」が第29回日本レコード大賞を受賞。

岡村　いくつの頃ですか？

井上　15くらい（笑）。

岡村　15！　モダンですね（笑）。

井上　「まだ15くらいなのになんだこいつは？」って、

すごいインパクトがあったんですって。それで「うちに来ないか」と誘ってくださったんです。野獣会のみんなに「実は田辺さんからスパイダースに来ないかって言われてるんだ。新しい形でスタートするために」と言ったら、「うちにいるよりスパイダースに行ったほうがいいに決まってる」ということで送り出してくれて。それで7人目のメンバーとして加入したんです。一番年下ですから、そのときは田辺さんも「立ってるだけでいいから」って（笑）。要するに無理する必要はないと。慣れるまでのんびりしてろってことなんですけど、こっちとしてみれば、「立ってるだけでいい」と言われてもね（笑）。

岡村　すごく華があったので、タンバリン叩いている姿とか、とても印象に残ってます。

個人個人が育っていったザ・スパイダース

井上　僕はラクでしたけどね（笑）。それで、田辺さんが打ち出した新しいスタイルというのがね、4人で前に出て歌うと。口があいてる人間はコーラスしようという。

岡村　ビートルズっぽく。

井上　そうそう。だから「7人全員でやっていく」みたいな感じだったんですよ。スパイダースはどっちかって言うと、聴かせるほうじゃなくて、魅せるほうでやっていって……。

岡村　エンターテイメントですよね（と言って、泳ぐ動きのダンス）。

井上　そうそう（笑）！　そういうのをどこで覚えてくるかというとね、米軍のキャンプに行くんですよ。かまやつさんが「今日ステージ終わったらちょっと行こう」つって、横浜のほうのキャンプとかに行って。そうするとやっぱりあそこらへんは流行が早いですから。そのときも、もうサーフィン（サーフ・ミュージック）があったりして。

岡村　こういうの（と言って、映画『パルプ・フィクション』にも出てきた水に潜るダンス）。

井上　そうそう（笑）。だからそういうのを自分たちのパフォーマンスに入れてみよう、みたいな感じで。スパイダースも、ただ歌うんじゃなくて、1曲1曲にそういう振り付けがあったから、多くの方が見て印象に残ったんじゃないかな。だって岡村さんね、最初始めた頃なんていうのは、パッてステージに出ると、スパイダースは7人なのに、お客さんは3、4人しかいないんですから（笑）。2回目のステージは増えるだろうと思ったら、同じ人数しかいなくてね（笑）。それが、パフォーマンスをやるようになってから、お客さんがどんどん増えだして。それからはもう1回ごとに入れ替えになって。

岡村　そのときはもう「バンバン・ババババ・ババババン♪」（「バン・バン・バン」）とか……。

井上　そう！　そうやって「魅せる」というスタイルにしたのと、あと1つは、かまやつさんが言った「オリジナルをやる」ということで。それまでは外国の曲を歌うのが普通だったんですよ。それからオリジナルを作ろうということで、いち早く最初に出したのが「フリフリ」という曲で。

岡村　「ノー・ノー・ボーイ」もいい曲ですよね。

井上　それを出したことによって、ほかのグループも「やっぱりオリジナルだ」って、いろんなバンドがオリジナルを作りだした。ジャッキー吉川とブルー・コメッツの「ブルー・シャトウ」とかね。あっちのが先に売れちゃいましたけど（笑）。だから、かまやつさんや田辺さんはすごいことを考えていたんだなって。音楽業界を変えたと思う。その頃はわかりませんでしたけど、歳を重ねていったときに、「ああ、すごく新しいものを作りだしたんだな」という実感がわいてきましたね。

岡村　スパイダースで映画もやられてますよね？

井上　スパイダースで10本くらいやってますよ（実際は13本）。

岡村　そんなにやってるんですか（笑）！　その後、井上さんやマチャアキさんが、役者とかタレントとか、いろんなジャンルの仕事をやっていきますよね。ご自身も含めて、みなさん音楽以外の表現の面白さや才能を感じたりはしていたんですか？

井上　田辺さんはただ歌だけじゃなくてね、やっぱり一人ひとりの個人の育成みたいなことを考えていたんじゃないかな。堺さんのこととか、井上堯之さんのこととか……。うちの音楽の要って、やっぱり大野克夫（＊）さんだったんですよ。

＊ザ・スパイダースのオルガン担当。グループ解散後は井上堯之バンドに参加しつつ、作曲家としても活動。代表曲に『太陽にほえろ！』メインテーマ、『名探偵コナン』メインテーマなど。'77年、作曲した沢田研二「勝手にしやがれ」で第19回日本レコード大賞を受賞。

岡村　そうなんですね。

井上　要するに、この方がベーシックな部分にいてくれるので、ちょっと枝葉がわかれてもちゃんとまとまるって言うのかな。でも大野さんを導いたのはかまやつさんなんですよ。大野さんも、井上（堯之）さんも、かまやつさんの背中を見ながら「ああ、こうやって曲づくりしてるんだ」と学んでいったわけ。やっぱり絶えずコミュニケーションがあったの。「このコードはこうしない？」みたいな。ただ毎日ステージをこなすだけじゃなくて、バンドの中にそういう音楽的なコミュニケーションがあった。ほかのグループとも仲が良くて、特にブルー・コメッツなんて仕事が一緒になったりすると、音楽談義に花が咲いちゃって。そういう環境だったから、それぞれの才能が花開いていったんじゃないかな。岡村さんはどうですか？　たとえば、「こういう歌手、こういうバンドがいたからこの世界に入ったんだ」という方っていらっしゃいます？

岡村　いますいます。ビートルズとか……マイケル・ジャクソンとか……プリンスとか、いろんな人が好きでした。もちろん日本のミュージシャンでも……それこそ僕は『夜ヒット』（＊）や『ザ・ベストテン』にすごく影響を受けているんです。もう毎週毎週かぶりつくように見て。

＊フジテレビ系で放送されていた音楽番組『夜のヒットスタジオ』。'76年4月～'85年9月まで、井上順と芳村真理のコンビが司会を務めた。

井上　あははは！

岡村　ちょうど見始めた頃にサザンが出てきたり、ゴダイゴが出てきたり、世良公則さんが出てきたり……。しかも生放送じゃないですか。井上さんがそういう新しいバンドの人たちをどう扱うのか、すごくドキドキして見てましたね。

生放送の緊張感が名演を生む

井上　『夜のヒットスタジオ』の素晴らしさは、若い方から年配の方まで全員が見れたことですよね。ベストテン番組だと、若い子の曲のほうが売れてるから、それで10曲終わったりする。でも『ヒットスタジオ』は、演歌の方が出たり、ポップス系が出たり、たまに外国からのお客様も出たり、本当にカラフルで。それと何といってもやっぱり（司会の）芳村真理さんでしょう。

岡村　毎回毎回、ド派手な衣装で（笑）。

井上　毎回、いじらなくちゃいけないような服装をしてくるんですよ。あるとき、顔を見たらキラキラ光ってて、「さすが真理さん、すごいメイクだなあ」と思ったら、空調が壊れてたから汗が目の下に溜まってただけだって（笑）。

岡村　あはははは！　もう本当にドキドキしながら見てました。スモークで歌手が全然見えないとか、生放送特有の面白さがあって。

井上　出ていただいたのに、「今週ちょっと無理だ」となった方もいらっしゃいましたね。タイムキーパーの方が珍しく、残り時間を間違えたの。1分間。

岡村　1分間。

井上　このままだと、最後の歌手はものすごいテンポで演奏しないといけなくなるから、（スタジオにいるのに）「ねえ、来週出てよ」って言って（笑）。「え、なんでですか？」「いや、もう時間がないんだよ」って説明して（笑）。

岡村　そういうのも、すっごいエキサイティングでした。見逃さないように、かぶりついて見てました。きっとみなさん、ものすごく緊張して出られてたんでしょうね。新人の方は特に。

井上　がんばってる人をちょっと応援してあげることはありましたね。たとえば、布施明さんが新曲を披露するようなとき、「シクラメンのかほり」を「ラーメンの香り？」みたいに3回くらいわざと間違えるんですよ（笑）。

岡村　ははははは！

井上　「違うでしょ」「坦々麺？」「シクラメン！」みたいなことをやってると、見てる人は「シクラメンのかほり」という曲名を覚えるんですよ。プロデューサーは「あ、わざとやりやがったな」みたいな顔をしてるんだけど（笑）。やっぱりみんなその1曲……3分くらいの時間に懸けてるわけじゃないですか。当時は、新曲の発売前に『ヒットスタジオ』で披露して、レコード屋さんはそれを見てレコードをオーダーしてたんですよ。

岡村　そこでのパフォーマンスがヒットを左右するから、みんな必死ですよね。思い出しました、よく励ましてあげてましたよね。「緊張してドキドキしてます」「大丈夫だから」みたいなことを言って。

井上　震えてる方もいらっしゃったしね。でもその緊張感が良かったんだよね。これは絶対、本人は認めないと思うけど、美空（ひばり）さんが曲の入りを間違えたんですよ。欧陽菲菲さんの「ラヴ・イズ・オーヴァー」を歌ったときかな。イントロダクションで、1小節か2小節遅れて入ったんですよ。でも知らんぷりして歌いきってさ（笑）。俺ね、あれはすごいなあと思ったの。

岡村　ふふふふ。生放送ですからね。

井上　そういうところがやっぱり大物なんでしょうね。あとで顔を合わせたときに、向こうはプッて笑ってましたけどね（笑）。そういう素のみなさんを垣間見られるのが『ヒットスタジオ』だったと思います。

岡村　かぶりついて、夢中で見てました。そうやって見ないといけないくらい、歴史的な瞬間がたくさんあったんです。今はいろいろアーカイブ化されているので（＊）、お金さえ払えば見られるんですけど（笑）。

＊『沢田研二 in 夜のヒットスタジオ』『山口百恵 in 夜のヒットスタジオ』など、その歌手の出演シーンを編集した総集編DVDが発売されている。

井上　僕らでも忘れちゃったシーンもありますけど、でも沢田研二さんが畳が何十畳のところでバーンと歌ったのは覚えてますね。

岡村　ありましたね！「サムライ」でしたっけ（＊）。

＊'78年1月30日放送の沢田研二「サムライ」。50枚の畳を敷き詰めたセットの上で歌ったそのパフォーマンスは、ファンの間で「畳サムライ」と呼ばれ伝説化している。曲の前半は寄りのカメラで、後半になってカメラを引いて、そこで初めて畳50枚が登場するという構成も含めて、『夜ヒット』史上屈指の名場面。

井上　スタッフも1曲1曲に懸けてたっていうのかな。「こっちに力入れてるから、そっちは手を抜いていいや」ということがないのよ。プロの歌い手とプロのスタッフの相乗効果で、曲がどんどん膨らんでいってた。だから歌手が緊張するのはわかりますよ。レコード会社の方たちも担当の方たちも体張ってるのを歌手の方たちはわかってるから、「ミスできないんだ」「よりいいパフォーマンスをしなくちゃ」というプレッシャーが強くなる。岡村さんはどうですか？　ステージでとんでもない間違いやったことあります？

岡村　ありますあります。しょっちゅうです。

井上　しょっちゅうあるの（笑）？　一番は何ですか？

岡村　キック！って蹴ったら、靴が会場の一番後ろまで飛んでって（笑）。

井上　ははははは！

岡村　で、片足だけ裸足で歌ってましたね。脱げるんですね、気合い入れてバーン！って蹴ると。

井上　いや、ライブって面白いよね。何が起こるかわからないから。

吸収したものが自分の戦力に

岡村　役者やバラエティの仕事を拝見していると、洒脱で、でもちょっとペーソスもあって悲しいような……ほろりとさせて、「でもさ、人生っていいよね」という感じのユーモラスなことをずっとやってこられた印象があります。それは「東京にいること」「東京人として生まれたこと」が大きく影響していると思いますか？

井上　どうなんだろうね。でもやっぱり、身近に見るものがいっぱいあったのは確かなんでしょうね。ずっと渋谷で育ってきたから。親があちこちに連れて行ってくれたのもあって、お芝居でも歌でもいろいろなものを見たり聞いたりして、自分で感じたものをすぐ自分の戦力にしちゃうというのかな。だからニューヨークにも行ったりして。20代、30代は最低でも年に5、6回は行ってたんですよ。新しいものをポッと見ると、「あ、これだ！」ということで、それを自分風にアレンジして……。

岡村　咀嚼して。

井上　「順、よく作ったな！」みたいなね（笑）。

岡村　あははは！

井上　だから優れた歌手や芸人さんを多く見てきたことは、今の自分に影響していますね。ただ僕は残念なことに、楽器がまったくダメなんですよ。なんでやめちゃったかって言うと、（スパイダースの）大野克夫さんに「克夫ちゃん、ピアノ教えて」って習ったときに、「あ、こりゃあ敵わない」と思ってね（笑）。じゃあギターにしようということで、（同じくスパイダースの）井上堯之さんに「堯之さん、ギターお願いします」って習ったら、「あ、これも敵わない」って（笑）。

岡村　みなさん凄腕ですからね。

井上　追いつけるような方たちだったら、僕ね、きっと上手になってたと思うのよ。でもそうじゃないから、「この人たち、やっぱり半端じゃないんだ」とわかって、それで挫折しちゃったんですよ。岡村さんはいろんな楽器を弾かれますけど、それはどうやって身に付けてきたんですか？

岡村　僕が高校生の頃はまだ世の中演歌だらけで、そのときにキャバレーで演歌のバックバンドをやってたんですよ。いわゆる「箱バン」ですね。それが経験としてけっこう大きかったと思います。

井上　それはギターですか？　ベースですか？

岡村　ベースで。当時はカラオケがなかったので、バンドが（客が歌うための）生演奏をするんです。いろんなリクエストが来るんですけど、本当にみんな演歌が好きなんだなって。「えっ、また『夢芝居』？さっきも『夢芝居』やりましたよね？」みたいな（笑）。

井上　あははは！

岡村　そういうのをずっとやってるうちに、「やっぱり日本人ってどこか演歌チックというか、ムード歌謡みたいなものが好きなんだな」と思うようになって。今も思ってますけど。それを無視するんじゃなくて、モダンな音楽に上手にはめ込められたらいいな、とは思っています。

井上 なるほどねえ。曲を書いたり詞を書いたりするのはいつ頃から始まったんですか？

岡村 16、17くらいからです。

井上 音符書くとの歌詞書くのと、どっちが好きでした？

岡村 どっちも得意じゃなかったですけど、当時フォークブームで、かぐや姫とか井上陽水さんとか……その曲をカバーするのが流行ってて。そのあたりからギターの練習をしました。それこそさっき出てきた布施明さんの「シクラメンのかほり」を練習したりしてましたね。

外に出て人と交わったのが原点

岡村 今でもすごく若々しいですよね。年齢からマイナス20くらいに見えて。

井上 いや、どうだかわからないけど（笑）。

岡村 ……と思わない？

——思います、思います。

岡村 脅威だと思うんですよ、この若々しさ。

——でも順さんは、昔は夜はずっと遊んでいるイメージがあって、つまり健康に悪そうな生活をしていたと思うんですけど、どこかでそれが切り替わったタイミングがあったんですか？

井上 どうなんでしょうね。そんなに前と変わってないと思うのよね（笑）。まあ今は多少、引け目になってますけどね。今は番組でもドラマでも、「おはようございます」って入って、終わったら「お疲れ様」でポンと解散、そういうことが多いのよ。昔は会った瞬間から「どうする今日？」って（笑）。

岡村 ははははは！

井上 「空いてます」「行こうか」みたいな感じで決まって、飲みに行ったりすることが多かったんですよ。そういう時間が今は少ないのが寂しいですよね。

岡村 切ないですね。

井上 こないだＴＢＳの番組があって、プロデューサーが石井ふく子さんだったんです。僕はもう若い頃からお世話になってるんですけど、現場に角野（卓造）さんとかいろんな方がいたから、「今日どうしてますか？」「空いてます」「みなさんは？」「空いてます」「そうですか。じゃあ石井さん、予約お願いします」って（笑）。

岡村　ふふふふふ。

井上　石井さんも「はい、わかったわ」って予約してくれて、勘定払うのも石井さんなの（笑）。でもやっぱりそれを楽しんでるのよ。人と人とのコミュニケーションがとっても大事だと思ってるし、そこでお互いの近況を聞いて、気づかなかったことに気づいたりもして。いま足りないのはそういう時間じゃないかな。

岡村　そう思いますね。

井上　仕事場に行って「お疲れ様！」って家に帰るだけだったら、自分の世界は広がっていかないんですよ。岡村さんたちの時代と僕らの時代はちょっと違うかもしれないけど、僕らがこうやっていろんな場所ですぐに馴染むのは、子供時代にあると思うの。子供の頃って、うちにいるのは寝てるときくらいだったのよ。あとはもう外に出てるわけ。外に出てチャンバラごっこやったり、ベーゴマやったり、メンコやったりなんかして。それで町内会の子供……あるときは通りすがりの子供たちが、仲間になって一緒に遊んじゃう。そうやって、人との付き合いが自然と生まれる時代だったのよ。多感なときに人と交じり合ったのは、とても大きいね。

岡村　僕は今、それをやってる感じです。この連載をずっとやって、いろんな人のお話を聞いて。ライフワークにしてます。

井上　いいですねえ〜！

好奇心を持つ、思ったらやる

岡村　若々しさの秘訣を教えてもらえないでしょうか。読者の人たちに「こうするといいよ！」みたいなことを。

井上　あのね、好奇心。

岡村　好奇心？

井上　何にでも好奇心を持つ。思ったらやる。たとえば、「岡村さんどうしてるかな？」と思ったら、それだけで終わらないのよ。「もしもし岡村さん？」ってすぐ行動する（笑）。それで「どうしたんですか？何かあったんですか？」と言われたら、「声が聞きたかったんだよ〜。ありがとうありがとう！」って切っちゃう。

岡村　あははは！

井上　だから、思ったらやる。

岡村　思ったらやる。いいですね。

井上　とにかく一歩踏み出さないと、何事も起きないわけ。動いたから何でもうまくいくわけじゃないけど、動かないよりはいい。動くから景色も変わるし、いろんなものを見れるんだから。だからやりましょうよ、どんどん。岡村さんはこれからいろんなステージ、いろんな曲を多くの方にお届けするわけだし、これだけ才能があるんだから、いや〜もう、やりましょうよ！

岡村　はい、頑張ります！

井上　僕、朝起きるときに、「はあ……」ってため息ついて起きたこと、1回もないの。

岡村　ええっ。

井上　パッと起きて、（大声で）「朝だよ朝だよ！」って。

岡村　いいですね！

井上　（両手を大きく広げて）「おおお来たかーーーっ！」ってね。これなのよ！

岡村　すごい（笑）。やります、僕も。

井上　本当にこれだけでずいぶん違うの。「はあ、あの現場に行きたくねえなあ……」って思いながら、その場だけ「おはようございます！」っていい顔したって、もう見え見えなのよ。そうじゃなくて、最初から「やったね！」って気持ちでスタートすると、いいことがいっぱいあると思う。

――結婚についてもお聞きしたいです。たとえば、女性と良好な関係を築くこと自体は、結婚しなくてもできるじゃないですか。

井上　そりゃあそうです。

――それでも結婚するというのは、結婚にどんな意味があるんだと思いますか？

井上　う〜ん……やっぱりまず1つは、「その人のことが好きだから一緒にいたい」ということ、それと「家族になる」ということじゃないですかね。それを求めていないなら、別に結婚なんてしなくてもいいと思うし。結婚じゃなくてお付き合いしながら関係を続ける……それだけで何十年も続いている方たちもいらっしゃるわけじゃないですか。

結婚すると、ひとつ失うものがあるんです。それは時間というもの。相手のことを考えなくちゃいけないから。僕は一度結婚してますけど、自分のことしか考えなかったから（笑）。それで終わっちゃったことがあるので、それは申し訳なかったなと思う。僕はいろんな方と出会っていい思いをさせてもらったけど、結局ね、相手に対して言わなくちゃいけないことというのは、懺悔しかないですよ。「相手が悪かった」って、それはもう言っちゃいけないことなのよ。そういうのは胸の中にしまっておいて、サンキューと思ったほうがいい。相手に感謝する気持ちがあれば、本当に素敵な人がいっぱい出てくるのよ。だからね、1人でおさまんなくなっちゃう。そう思わない？　岡村さん。

岡村　思います（笑）。

井上　美形だからどうこうじゃなくて、一人ひとりのパーソナリティがとっても素敵なのよ。これは男同士でもそうなんだけど、人とのお付き合いでなにが必要かと言ったら、頭じゃなく、胸で考えること。それじゃないのかな。

――やっぱり女性への好奇心はずっと持ち続けているわけですね。

井上　そりゃもう、僕にとってみたら永遠のテーマですよ。素敵な人と出会えてうれしい。みんないい人生を送ってほしい。口先だけじゃなくて、そういう気持ちはずっと持っていたいと思ってる。それがなくなったらつまんないんじゃないかな？

――順さんがずっと若くいられるのって、こういうところじゃないですか？

岡村　なるほど……。

――今日ずっとお話を聞いていて、『夜ヒット』のときと印象と全然変わらなくて感動しました。

岡村　ホントだよね。

井上　変わりようがないの。もうこのままだから。

「作った自分」というのはお芝居をやってるときくらいですよ。あとはもうこのままでいいと思ってる。僕は「こういう人生を歩みたいんだ」「こういう人間になりたいんだ」と願ってきたわけじゃなくて、自分が本質的に親からもらったものを、知らず知らずの間に活かして、野獣会の仲間と一緒にいろいろ経験しながら、少し背伸びする時代があった後に、スパイダースというグループに入って、先輩たちに引っ張ってってもらった。それで独立してからもやっぱり助けてくれる人がいたという、それの繰り返しだったから。僕の歌で「お世話になりました」という歌があるんですよ。

岡村　お〜世〜話〜に〜なりました♪

井上　まさにあの歌の通りなんです。僕にとってみると。筒美京平さんと山上路夫さんが作ったんだけど、よくまあこんな（自分にぴったりの）歌を作ってくれたなと。

岡村　いい曲ですよね。

井上　ものすごく感謝してますね。やっぱり出会いなんでしょうね。その出会いというのは人だけじゃなくて、物もそうだし、時代背景もそう。それが僕を育んでくれた。だから本当にありがたいし、毎年だんだん歳は重ねるんだけど、長生きしたいのよ。まだまだいろんな出会いをしたいから。

岡村　うんうん。

井上　じゃなかったらさ、こうやって岡村さんと会えなかったんだから。そうでしょう？

【初出一覧】

坂元裕二　２０１９年５月～８月号

永山瑛太　２０１９年９月～12月号

森山未來　２０２０年１月～４月号

ライムスター　２０２０年１月号

村井邦彦　２０２０年　６月特大号

吉田美奈子　２０２０年　10月号

岸本佐知子　２０２０年　12月号

浦沢直樹　２０２１年　２月号

松尾スズキ　２０２１年　８月号

細野晴臣　Ｄａｉｓｙ Ｈｏｌｉｄａｙ！出張ＳＰ①
２０２２年　２月号
Ｄａｉｓｙ Ｈｏｌｉｄａｙ！出張ＳＰ②
２０２３年　２月号

カンニング竹山　２０２２年　５月号

ミッキー吉野　２０２２年　８月号

会田誠　２０２２年　11月号

千葉雄大　２０２３年　５月号

井上順　２０２３年　８月号／10月号

※掲載は全て雑誌ＴＶ Ｂｒｏｓ．（東京ニュース通信社）

あの娘と、遅刻と、勉強と 3

第1刷　2024年5月14日

著者　岡村靖幸
カバー・イラスト　久保ミツロウ
巻頭写真　梅原渉（岡村和義）
横山マサト（岡村靖幸＋ライムスター）
岡本武志（岡村靖幸×松尾スズキ）
装丁・DTP　石塚健太郎＋堀内菜月（kid,inc.）
対談構成　前田隆弘
編集　土館弘英

発行者　奥山卓
発行　株式会社東京ニュース通信社
〒104-6224　東京都中央区晴海1-8-12
☎03-6367-8015
発売　株式会社講談社
〒112-8001　東京都文京区音羽2-12-21
☎03-5395-3606
印刷・製本　株式会社シナノ

ISBN 978-4-06-535528-2